WEISSE EIFEL

Stefan Winges ist nach einem Studium der Philosophie als Autor, Antiquar und Lehrer für Kampfsport tätig und lebt mit Frau und zwei Katern in einem alten Haus in Köln. Bisher hat er neben einem Hörspiel für den WDR sieben Romane veröffentlicht, in denen es unter anderem auch Sherlock Holmes an den Rhein verschlägt.

STEFAN WINGES

WEISSE EIFEL

Kriminalroman

emons:

Bibliografische Information der Deutschen Nationalbibliothek
Die Deutsche Nationalbibliothek verzeichnet diese Publikation in der Deutschen Nationalbibliografie; detaillierte bibliografische Daten sind im Internet über http://dnb.d-nb.de abrufbar.

MIX
Papier aus verantwortungsvollen Quellen
FSC® C083411
FSC
www.fsc.org

Umschlagmotiv: MMchen/photocase.de
Umschlaggestaltung: Nina Schäfer, nach einem Konzept von Leonardo Magrelli und Nina Schäfer
Umsetzung: Tobias Doetsch
Gestaltung Innenteil: César Satz & Grafik GmbH, Köln
Lektorat: Lothar Strüh
Druck und Bindung: CPI – Clausen & Bosse, Leck
Printed in Germany 2018
ISBN 978-3-7408-0459-6
Originalausgabe

EINS

In der Nacht hatte es offenbar weiter kräftig geschneit. Er würde die lange Auffahrt also noch einmal freischaufeln dürfen. Zwanzig Zentimeter Neuschnee waren auch für den Landrover zu viel. Nicht, dass er sich beklagte, dafür hatte er die Festtage viel zu oft in den Tropen verbringen müssen, bei schmelzenden Kerzen und Temperaturen um vierzig Grad. Er freute sich über den Schnee und die Aussicht auf eine weiße Weihnacht. Wenn er ehrlich war, so freute er sich sogar auf das Schneeschippen. Eine ordentliche Morgengymnastik konnte nicht schaden.

Oskar füllte den Kessel und setzte ihn auf die Herdplatte. Während er darauf wartete, dass das Wasser kochte, lehnte er sich gegen die Theke, verschränkte die Arme und betrachtete versonnen das Postkarten-Idyll draußen vor dem Fenster. Wie eine riesige, blendend weiße Decke lag der Schnee meterhoch auf den Wiesen und Feldern unterhalb des Hauses. Die Landschaft wirkte still, friedlich und noch unberührt. Nur die Landstraße, die unten im großen Bogen um den Fuß des Hügels und weiter nach Schwarzenbach führte, war schon geräumt worden. An beiden Seiten türmte sich der Schnee zu einem regelrechten Wall auf. Der Lärm des Pflugs war bis in sein Schlafzimmer zu hören gewesen und hatte ihn geweckt.

Allerdings gehörte im Moment auch nicht viel dazu, ihn aufzuwecken. In letzter Zeit schlief er schlecht.

Er konnte sich nicht genau erinnern, wann es das letzte Mal so viel Schnee in der Eifel gegeben hatte. In seiner Kindheit natürlich, so kam es ihm jedenfalls im Rückblick vor. Damals schien jeder Winter so gewesen zu sein. Nichts als Schlittenfahrten, Schneeballschlachten und riesige Schneemänner, die sie vor dem Haus aufgebaut hatten. Und kalt war es gewesen, saukalt. Die Wollhandschuhe immer nass, genau wie die

Strümpfe, weil die Schuhe nie lange dicht gehalten hatten. Nach zwei, drei Stunden waren er und seine Spielkameraden dann jedes Mal verfroren in die Küche zurückgelaufen, um ihre klammen Hände und die nackten Füße am Ofen aufzuwärmen. Oskar konnte beinahe noch das schmerzhafte und doch so angenehme Kribbeln spüren, wenn die Finger allmählich wieder auftauten. Sogar der Geruch nach heißen Äpfeln, von denen anscheinend immer einige oben auf der Herdplatte gelegen hatten, schien auf einmal wieder in der Luft zu schweben. In den Nächten hatte er sich dann unter das schwere Plumeau verkrochen, und jeden Morgen war das Fenster in seiner Schlafkammer dick mit Eisblumen bedeckt gewesen. Geheimnisvolle Figuren und Muster, denen man mit den Fingern folgen und dabei so leicht ins Träumen geraten konnte. Richtige Winter halt.

Das leise Brodeln des Wassers rief Oskar aus seinen Erinnerungen zurück. Er setzte den Filterbecher aus Plastik auf die Isolierkanne, legte eine Filtertüte hinein und füllte sie mit drei großen Löffeln Kaffeepulver auf. Dann nahm er den mittlerweile pfeifenden Kessel von der Platte und goss vorsichtig ein. Als das kochend heiße Wasser sich mit dem Pulver vermischte, verbreitete sich das Aroma von frisch aufgebrühtem Kaffee in der Küche.

Genießerisch zog er den Duft ein, nur um anschließend bedauernd zu seufzen. Die Eisblumen vermisste er nicht wirklich. Im Gegenteil, er war dankbar für die Annehmlichkeiten einer immer noch halbwegs funktionierenden Zentralheizung aus den Siebzigern. Nein, was er wirklich vermisste, jeden Tag vermisste, war eine Gauloise zum Morgenkaffee. Oder zwei. Aber auf die würde er wohl in Zukunft verzichten müssen, hatte ihm sein Zahnarzt eröffnet, zumindest wenn er seine Implantate auf Dauer behalten wollte.

Auf der Straße kam ein gelber Lieferwagen in Sicht. Er hielt unten vor der kaum noch erkennbaren Einmündung der Hauszufahrt und hupte kurz, bevor er seine Tour fortsetzte.

Das Signal galt Oskar. Er goss sorgfältig den Filterbecher ein zweites Mal voll, dann stieg er in seine gefütterten Gummistiefel und nahm den langen Wintermantel vom Haken. Flüchtig überlegte er, Stanley zu einer Runde Frühsport zu verdonnern, aber damit würde er sich nur unbeliebt machen. Also stapfte er allein hinunter zur Straße, um die Post zu holen.

Der Briefkasten war ein solides Modell aus Metall, das sich aus dem amerikanischen Mittelwesten hierher verirrt zu haben schien. Er stand etwas zurückgesetzt von der Fahrbahn, montiert auf einem Eisenpfosten. Die vom Pflug aufgetürmten Schneemassen überragte er nur knapp, und die dicke Schneeschicht auf seinem halbrunden Dach wirkte wie eine Verzierung aus Zuckerwatte. Auf der klappbaren Vorderseite war ein graviertes Schild angebracht: »Haus Bellevue«. Die leicht verschnörkelten Buchstaben passten nicht ganz zum eher rustikalen Stil des Briefkastens. Ein Familienname fehlte. Oskar hatte die Beschriftung so belassen, als er vor ein paar Jahren wieder hierher zurückgezogen war. Das Haus gehörte nun mal zu der Sorte, die einen eigenen Namen führt.

In der Box steckten seine Zeitung, die unvermeidlichen Werbebroschüren und ein gutes halbes Dutzend Briefe und Weihnachtskarten. Er stopfte alles in seine Manteltaschen, warf einen ergebenen Blick den Hügel hinauf und marschierte den Weg wieder zurück. Man wohnte eben nicht ungestraft in einem Haus, das »Bellevue« hieß und diesen Namen auch verdiente, wie Oskar gern zugab. Von der hoch gelegenen Terrasse vor dem Haus hatte man nicht nur eine wunderschöne Aussicht auf das Tal, auch die herrschaftliche Villa selbst konnte sich sehen lassen. 1904 in dezentem Jugendstil erbaut, bot sie mit ihren geschwungenen Fensterlinien, den runden Erkern und dem kleinen Turm einen recht dekorativen Anblick, keine Frage. Vermutlich hatte es seinerzeit auch nie an Personal gemangelt, das jeden Tag die Post hinaufgeschleppt hatte.

In der Zwischenzeit war der Kaffee durchgelaufen. Oskar schenkte sich einen großen Becher voll, setzte sich an den Tisch und ging seine Post durch. Hauptsächlich handelte es sich um die üblichen Weihnachtsgrüße: ein paar Karten aus Übersee von alten Freunden aus dem Amt, von seiner Sparkasse, der Kirchengemeinde, dem Heimatverein und einer regional ansässigen Maklerfirma, die seine diplomatisch formulierte Antwort auf ihre lästigen Anfragen offenbar gründlich missverstanden hatte. Wie jedes Jahr brachte sich auch ein angeheirateter Cousin zweiten oder dritten Grades, so genau wusste Oskar das gar nicht, mit einer Weihnachtskarte als potenzieller Erbe in Erinnerung. Der Junge hatte einen langen Atem, das musste man ihm lassen.

Die Werbeprospekte für Neujahrsböller und Last-Minute-Weihnachtsgänse schob er achtlos zur Seite. Übrig blieb noch ein unfrankierter Umschlag, an ihn adressiert, aber ohne Absenderangabe. Oskar riss ihn auf. Er enthielt eine einfache weiße Karte, auf der in gedruckter Großschrift nur zwei Worte standen: »Letzte Warnung!!«. Zur Sicherheit hatte sie jemand noch mit einem Filzschreiber dick unterstrichen und gleich zwei Ausrufungszeichen hinzugesetzt.

Bedächtig trank Oskar erst seinen Kaffee aus, den Blick unverwandt auf die Karte gerichtet. Dann steckte er sie zurück in den Umschlag und riss ihn mittendurch. Anschließend schenkte er den Becher wieder voll, nahm ihn in beide Hände und lehnte sich zurück. Nur am Rande nahm er wahr, dass draußen leichter Schneefall eingesetzt hatte.

»Verdammte Implantate!«, murmelte er.

Eschborn hob beschwichtigend die freie Hand, obwohl van der Bock die Geste nicht sehen konnte. »Keine Sorge, ich arbeite daran.«

»Mit dem nötigen Nachdruck, hoffe ich. Wenn Sie diesen Bylandt nicht endlich zur Vernunft bringen, haben wir ein Problem.«

Eschborn lächelte freudlos. »Sie meinen, *ich* habe dann ein Problem.«

»Genau das meine ich. Ein ernstes Problem.«

Eschborn nickte nur, ohne etwas zu sagen.

»Sie haben noch Zeit bis Ende des Jahres«, fuhr van der Bock kühl fort. »Eine weitere Fristverlängerung wird es nicht geben, das sollte Ihnen klar sein.«

»Selbstverständlich. Eine Verlängerung ist auch nicht erforderlich, Sie können unbesorgt sein. Ihre Mandanten auch.«

»Schön, dann erwarte ich, bald von Ihnen zu hören. Angenehme Festtage.«

Bevor Eschborn die Wünsche erwidern konnte, hatte sein Gesprächspartner die Verbindung bereits unterbrochen. Langsam legte Eschborn sein Smartphone auf die Schreibtischplatte und versuchte, das kaum merkliche Zittern seiner Hand zu unterdrücken. Die kultivierte Stimme am anderen Ende der Leitung war höflich geblieben. Ein Edgar van der Bock hatte es nicht nötig, zu drohen oder gar ausfallend zu werden. Die Botschaft war auch so deutlich genug. Eschborn blieb nur noch eine Woche, um die Verträge endgültig unter Dach und Fach zu bringen. Eine Woche, um Oskar doch noch umzustimmen. Andernfalls würden die russischen Investoren, die van der Bocks Kanzlei vertrat, ihre Einlagen mit sofortiger Wirkung zurückziehen. Ihre sämtlichen Einlagen. Eschborn gab sich keinen Illusionen darüber hin, was ihn dann erwartete. Er stand vor dem vollständigen finanziellen Ruin. Und das war nicht einmal die schlimmste Aussicht.

Er zog die untere Schublade auf, die mit der Flasche. Eigentlich war es noch zu früh für einen Schluck, sicher, aber zum Teufel damit. Er goss sich gleich einen Doppelten ein und nahm das Glas mit hinüber zu dem bodentiefen Fenster, das praktisch die gesamte Nordseite des großen Raums bildete. An den Panoramablick über den Fluss und die halbe Stadt hatte er sich immer noch nicht gewöhnt, und jetzt, so tief verschneit, sah Köln überdies seltsam verfremdet aus. Eschborn trank einen großen Schluck und spürte, wie der hochprozentige Alkohol heiß seine Kehle hinunterlief. Zugegeben, die Aussicht auf den Dom war spektakulär, trotzdem hatte er für die Wohnung zu viel bezahlt. Das war ihm von Anfang an klar gewesen, hatte aber nichts genützt. Bei den Verhandlungen hatte der Makler gnadenlos gemauert, anscheinend gab es für das Penthouse im alten Rheinhafen auch zu diesem Preis noch genug andere Interessenten. Dabei gefielen Eschborn die drei neuen Kranhäuser nicht einmal besonders, die so hochgelobte Architektur war ihm viel zu klobig. Aber die Adresse machte etwas her, und ein Lukas Podolski in der Nachbarschaft schadete auch nicht. Bei Caro hatte es jedenfalls gewirkt. Bei van der Bock nicht. Für den würde er immer der Bauer aus dem Eifelkaff bleiben, der neureiche Emporkömmling, egal was er anstellte.

Da konnte er auch ruhig schon vormittags Selbstgebrannten aus der Eifel trinken. Er leerte sein Glas in einem Zug und verzog das Gesicht. Wieder fühlte er seine Kehle brennen, dann machte sich eine wohlige Wärme in seinem Magen breit. Früher hatte er darunter gelitten, nicht wirklich dazuzugehören. Zu wissen, dass sich einige Türen nie für ihn öffnen würden. Mittlerweile war ihm das egal. Auch ein van der Bock tanzte nach der Pfeife der Russen, sein elitäres Gehabe war hohl und verlogen. Letztlich ging es nur um Geld, nichts weiter.

Eschborn sah auf seine Breitling und verzichtete auf ein weiteres Glas. Er musste sich beeilen, die Geschäfte in der City würden an Heiligabend nur bis Mittag geöffnet sein. Außerdem wollte er nicht mit einer zu auffälligen Fahne in der Dessous-Boutique aufkreuzen. Es war auch so schon peinlich genug. Caro hatte dort in der Auslage ein Teil bewundert, das Eschborn nicht auf Anhieb für ein Kleidungsstück gehalten hätte. Es erinnerte eher an ein drapiertes Geschenkband. An ein sehr sparsam drapiertes Geschenkband, was vermutlich auch Sinn und Zweck des Arrangements gewesen war. Zum Ausgleich hatte der Preis im höheren dreistelligen Bereich gelegen. Eschborn fragte sich, wie man so etwas wohl an- und auszog. Aber das würde er ja erfahren. Immerhin war Weihnachten.

Und danach würde er sich um Oskar kümmern.

Hatte er etwas vergessen?

Nachdenklich musterte Max seine Reisetasche aus braunem Segeltuch, die geöffnet vor ihm auf dem Bett stand, umgeben von Reiseutensilien und ein paar restlichen Kleidungsstücken. Ihre besten Tage hatte sie bereits hinter sich, fiel ihm auf. Die Seiten waren abgewetzt und etwas fleckig, die mit Leder verstärkten Ecken verschrammt. »Bestoßen, mit deutlichen Gebrauchsspuren«, hätte es in einem Antiquariatskatalog geheißen, »ordentliches Exemplar«. Vor allem war sie schon ziemlich vollgepackt. Er verstaute seinen Kulturbeutel in der Tasche, zögerte kurz und stopfte dann den dicken Wollpullover auch noch hinein. Zwar ließ sich jetzt der Reißverschluss nur mit Mühe zuziehen, aber einen zweiten Pullover würde er draußen im Bergischen ganz sicher gut gebrauchen können. Längst nicht alle Zimmer in dem alten Herrenhaus waren beheizt.

Er trug die Tasche hinunter in die Küche. In der Kanne war noch ein letzter Rest Kaffee, den er sich einschenkte. Anschließend schaltete er die Warmhalteplatte der Maschine aus. Vorsichtig nippte er an der heißen Tasse und betrachtete dabei die exotischen Ansichtskarten auf seiner Kühlschranktür. Inzwischen waren es über ein halbes Dutzend, eine richtige kleine Sammlung. Maria hatte Wort gehalten und anscheinend von jeder größeren Insel, die sie mit ihrem Boot angelaufen war, eine Karte geschickt. Die letzte war erst gestern gekommen, pünktlich zu Weihnachten: »Happy Seasons from Samoa«. Zusammen mit einer Einladung, sie doch auf ihrem Schoner zur nächsten Insel zu begleiten. Durch die Südsee auf den Spuren von Stevenson und Jack London – wenn das keine verführerische Vorstellung war!

Vor seinem inneren Auge sah sich Max schon in einem Liegestuhl auf Deck ruhen, ein Glas in der Hand und nichts als Teak und poliertes Messing um ihn herum. Ein sanft geschwungener, von Palmen gesäumter Sandstrand auf der Landseite, weit draußen auf See ein goldener Sonnenuntergang.

Maria, mit dem Rücken gegen die Reling gelehnt, lächelte ihn an, während sich das leise Rauschen der Brandung und ferne Hula-Klänge mit dem Klimpern der Eiswürfel in den Cocktails mischten. Magnum hätte es nicht besser hinbekommen. Und wenn sie nicht geschmolzen sind, so klimpern sie noch heute.

Amüsiert verzog Max seinen Mund. Zu einem richtigen Lächeln reichte es nicht. So verlockend die Einladung war, folgen würde er ihr nicht. Nur eine Etappe war ihm zu wenig, das wusste Maria natürlich auch. Trotzdem war es ein nettes Angebot, und die Palmenstrände machten sich gut an seinem Kühlschrank.

Mit einem Magneten platzierte er die Karte neben die anderen und trat wieder zurück. »Na dann!« Grüßend hob er seine Tasse. »Aloha! Oder wie immer das auf Samoa heißen mag.« Immerhin bestand dort kein großer Bedarf an zusätzlichen Wollpullovern, so viel war sicher.

Ein Blick auf die verschneiten Baumkronen vor seinem Fenster brachte den Hauch von Südsee, der gerade noch die Küche durchweht hatte, im Handumdrehen zum Verschwinden. Es gab endlich wieder einen richtigen Winter. Sogar hier in Köln blieb der Schnee kniehoch auf den Dächern und nicht geräumten Flächen liegen. Das kam nur selten vor, und laut Wetterbericht waren die nächsten Schneefronten bereits im Anmarsch. Vermutlich feierten hartgesottene Trump-Fans schon die Widerlegung des Klimawandels.

Im Bergischen bei Harry musste es jetzt traumhaft aussehen. Max freute sich auf den Besuch, freute sich auf weiße Weihnachten wie aus dem Bilderbuch. Oder eher noch wie aus einem guten alten englischen Landhauskrimi, nur ohne Dinnerjacket. Und ohne die obligatorische Leiche in der Bibliothek mit anschließender Mörderjagd als Gesellschaftsspiel. Obwohl Max den gar nicht so leisen Verdacht hegte, dass Harry einer solchen womöglich einiges abgewinnen konnte.

Stattdessen würde es wie immer gefüllten Truthahn geben,

ausgiebig Punsch am Kaminfeuer und dabei einen der Peter-Alexander-Filme aus Harrys legendärer Sammlung, was sich schlicht nicht vermeiden ließ. Als krönenden Abschluss dann die Mitternachtsmette mit Gesangseinlage in der Dorfkirche. Letzteres allerdings nur optional, soweit der Alkoholpegel das noch erlaubte. Laut Harry durfte man nämlich erst dann zu Recht von einem »Punsch« reden, wenn der entflammbar war, und damit meinte er leicht entflammbar.

Also mehr oder weniger das gleiche Programm wie in den letzten zwanzig Jahren, womit Max durchaus einverstanden war. Weihnachten bei Harry auf Ahrenfels zu verbringen, und zwar genau so, hatte sich längst zu einem dieser kleinen persönlichen Rituale entwickelt, mit denen man sich im Leben komfortabel einrichtete. Ein Ritual, das Max nicht missen wollte.

Harry kam sogar pünktlich, sofern man ihm das akademische Viertel zubilligte. Er klingelte zweimal kurz, kam aber nicht herauf, sondern wartete unten im Wagen. Als Max die Haustür hinter sich ins Schloss zog, verstand er auch, warum. Der dunkelgrüne Benz blockierte die Hofeinfahrt des Nachbarhauses. Da Harry sonst in diesen Dingen nicht zimperlich war, musste es für den laufenden Motor eine andere Erklärung geben. Max beschlich eine böse Vorahnung, die durch den Umstand verstärkt wurde, dass Harry hinter dem Steuer nicht nur seinen Dufflecoat anbehalten, sondern auch noch die Kapuze hochgeschlagen hatte und damit aussah wie ein Jedi-Ritter. Außerdem trug er Handschuhe.

»Die Heizung schwächelt am Anfang immer etwas«, erklärte Harry ungerührt, nachdem Max sich angeschnallt hatte. »Wird gleich besser.«

Max nickte, ohne schon überzeugt zu sein, und zog den Reißverschluss seiner Skijacke bis unters Kinn. Bei einem Wagen, der inzwischen offiziell als Oldtimer galt, musste man eine lausige Heizung eben in Kauf nehmen. Harry hatte ihn damals zusammen mit dem Anwesen geerbt. Anders als die

Gebäude war er in einem tadellosen Zustand gewesen, eine wahre Augenweide. Wegen der obszönen Tankquittungen benutzte Harry ihn nur selten, doch wenn wie jetzt Schnee lag, hatte das schiere Gewicht des Benz seine Vorteile.

Der Verkehr hielt sich in Grenzen, an Heiligabend trieb es nicht viele heraus auf die Straßen. Sie kamen gut durch die Stadt, und tatsächlich machte sich nach und nach die Heizung bemerkbar. Als sie über die Zoobrücke das ehemals römische Germanien in Richtung Wildnis verließen, hatte sich das Wageninnere immerhin so weit erwärmt, dass Harry seine Handschuhe auszog. Es würde dieses Jahr noch einen weiteren Gast auf Ahrenfels geben, erfuhr Max, einen Vetter von Harry, der sich kurzfristig und anscheinend auch überraschend angekündigt hatte.

»Du hast hoffentlich nichts dagegen«, entschuldigte sich Harry. »Oskar ist mein nächster Verwandter, obwohl wir uns kaum noch sehen.« Das erklärte, warum Max noch nie von diesem Vetter gehört hatte. »Sein Vater war der ältere Bruder von meinem Vater. Als Kind war ich oft zu Besuch bei ihnen in der Eifel. Es gab einen richtigen Sessellift und im Winter auch eine tolle Rodelbahn. Ich habe mich dort immer wohlgefühlt, wir hatten eine Menge Spaß, Oskar und ich. Aber dann haben sich unsere Väter fürchterlich verkracht und bis zu ihrem Tode kein Wort mehr miteinander geredet.«

»Streit ums Erbe?«

Harry wiegte leicht den Kopf hin und her. »In gewisser Weise«, stimmte er zögernd zu. »Es ging nicht etwa um Geld oder so, dafür wäre eh nicht genug da gewesen. Das hätte sich nicht gelohnt. Nein, mein Onkel konnte einfach nicht akzeptieren, dass sein Bruder das ›von‹ vor dem Namen abgelegt hatte. Das sei ein Verrat an der Familienehre. Und als mein Vater dann darauf bestand, dass in Deutschland der Adel immerhin schon seit 1919 abgeschafft war und es folglich auch keine Barone mehr gab, sondern nur noch Leute, die so hießen, war der Ofen endgültig aus. Als der Ältere der beiden sah mein Onkel sich natürlich als Familienoberhaupt. Also hat er meinen Vater verstoßen.«

»Im Ernst? Nur deswegen?«

»Schwer verständlich, ich weiß.«

»Und sie haben sich nie wieder versöhnt? Auch später nicht?«

»Es gab kein Später, jedenfalls nicht lange.«

Max konnte sich dunkel an Harrys Vater erinnern, einen freundlichen, aber sehr kranken Mann, der meist in einem Rollstuhl gesessen hatte. Er hatte ein Bein und wohl noch einiges andere in Stalingrad verloren, als er gerade mal zwanzig gewesen war. Davon hatte er sich nie mehr ganz erholt und war Anfang der siebziger Jahre gestorben.

»Immerhin ist er zur Beerdigung seines Bruders gekommen«, erklärte Harry mit einem Achselzucken. »Danach habe ich ihn nicht mehr gesehen, nicht lebendig.« Es klang nicht so, als wäre das ausschließlich die Schuld seines Onkels gewesen. Auch Harry konnte stur sein.

»Was ist mit deinem Vetter?«

»Oskar. Wir haben über die Jahre immer losen Kontakt gehalten. Er ist nach dem Studium standesgemäß in den diplomatischen Dienst eingetreten. Anscheinend ist dafür ein ›von‹ auch heute noch recht hilfreich. Er selbst hätte ja lieber als Historiker gearbeitet, aber das kam nicht in Frage. Sein Vater hat ihm da keine große Wahl gelassen. Dabei war Oskar denkbar ungeeignet für diesen Beruf, das diplomatische Corps muss für ihn die Hölle gewesen sein. Oskar ist abgrundtief schüchtern Fremden gegenüber, und seine Versuche, das zu kompensieren, haben immer schon ausgesprochen arrogant gewirkt. Dabei ist er im Grunde ein lieber Kerl, nur etwas … sagen wir: verschroben. Und sehr eigensinnig.«

»Tatsächlich? Muss dann wohl der Einzige in eurer Familie sein.«

Harry überhörte souverän die kleine Spitze. »Oskar hat dann auch keine große Karriere gemacht, immer nur untergeordnete

Posten, die sonst niemand haben wollte. Weitab vom Schuss, in unbedeutenden exotischen Ländern. Vor ein paar Jahren hat er vorzeitig seinen Abschied genommen, als Vizekonsul oder so. Seitdem wohnt er wieder in Schwarzenbach und treibt historische Studien, hauptsächlich Familiengeschichte.«

»Hat er selbst Familie? Frau, Kinder?«

»Nein, Oskar hat nie geheiratet. Er ist das, was man früher einen eingefleischten Junggesellen genannt hätte. Einen Hagestolz, wenn es so etwas noch gäbe. Jedenfalls lebt er sehr zurückgezogen dort unten. Außer mit seinem alten Stanley pflegt er nicht viel Umgang, glaube ich.«

»Moment – er hat einen Diener?« Irgendwie hätte Max das nicht gewundert.

Harry grinste von einem Ohr zum anderen. »Diener ist gut, das muss ich ihm erzählen!«

»Was ist daran so lustig?«

»Nun ja, die Machtverhältnisse zwischen den beiden sind nicht so eindeutig. Stanley ist eine alte Bulldogge.«

»Ein Hund.«

»Genau. Oskar hat schon als Kind immer Hunde gehabt und sie alle nach berühmten Afrikaforschern benannt. Ich kann mich noch gut an einen Gustav erinnern.«

»Wie die Nachtigall, nehme ich mal an, nur mit einem ›L‹.« Auch Max war schließlich als kleiner Junge mit den Forschern und Entdeckern früherer Zeiten auf große Fahrt gegangen.

»Chapeau!«, zollte Harry übertriebenen Respekt. »Gustav war allerdings ein Pudel. Und ein bissiges Mistvieh.« Trotzdem erschien ein verträumtes Lächeln auf Harrys Gesicht.

»Scheint, als wäre dein Vetter ziemlich einsam da draußen in der Eifel. Warum hast du ihn nicht schon früher über Weihnachten eingeladen?«

Harrys Lächeln verschwand. »Das habe ich. Seit Jahren schon, aber Oskar hat immer abgesagt. Nur diesmal nicht. Er hat letzte Woche angerufen, sich für die Einladung bedankt und sich für den ersten Weihnachtstag angekündigt.«

Max sah Harry fragend an. Irgendetwas an dem Telefonat musste ihn gestört haben.

»Es klang so, als hätte er Ärger.«

Die beiden Näpfe für das Nass- und Trockenfutter waren noch halb voll. Offenbar hatte Stanley keinen großen Appetit und hielt es für unter seiner Würde, aufzustehen und sein Herrchen zu begrüßen. In seinem Alter durfte er das auch, erst recht mit einer fortgeschrittenen Arthritis. Deswegen hatte ihm schon der Tierarzt in den Ohren gelegen. Oskar atmete einmal tief durch. Ihm war bewusst, dass in naher Zukunft eine schwere Entscheidung anstand, und er würde sie auch treffen. Aber nicht zu Weihnachten.

Er ging den Flur entlang in den Wintergarten. Die filigrane Konstruktion aus Glas und Eisen befand sich noch weitgehend im Originalzustand und musste ständig beheizt werden, weil sonst das ganze Haus auskühlen würde. Stanleys Korb mit der Decke, sein Lieblingsplatz, stand dicht vor einem altmodischen Rippenheizkörper, der leise Geräusche von sich gab. Verwundert sah Oskar auf den Korb hinunter. Er war leer, von Stanley keine Spur. Das war seltsam. Es gab zwar in der Hintertür eine Hundeklappe, doch Stanley hatte sie zuletzt nur noch selten benutzt, und freiwillig würde er sich bei diesem Wetter kaum lange im Freien aufhalten.

Als Oskar die Hintertür aufzog, sah er ihn. Stanley lag unter dem kleinen Vordach vor der Türschwelle und war tot, das erkannte Oskar sofort. Das Tier lag auf der Seite, alle viere von sich gestreckt. Ein Auge stand weit offen und war gebrochen. Das andere fehlte, an seiner Stelle gab es nur das hässliche, dunkel verschmierte Loch einer Schusswunde. Angewehte Schneeflocken bedeckten seinen Rücken.

Oskar ließ sich auf die Knie fallen und legte sanft seine Hand auf Stanleys Flanke. Die Leiche war eiskalt und steif gefroren. Stanley hatte wohl nicht gelitten, der Schuss musste ihn auf der Stelle getötet haben. Es war ein tröstlicher Gedanke, der

Oskars Trauer lindern würde, das wusste er, aber nicht seine Wut.

Auf dem Boden waren keine Blutspuren zu sehen, der Hund musste irgendwo anders erschossen worden sein, nicht hier. Also hatte ihn jemand hier abgelegt, ohne ihn zu benachrichtigen. Aber vermutlich war gerade das die Nachricht. Oskar stand langsam wieder auf. Stanleys Tod war kein Unfall gewesen, sondern eine Botschaft. Nur um sicherzugehen, dass Oskar sie auch wirklich verstand, die letzte Mahnung.

Heiligabend war noch lange kein Grund, auf das tägliche Fitnessprogramm zu verzichten. Im Gegenteil, das gute Essen würde sonst unweigerlich Spuren hinterlassen, auch wenn das früher einmal anders gewesen sein mochte. Die Welt war eben ungerecht. Also schwamm sie nach den fünf Kilometern auf dem Laufband noch brav im Becken eine halbe Stunde lang ihre Bahnen. Anschließend verzog sie sich für zehn Minuten in die Saunakabine, döste vor sich hin und sah zu, wie immer mehr Schweißperlen ihre Beine hinunterliefen. Fast wäre sie eingeschlafen.

Unter der Dusche wurde sie schnell wieder munter. Sie trocknete sich ab und schlüpfte in ihren Frotteebademantel. Um die nassen Haare wickelte sie das Handtuch zu einem Turban und ging zur Treppe, die aus dem Souterrain nach oben führte. Auf der ersten Stufe schaute sie zurück, ob sie etwas vergessen hatte, dann schaltete sie die indirekte Beleuchtung des Schwimmbads aus. Für einen privaten Pool hatte das Becken eine anständige Bahnlänge, das musste man Heribert lassen. Bei dem Haus hatte er nicht gekleckert.

Im Radio suchte sie einen Sender heraus, der nicht abwechselnd Bing Crosby und die Weihnachtsaufnahme der Regensburger Domspatzen spielte, und cremte sich sorgfältig von Kopf bis Fuß ein. Sie ließ sich Zeit damit, den leicht herben Duft der Körperlotion mochte sie. Als der Sender ein frühes Stück von Simply Red brachte, sprang sie auf die Füße und tanzte im Raum herum, sie konnte einfach nicht anders. Kritisch, aber nicht unzufrieden betrachtete sie sich dabei im Spiegel. Auch die Waage zeigte die richtige Zahl an. So weit war alles in Ordnung.

Während die Lotion langsam in ihre Haut einzog, überlegte sie sich das passende Outfit für den Abend. Bei den Dessous fiel die Wahl leicht. Ein kleines Lächeln spielte um ihre Lippen, als sie an ihren neuen fliederfarbenen Slip und den zugehörigen BH dachte. Ein Traum von einem Nichts, und eigentlich völlig überflüssig. Nach ihrer Erfahrung hatten Männer in solchen Dingen einen sehr schlichten Geschmack und ließen sich schon durch einfachste Mittel schnell begeistern. Im Grunde war jede Raffinesse an sie verschwendet.

Wie auch immer, die hauchzarte Spitze fühlte sich gut auf der Haut an.

Als er die Stimme hörte, wusste Herrmanns sofort, dass es Ärger geben würde. Nach bald zwanzig Jahren Erfahrung mit Betrunkenen oder sonst wie renitenten Personen konnte er die Tonlage einer Stimme ziemlich genau einschätzen, bildete er sich ein. Und diese hier war eindeutig auf Krawall gebürstet. Seufzend legte er die Serviette neben den Teller und schob seinen Stuhl zurück. Eigentlich war er ja nicht im Dienst, aber das würde ihm hinterher auch nicht viel nützen. Laut Oberkommissar Kieling hatte ein Polizist immer dienstbereit zu sein, egal wann und wo. Vor allem die Mitarbeiter seiner eigenen Dienststelle. Herrmanns trat in den Durchgang und sah in den Schankraum hinein.

»Wo ist er?«, rief Oskar jetzt noch einmal und blickte sich dabei grimmig im Raum um. Er war nahe an der Tür stehen geblieben, leicht vorgebeugt und die Hände zu Fäusten geballt. Also genau das, was Herrmanns erwartet hatte. Krawall.

Steinkamp, der Wirt, kam hinter dem Tresen hervor. »Was ist denn überhaupt los?«, fragte er alarmiert.

Aber da hatte Oskar sein Ziel schon ausgemacht und steuerte auf den Stammtisch in der hinteren Ecke zu. Dort saßen drei Dörfler bei einem Bier zusammen. Ein letzter Skat, bevor es später zu Hause mit den Familienfeiern losging. Herrmanns kannte die Runde, Bauer Luttke und die Piet-Brüder von der Kfz-Werkstatt. Sie schauten verwundert von ihren Karten hoch, als Oskar auf sie zumarschierte. Auch Herrmanns setzte sich in Bewegung. Oskar hielt sich nicht erst lange mit einem Vorspiel auf. Er zerrte den überraschten Luttke von der Sitzbank hoch und versetzte ihm einen schnörkellosen Schwinger seitlich ans Kinn, der ihn mit Wucht zurück auf die Bank beförderte. Bevor Oskar nachsetzen konnte, war Herrmanns bei ihm und hielt ihn auf. Er wunderte sich etwas über den Schlag, der offenbar nicht von schlechten Eltern gewesen war. Das hätte er Oskar gar nicht zugetraut.

Der Bauer anscheinend auch nicht, so verdutzt, wie er Oskar anstarrte. Er war zwar einen Kopf kleiner als Oskar, aber bestimmt doppelt so breit und mit beeindruckend großen Fäusten ausgestattet. Niemand, mit dem man sich leichtfertig anlegte. Ein schmales Hemd wie Oskar würde er locker mit einer Hand erledigen. Normalerweise.

Vorsichtig betastete Luttke sein Kinn. »Verdammt, was soll der Scheiß?«

Das wollte auch Herrmanns wissen.

»Stanley ist tot«, antwortete Oskar, ohne ihn anzusehen. Den Blick hielt er unverwandt auf Luttke gerichtet. Es sah nicht so aus, als wäre er schon fertig mit ihm. »Jemand hat ihn erschossen. Einfach so.« Oskar wollte wieder auf den Bauern los, doch Herrmanns packte seinen Arm und hielt ihn zurück.

»Und das soll ich gewesen sein?«, fragte Luttke, immer noch fassungslos über Oskars Auftritt.

»Wer denn sonst?«

»Bist du jetzt völlig durchgedreht?« Luttke stand wütend auf und machte einen Schritt aus der Bank heraus. Offensichtlich hatte er nicht vor, auch noch die andere Backe hinzuhalten. Weihnachten hin oder her.

Herrmanns schob sich dazwischen. Er maß gut eins neunzig und trug einen soliden Rettungsring um Bauch und Hüften mit sich herum, was sich manchmal als hilfreich erwies – leider nicht auf den Datingportalen, hatte er feststellen müssen, aber sehr wohl, um zwei aufgebrachte Streithähne voneinander zu trennen. »Immer mit der Ruhe, Leute! Wie kommst du denn darauf, dass ausgerechnet Horst deinen Hund erschossen haben soll?«

»Das fragst du noch? Wer hat denn hier noch am Samstag laut getönt, ich soll mal lieber aufpassen, sonst passiert noch was? War das etwa keine Drohung? Dafür gibt es genug Zeugen! Falls hier nicht sowieso alle unter einer Decke stecken.«

»Jetzt mal halblang!«, schnappte Luttke. »Natürlich hast du dich hier unbeliebt gemacht, was glaubst du denn? Viele von uns könnten ein gutes Geschäft machen, wenn du mitziehen würdest. Das ist *die* Chance für unser Dorf! Aber nein, der feine Pinkel hat das ja nicht nötig! Er will hier keinen Tourismus, kein Wellnesshotel, keine neuen Skipisten und Lifte. Alles soll schön beim Alten bleiben. Was das für uns bedeutet, geht dem Herrn am Allerwertesten vorbei. Soll doch das Dorf ruhig weiter vor die Hunde gehen, du bist ja gut versorgt, und wir anderen können sehen, wo wir bleiben. Vielen Dank auch, Herr von und zu! Ob mir das stinkt? Da kannst du aber Gift drauf nehmen! Und wenn du zwanzig Jahre jünger wärst, würden wir das draußen vor der Tür klären. – Aber ich gehe doch nicht hin und erschieße deinen Hund!«

Oskar antwortete nicht sofort, und Herrmanns nutzte die Gelegenheit zur Deeskalation. »Es könnte doch auch nur ein dummer Unfall gewesen sein«, sagte er beschwichtigend, »hast du daran schon mal gedacht, Oskar? Ein Jäger, der voreilig abgedrückt hat. Stanley wäre nicht der erste Hund, der beim Wildern erschossen wurde. So etwas kommt vor.«

Was durchaus stimmte, so etwas kam vor. Aber nicht bei einem Meter Schnee. Außerdem hatte er Stanley gekannt. Der hätte allenfalls sein Geschäft im Freien verrichtet, um dann so schnell wie möglich wieder zurück ins Warme zu kommen. Und gewildert hatte er vermutlich auch in seiner besten Zeit nicht.

»Ach ja?« Oskar holte einen zerrissenen Briefumschlag aus der Manteltasche und warf ihn auf den Tisch. »Und was ist damit?«

In dem Umschlag hatte eine Karte gesteckt, die nun ebenfalls durchgerissen war. Herrmanns fügte die beiden Teile aneinander und las den knappen Text. Letzte Warnung, das erklärte einiges von Oskars Verhalten. »Wann hast du den Brief denn bekommen?«

»Heute Morgen. Er lag in meinem Briefkasten. Kurz danach habe ich Stanley gefunden.«

»Verstehe.« Herrmanns legte die beiden Teile der Karte aufeinander und verstaute sie in seiner Hosentasche. »Du siehst da einen Zusammenhang.« Er formulierte es nicht als Frage.

Oskar schnaubte verbittert. »Ist doch klar, wer dahintersteckt! Genau wie hinter den Sabotageakten. Und die Polizei wird wieder niemanden verhaften, genauso wenig, wie sie herausgefunden hat, wer die Liftsessel demoliert hat. Dabei weiß doch jeder hier Bescheid!«

»Wir brauchen nun mal Beweise, Oskar, und die gab es nicht«, erklärte Herrmanns geduldig. »Aber ich gehe der Sache nach, versprochen. Am besten komme ich gleich mit, um alles aufzunehmen.« Womit sein restliches Mittagessen gestrichen war. Mit sanfter Gewalt bugsierte er Oskar in Richtung Tür. Nach zwei Schritten drehte er sich noch einmal um. »Und was die Angelegenheit von vorhin angeht«, begann er, doch der Bauer winkte ab.

»Lass man, Paul, ist halb so wild.« Luttke setzte sich wieder auf die Bank und griff nach seinem Bier. »Wenn jemand meine Cora erschossen hätte, wüsste ich auch nicht, wie ich reagieren würde.«

Die beiden Piet-Brüder murmelten zustimmend. Herrmanns hätte ein Monatsgehalt darauf gewettet, dass keiner von ihnen an einen Jagdunfall glaubte. Er selbst glaubte ja auch nicht daran. Hätte er aber gern.

Herrmanns nickte ihnen zu, holte seinen Mantel und ging hinüber zu Oskar, der am Eingang auf ihn wartete. Sein Zorn schien sich gelegt zu haben, er wirkte jetzt nur noch verloren und traurig. Etwas unbeholfen legte ihm Herrmanns die Hand auf die Schulter und schob ihn behutsam zur Tür hinaus. Oskar tat ihm leid, es gab bestimmt schönere Arten, die Weihnachtstage einzuläuten. Aber das war es nicht allein, was ihm Sorgen bereitete.

Irgendwie lief der Streit um Schwarzenbachs großartige Zukunft aus dem Ruder.

ZWEI

Der harte Kern war geblieben. Es gab immer noch zwei Dutzend Schaulustige, die hinter dem Flatterband ausharrten, um ja nichts zu verpassen. Herrmanns kannte die meisten von ihnen, Leute aus dem Dorf. Wenigstens hielten sie jetzt einigermaßen Abstand, nachdem er den Fundort großräumig abgesperrt hatte. Was er sich genauso gut hätte sparen können. Vor seinem Eintreffen schien bereits eine Völkerwanderung vorbeigezogen zu sein. Die Spurensicherung würde im Dreieck springen. Falls Kieling sie überhaupt anforderte. Die hatten im Moment genug mit der Sache in Prüm zu tun. Dort war die Weihnachtsfeier einer Großfamilie etwas unglücklich verlaufen und hatte in einer Messerstecherei geendet. Zwei Tote und fünf Verletzte, das ging vor. Noch dazu jetzt, wo alle in Unterbesetzung arbeiten mussten. Einige Kollegen hatten sich freigenommen und verbrachten nun ihren Weihnachtsurlaub in den Alpen oder irgendwo fern in der Sonne unter Palmen. Aus purer Bosheit, wie Kieling sofort unterstellt hatte, als er davon erfuhr. Seine Stimmung schien sich seitdem nicht gebessert zu haben.

Herrmanns hielt sich bedeckt, die schlechte Laune sollten ruhig andere ausbaden. Verstohlen betrachtete er seinen Chef von der Seite. Kieling hatte sich leicht vorgebeugt und beide Hände über seinem Magen verschränkt. Er sah übel aus, so übel, dass sogar der Notarzt ihn kritisch gemustert hatte. Ob er vielleicht Hilfe brauche? Aber Kieling hatte nur abgewinkt und etwas von »Magen verdorben« gebrummt, »geht schon«. Der Arzt hatte nicht weiter insistiert, ohne deshalb schon überzeugt zu wirken.

»Verdammter Mist!«, fluchte Kieling jetzt leise. »Das hat mir gerade gefehlt, noch eine Leiche!«

Herrmanns nickte stumm, auch er hätte gern darauf verzichtet.

Sie traten zur Seite und sahen zu, wie die beiden Sanitäter den Körper auf die Tragbahre luden und anhoben. Der Rettungswagen hatte ein gutes Stück weiter unten halten müssen. Durch die Bäume hindurch konnte man von hier oben das rotierende Warnlicht sehen. Die Sirene war ausgeschaltet, es gab keinen Grund zur Eile. Normalerweise wurde der einspurige Fahrweg über den Berg im Winter nicht geräumt, aber Herrmanns hatte den Pflug herbeordert und dafür gesorgt, dass der Transit so nahe wie möglich an die Fundstelle herankommen konnte. Die letzten Meter führten über einen unbefestigten Schotterweg, der für den Rettungswagen zu schmal und vor allem zu steil war. Vorsichtig stapften die beiden Sanis mit ihrer Bahre durch den Schnee nach unten. Keiner von ihnen hatte Lust auf eine Rutschpartie.

Mit seiner Minox hatte Herrmanns mehrere Fotos geschossen, um wenigstens die Position der Leiche festzuhalten. Man wusste ja nie. Sonst gab es auch nicht mehr viel zu dokumentieren, nachdem halb Schwarzenbach hier herumgetrampelt war. Er hatte auch die Gondel des Sessellifts fotografiert, die in ungefähr acht Metern Höhe ziemlich genau senkrecht über der Fundstelle hing. Es war gar nicht so einfach gewesen, die Perspektive exakt einzufangen. Von dort oben musste der Mann heruntergestürzt sein. Eine andere Möglichkeit sah Herrmanns nicht.

Da die Leiche steif gefroren war, ließ sich über den Todeszeitpunkt noch nichts Genaueres sagen. Nur die unmittelbare Todesursache stand bereits fest: Genickbruch. Daneben gab es wohl noch weitere Knochenbrüche im Schulter- und Armbereich und vermutlich auch innere Blutungen. Die Sanitäter hatten bestätigt, dass die Verletzungen zu einem Sturz aus der Gondel passten. Der Sessellift hatte die richtige Höhe.

Alles deutete auf einen Unfall hin. Die Frage war eigentlich nur, ob der Mann gefallen war, womöglich unter Alkoholeinfluss, oder gesprungen. Herrmanns hatte von solchen Fällen in den Alpen gelesen. Von Leuten, die man in ihren Gondeln einfach vergessen hatte und die dann aus purer Verzweiflung, um nicht zu erfrieren, in den Tod gesprungen waren.

Missmutig betrachtete Kieling den Personalausweis, den sie bei dem Toten gefunden hatten. »Mario Ebers. Ausgestellt in Köln. Ein Urlauber?«

»Ich habe vorhin im ›Sporthotel‹ nachgefragt, er ist dort abgestiegen. Nicht zum ersten Mal.«

»Also gut!« Kieling schien eine Entscheidung getroffen zu haben. »Mal sehen, was die Gerichtsmedizin sagt, aber …« Er zögerte und ließ den Satz unvollendet. Aus zusammengekniffenen Augen musterte er die altmodische Sitzgondel über ihnen. Offenbar erwartete er von den Medizinern keine Ergebnisse, die seine Einschätzung korrigieren würden. »Bis auf Weiteres behandeln wir das hier als Unfall mit Todesfolge. Wir müssen natürlich überprüfen, ob hier irgendein Verschulden vorliegt, womöglich ein technischer Defekt. Bei dieser Liftanlage würde mich das nicht wundern. Sieht nicht unbedingt danach aus, als wäre sie auf dem neuesten Stand. Die muss doch uralt sein.«

Herrmanns nickte. »Ich bin schon als Kind damit gefahren.« Schon damals war sie nicht mehr neu gewesen.

Plötzlich machte Kieling einen Schritt zur Seite, beugte sich vor und übergab sich. Herrmanns angelte nach der Packung Tempo-Taschentücher, die für solche Fälle immer in seinem Parka steckte, und reichte sie Kieling, der mit einem dankbaren Blick danach griff.

»Vielleicht sollte der Arzt doch mal nach Ihnen sehen, Chef!«

Kieling richtete sich ächzend wieder auf. »Nicht nötig! Ich muss zurück nach Prüm.« Er hielt eine Hand auf seinen Magen gepresst, mit der anderen vollführte er eine umfassende Geste. »Und Sie, Paul, Sie kümmern sich um die Angelegenheit hier. Es ist schließlich Ihr Dorf.«

Herrmanns ging als Letzter. Nachdem die Leiche einmal abtransportiert war, hatte das Interesse der Zuschauer schlagartig nachgelassen. Die Show war vorbei, es gab hier nichts mehr zu sehen. Wie auf Kommando waren sie aufgebrochen, vermutlich, um hinterher im »Hirschen« das Ereignis ausgiebig zu diskutieren. An Gesprächsstoff würde es ihnen nicht mangeln.

Kieling hatte sich mit dem Rettungswagen bis zur Landstraße mitnehmen lassen, wo sein Auto stand. Für Herrmanns war kein Sitz mehr frei gewesen. Es machte ihm nichts aus, er ging gern zu Fuß, es half ihm beim Nachdenken. Man sollte sogar schlank davon werden, hatte er gehört.

Der Weg ins Tal hinunter folgte einem kleinen Bachlauf. Herrmanns ließ sich Zeit, um den Abstand zu den Dörflern vor ihm zu vergrößern. Nach einer Biegung verschwanden sie aus seinem Blickfeld, und bald verloren sich auch ihre Stimmen. Bis auf das knirschende Geräusch seiner Schritte auf dem festgetretenen Schnee und das leise Plätschern des Wassers war es still. Herrmanns mochte diese Stille, die eigentümlich dämpfende Stille einer Winterlandschaft, die einem das Gefühl gab, allein auf der Welt zu sein. Als er jetzt einen dünnen, durchdringenden Schrei hörte, blieb er stehen und sah nach oben. Hoch über ihm drehten zwei Bussarde ihre Kreise. Wie Kieling gesagt hatte, es war sein Revier. Und sein Toter.

Mehrmals kreuzte der Weg die Schneise, die man für den Lift in den Wald geschlagen hatte. Von einer Stelle aus konnte man auch die leere Piste ein Stück weit einsehen. Genau genommen gab es mehrere. Die eigentliche Abfahrt führte in großen Bogen den Hang hinunter und endete an der Talstation des Lifts. Abgesehen von einer engen Kehre mit steilerem Gefälle war sie leicht zu befahren. Nichts für Alpinisten. Er selbst zog die zwei schmaleren Seitenpisten vor, die sich durch den Wald schlängelten. Es waren weniger richtige Abfahrten, sondern eher sanft abschüssige Zugwege, auf denen man gemächlich zwischen den verschneiten Bäumen hindurchgleiten konnte. Unter der Woche hatte man die Strecke in der Regel für sich allein. Aber auch sonst traten die Wintersportler sich hier nicht gegenseitig auf die Füße.

Kieling hatte recht, der Sessellift war tatsächlich alt, älter als Herrmanns. Die Anlage stammte noch aus den Sechzigern, als es in der Gegend auch im Winter einen bescheidenen Fremdenverkehr gegeben hatte. Davon war nicht mehr viel übrig geblieben. Die mit der Anlage verbundenen Hoffnungen auf eine Belebung des Tourismus hatten sich nicht erfüllt. Im Gegenteil, in den folgenden Jahren und Jahrzehnten blieben immer mehr Gäste aus, und wenn sie doch kamen, dann meist nur als Tagesausflügler. In gewisser Weise war Schwarzenbach dem Wirtschaftswunder zum Opfer gefallen. Wer heute Ski fahren wollte, konnte es sich leisten, dafür gleich in die Alpen zu reisen. Hinzu kam, dass die Winter immer milder wurden und inzwischen auch die Hochlagen in der Eifel nicht mehr ausreichend schneesicher waren. Der aktuelle Kälteeinbruch mit seinen Schneemassen war da nur eine Ausnahme und würde langfristig nichts ändern.

Nachdenklich musterte Herrmanns einen der Eisenpfeiler, an denen die beiden dicken Drahtseile für die Sessel befestigt waren. Auch in einem anderen Punkt musste er Kieling recht geben. Die Anlage wirkte ziemlich heruntergekommen. Ob nun Grund oder Folge des Ausbleibens der Touristen – darüber gab es im Dorf unterschiedliche Meinungen, in letzter Zeit auch offenen Streit. Bisher hatte sich Herrmanns aus dieser Diskussion immer heraushalten können. Damit war es jetzt womöglich vorbei. Erst die Sache mit dem Hund und der anonymen Drohung und jetzt ein Toter unter Oskars Lift. Das konnte Zufall sein, sehr wahrscheinlich sogar. Trotzdem hatte Herrmanns ein ungutes Gefühl.

Wie sicher war die Anlage? Das war die entscheidende Frage. Zwar gehörte Oskar der Sessellift, aber er betrieb ihn nicht selbst. Und da lag das Problem. Während der Saison wurde der Lift von dem alten Gerbers bedient und gewartet, der damit seine Rente aufbesserte. Das Alkoholproblem des Alten war mehr oder weniger ein offenes Geheimnis. Doch soweit Herrmanns wusste, hatte er bisher immer zuverlässig gearbeitet, und offizielle Beschwerden waren auch nicht eingegangen. Gerbers selbst hätte natürlich nie von einem »Problem« gesprochen. Er trank einfach gern, das war alles.

Es gefiel Herrmanns nicht, doch ein bestimmter Verdacht ließ sich nicht von der Hand weisen: Vielleicht hatte Gerbers gestern wieder einmal einen über den Durst getrunken und dann einfach vergessen, dass da noch jemand in einer der Gondeln gesessen hatte. Das musste er klären, so schnell wie möglich. Andererseits war man nicht unbedingt auf Gerbers' Dienste angewiesen, um den Lift benutzen zu können. Die Schwarzenbacher hatten das seit Langem unter der Hand geregelt. Mit dem passenden Schlüssel konnte jeder in der Talstation den Lift selbst starten. Die Piet-Brüder hatten die Anlage so eingerichtet, dass sie sich nach einer vollständigen Runde von allein wieder abschaltete.

Von diesen Schlüsseln musste es Dutzende geben. Wie die meisten Einheimischen besaß auch Herrmanns seinen eigenen. Und für Übernachtungsgäste hing im »Goldenen Hirschen« immer ein Exemplar hinter der Theke, genau wie an der Rezeption des »Sporthotels« auf dem Gipfel des Nachbarberges, dem Kalten Hans. Dass er in der Skijacke des Toten einen Schlüssel gefunden hatte, der seinem eigenen wie ein Ei dem anderen glich, hatte Herrmanns deshalb nicht sonderlich überrascht. Falls es der richtige war, hätte der Mann mit dem Lift fahren können, auch nachdem Gerbers bereits die Anlage geschlossen hatte. In der Nacht wäre das niemandem aufgefallen. Das musste er zwar noch überprüfen, aber Herrmanns war sich sicher, dass keiner der Anwohner etwas bemerkt hatte. Sonst hätte sich schon längst jemand bei ihm gemeldet.

Während des restlichen Abstiegs überlegte er, welche Vorstellung schlimmer war: ein betrunkener Gerbers, der im Suff einen furchtbaren Fehler gemacht hatte, oder ein tödlicher Unfall, weil sie alle viel zu leichtfertig mit den Schlüsseln umgegangen waren. Vielleicht hatte der Lift ja einfach mitten auf der Strecke gestoppt, weil irgendetwas geklemmt hatte oder warum auch immer, und niemand war da gewesen, um den Fehler zu beheben. Die Regelung, die Anlage quasi privat und jederzeit nutzen zu können, mochte ja bequem sein, aber eben auch riskant. Darüber hatte er sich bisher keinerlei Gedanken gemacht, gestand sich Herrmanns ein. Offenbar musste erst etwas passieren.

Die Talstation bestand aus einem kleinen, massiven Blockhaus mit Fenstern auf jeder Seite, deren Läden fest verschlossen waren. Auf dem Dach lag eine dicke Schneeschicht, von der Traufe hingen ein paar Eiszapfen herab. Der Schlüssel des Toten passte tatsächlich. Herrmanns trat ein und zog zwei Fensterläden auf, um Licht hereinzulassen.

In der hinteren Ecke des Raums befand sich unter einer Metallverkleidung der Motor für den Sessellift. Das übersichtliche Schaltpult stammte noch aus der Zeit, als man die Anlage installiert hatte. Im Wesentlichen bestand es aus einem großen Drehschalter und ein paar Anzeigen mit Skalen und Zeigern für Spannung und Temperatur. Digital war hier noch nichts. Herrmanns betätigte den Drehschalter, und als der Lift sofort ansprang, schaltete er ihn wieder aus. Anscheinend lief die Anlage einwandfrei.

Herrmanns sah sich in der Hütte um. Neben einem Heizgerät samt Propangasflasche stand ein verkratzter Metallspind, unverschlossen. In ihm verwahrte Gerbers einen Regenumhang und das für die Wartungsarbeiten nötige Werkzeug. Ein kleiner Schreibtisch aus Holz mit einer Schublade und einem seitlichen Schrankelement war unter ein Fenster gerückt. Herrmanns setzte sich auf den Drehstuhl. In der Schublade lagen eine leere Geldkassette, ein paar »Landser«-Hefte und eine angebrochene Tüte Kartoffelchips. In dem Schrankteil fand er zwei Schnapsflaschen, die eine leer, die andere halb leer. Ein Glas fehlte. Herrmanns entdeckte es auf der Ablage des Handwaschbeckens an der Wand. Er hielt es an seine Nase und verzog das Gesicht. Den Schnaps konnte man noch deutlich riechen. Also hatte Gerbers gestern hier getrunken, was ihn nicht weiter überraschte.

Auf der kleinen Zufahrt zur Blockhütte parkte neben seinem eigenen Toyota noch ein zugeschneiter teurer SUV. Er hatte schon dort gestanden, als Herrmanns am Morgen seinen Wagen abgestellt hatte. Ein BMW mit Kölner Kennzeichen. Genau der BMW, den er auch gern gefahren wäre. Nun, immerhin war er jetzt im Besitz des passenden Schlüssels, den er bei der Leiche gefunden hatte. Er hielt ihn gegen den Wagen gerichtet und drückte darauf. Die elektronische Türentriegelung des BMW reagierte. Herrmanns setzte sich hinters Steuer und fuhr andächtig mit beiden Händen über das Lenkrad. Vielleicht sollte er es noch einmal mit dem Lotto versuchen, überlegte er. Dann riss er sich aus seinen Träumen und öffnete das Handschuhfach. Anschließend sah er auch unter den Sitzen und auf der Rückbank nach, ohne zu wissen, wonach er eigentlich suchte, und ohne etwas zu finden. Nachdenklich lehnte er sich wieder in den Sitz zurück. Der Tote hatte keine Ski dabeigehabt, womöglich, weil es dafür schon zu dunkel gewesen war, als er den Lift genommen hatte. Lange nachdem Gerbers gegangen war. Mit seinem Schlüssel hätte der Mann die Anlage jederzeit selbst starten können. Vielleicht hatte er das ja getan. In der Nacht. An Heiligabend.

»Weiß der Teufel, warum«, murmelte Herrmanns. Er nahm sich vor, gleich morgen bei der Gerichtsmedizin nachzufragen. Er musste unbedingt wissen, ob der Mann betrunken gewesen war. Das würde einiges erklären.

Und er musste mit Oskar reden.

Die Befragung von Gerbers hatte nicht viel ergeben. Der Alte wohnte am Dorfrand in einem winzigen Häuschen mit nachträglich angebautem Badezimmer. Beim Eintritt hatte Herrmanns unwillkürlich den Kopf eingezogen, weil die Decke so niedrig war. Im Erdgeschoss gab es nur das Wohnzimmer und eine kleine Küche. Eine steile Holztreppe führte vom Flur aus zum Dachboden mit der Schlafkammer. Es roch muffig. Die letzte Renovierung musste mindestens zwanzig Jahre zurückliegen.

Gerbers hatte ihn ins Wohnzimmer gebeten. Es war kaum größer als der Verschlag an der Talstation und auch nicht viel wohnlicher eingerichtet. Aber Herrmanns musste es ja nicht gefallen. Der kleine Raum war mit Möbeln vollgestellt. Eine durchgesessene Garnitur mit braunem Kunstlederbezug, ein Couchtisch und ein riesiger Flachbildfernseher. Viel mehr hätte beim besten Willen nicht hineingepasst. Auf der Fensterbank stand ein kleiner Weihnachtsbaum aus Plastik, dem es nur mit mäßigem Erfolg gelang, festliche Stimmung zu verbreiten.

Gerbers hatte ihn schon erwartet, natürlich war die Nachricht des Tages längst auch zu ihm durchgedrungen. Zu seinem Leidwesen hatte er die Leiche nicht selbst in Augenschein nehmen können, der Aufstieg zu Fuß wäre für ihn zu beschwerlich gewesen, und mit dem Lift konnte er ja wohl nicht mehr hinauffahren, oder? Das schien er Herrmanns persönlich übel zu nehmen. Herausgeputzt in seinem Sonntagsstaat und überraschend nüchtern, hatte Gerbers Stein und Bein geschworen, niemanden in einer der Gondeln vergessen zu haben, als er am Vortag die Liftanlage abgeschlossen hatte. Es war eh kaum Betrieb gewesen, nur ein paar Kinder mit Skiern, die mehrmals mit dem Lift nach oben gefahren waren. Einen Erwachsenen hätte er ganz sicher nicht übersehen, und nein, auch keinen BMW auf dem Parkplatz. Ob Herrmanns etwa andeuten wollte, er wäre senil?

Ihm war nur der taktische Rückzug geblieben. Noch unschlüssig, was er von Gerbers' Aussage halten sollte, fuhr er weiter zu Oskar. Er fand ihn in der Küche, mit einem Becher Kaffee vor sich und einer halb vollen Cognacflasche. So niedergeschlagen, wie Oskar aussah, diente der Kaffee wohl nur als Alibi.

Herrmanns goss sich auch eine Tasse ein, den angebotenen Cognac dazu lehnte er ab. Schweigend trank er einen Schluck und überlegte, wie er Oskar die unangenehme Nachricht schonend beibringen konnte.

»Schlimme Sache, das«, sagte er.

Oskar nickte betrübt. »Ja. Und ich kann ihn noch nicht einmal begraben.«

Herrmanns brauchte einen Moment, bis er begriff, dass Oskar von Stanley redete.

»Die Erde ist zu tief gefroren. Ich komme einfach nicht durch«, erklärte Oskar leise und wirkte kreuzunglücklich.

Herrmanns räusperte sich und schob seine Tasse hinüber zu Oskar. »Ich glaube, ich nehme doch einen Schuss. Von dem Toten beim Lift hast du gehört, nehme ich an.«

»Sicher.«

»Wir müssen jetzt herausfinden, wie es zu diesem Sturz kommen konnte.«

Oskar schenkte den Cognac ein. Er sagte nichts, sondern sah sein Gegenüber nur wachsam an, die Brauen hochgezogen.

»Also«, begann Herrmanns vorsichtig, »die Liftanlage –«, doch weiter kam er nicht.

»Ist nicht mehr die neueste«, unterbrach Oskar ihn, »ich weiß. Aber sie funktioniert immer noch tadellos, Gerbers kümmert sich darum und macht das sehr gut. Bisher gab es noch nie etwas zu beanstanden.«

»Jetzt offenbar schon. Immerhin hat es einen Unfall gegeben.«

»Das war doch kein Unfall!«

»Ach nein?«

»Nein! Hast du die Warnung etwa schon vergessen? Erst wird Stanley erschossen, und jetzt das. Es liegt doch wohl klar auf der Hand, was das bedeutet: Der Mann *wollte* im Lift stecken bleiben, das war Absicht!«

»Ein Selbstmordanschlag?«, sagte Herrmanns langsam. »Originell, das hatten wir hier in Schwarzenbach noch nicht.«

»Unsinn. Natürlich war sein Tod nicht mit eingeplant! Ein Notfall sollte ja nur fingiert werden.«

»Wie denn?«

»Ganz einfach: mit einem Schlüssel. Damit startet er den Lift, lässt ihn eine halbe Runde laufen, nimmt dann einen der

Sessel, und als die Anlage sich automatisch wieder abschaltet, bleibt er mitten auf der Strecke hängen. Jetzt braucht er nur noch über sein Handy den Notruf zu wählen und sich von der Feuerwehr retten zu lassen. Mit etwas Glück schafft er es damit sogar in die Nachrichten. So weit der Plan. Das Problem ist nur, dass es dort oben keinen Empfang gibt und dass unser Mann das nicht gewusst hat. Nun ist es ein echter Notfall, ohne Aussicht auf Hilfe. Ihm bleibt nichts anderes übrig, als zu springen. Dumm gelaufen.«

Oskar hatte seine abenteuerliche Geschichte mit der größten Selbstverständlichkeit vorgetragen. Er schien wirklich daran zu glauben. Herrmanns seufzte. »Das ist jetzt etwas sehr weit hergeholt, meinst du nicht? Warum sollte der Mann denn so etwas machen?«

»Weil er dafür bezahlt worden ist.«

»Bezahlt? Von wem? Wer in aller Welt sollte …?« Herrmanns brach ab und hob die Hand. »Schon klar. Eschborn. Wer sonst?«

»Ich weiß, wie das klingt«, verteidigte sich Oskar ungerührt. »Nach einer Verschwörungstheorie.«

»Da hast du verdammt recht.«

»Aber denk doch mal nach! Es geht darum, die Liftanlage als mangelhaft und gefährlich darzustellen und sie deswegen schließen zu lassen. Der Lift steht zum Teil auf Gemeindeland, und der Pachtvertrag dafür ist an den Betrieb gebunden. Du weißt genau, dass ich mir eine neue Anlage nicht leisten kann. Wenn ich den Lift schließen muss, erlischt auch der Vertrag. Und wenn das passiert, wer wird ihn dann wohl übernehmen? – Eben! Darauf hat Eschborn doch nur gewartet! Er braucht das Land, und zwar unbedingt, um sein aufgeblasenes Projekt durchziehen zu können. Da liegt das Motiv: Der Lift sollte durch Sabotage stillgelegt werden. Deshalb sind auch vorher schon die Sitze demoliert worden. Hat nur nicht gereicht.«

»Oskar.« Herrmanns beugte sich vor und legte beide Hände

auf den Tisch. »Mag ja sein, dass Eschborn gegen eine Schließung nichts einzuwenden hätte, weil er dann einfacher an das Land käme. Vielleicht wäre ihm sogar zuzutrauen, dabei ein paar unsaubere Tricks anzuwenden. Oder, wenn wir einmal dabei sind, auch einigen anderen Leuten hier im Dorf, die wegen deiner Sturheit ziemlich sauer auf dich sind. Aber deine Theorie hat einen kleinen Schönheitsfehler: Der Tote hatte gar kein Handy, zumindest wurde keins gefunden, weder bei ihm in seiner Kleidung noch an der Absturzstelle. Das habe ich selbst überprüft.«

Darauf hatte Oskar keine Antwort.

»Also solltest du deine aberwitzige Theorie besser für dich behalten. Ich möchte nicht wissen, wie die Leute reagieren, wenn das im Dorf die Runde macht.«

Oskar verzog nur das Gesicht. Was die Leute sagen würden, war ihm erkennbar gleichgültig.

»Unfälle passieren nun mal, Oskar. Ist nicht vor ein paar Jahren schon mal jemand aus dem Lift gefallen? Ein kleiner Junge, glaube ich.«

»Ja, nur war es auch da kein Unfall, sondern eine Mutprobe. Der Kleine wollte nur vor seiner Schwester angeben. Deshalb ist er aus seinem Sitz geklettert und heruntergesprungen. Wohlgemerkt gesprungen, nicht gefallen! Außerdem ist ihm nichts passiert, außer ein paar Prellungen.«

»Weil der Junge Glück gehabt hat! Das hätte auch ganz anders ausgehen können. So wie bei dem Toten. Nach Einschätzung der Sanitäter deuten die Verletzungen auf einen Sturz aus mehreren Metern Höhe, und dafür kommt am Unfallort einzig der Sessellift in Frage. Sonst gibt es da nichts. Weder einen Baum noch einen Felsen, der hoch genug wäre.«

»Und was heißt das jetzt?«

»Dass der Liftbetrieb erst einmal eingestellt werden muss, bis die Anlage überprüft worden ist. Es tut mir leid, Oskar. Ich hoffe, du bist gut versichert.«

Den Abend verbrachte Herrmanns allein zu Hause. Das »Gourmet-Festtagsmenü« aus der Mikrowelle hatte überraschend gut geschmeckt. Im Kaminofen brannte ein Feuer, auf dem Couchtisch standen Knabberzeug und zwei Flaschen Bier in Reichweite. Alles war so, wie es sein sollte. Er lag bequem auf seinem Sofa und sah James Stewart dabei zu, wie der nach dem Sprung von der Brücke sein Leben Revue passieren ließ und nach und nach erkannte, dass es so übel und sinnlos, wie er gedacht hatte, gar nicht gewesen war, sondern im Gegenteil wunderschön. So schön, dass er es dankbar wieder annahm.

Auf irgendeinem Kanal lief der Film immer zu Weihnachten, und Herrmanns sah ihn sich jedes Mal an. Ohne ihn wäre das Fest irgendwie unvollständig. Doch heute war er nicht ganz bei der Sache. Der Tote im Schnee ging ihm nicht aus dem Kopf. Es gab da einiges, was ihn störte. Er würde morgen früh als Erstes die Gerichtsmedizin anrufen, auch wenn es der zweite Weihnachtstag war. Vielleicht konnten sie schon nähere Angaben zum Todeszeitpunkt machen.

Mitten im Film klingelte das Telefon. Es war Kielings Frau, die sich wortreich für die Störung entschuldigte, ein frohes Fest wünschte und ihn dann an ihren Gatten weiterreichte mit der Bitte, sich kurzzufassen. Ihm ginge es sehr, sehr schlecht. Herrmanns glaubte ihr aufs Wort, als er seinen Chef hörte. Schon das Sprechen schien ihm schwerzufallen. Die Magenverstimmung hatte sich als Salmonellenvergiftung entpuppt. Kieling würde bis auf Weiteres ausfallen, Herrmanns musste den Todesfall solange allein bearbeiten. Als Kieling erfuhr, dass immer noch alles auf einen Unfall hindeutete, schien ihn das zu beruhigen.

»Denken Sie daran, Paul«, mahnte er abschließend, »den Ball flach halten! Sonst schicken die uns noch jemanden aus Trier.«

»Mach ich, Chef«, versprach Herrmanns. Irgendwelche Großstadt-Schnösel, die sich in seinem Revier breitmachten, waren das Letzte, was er sich wünschte.

DREI

Mit seinem Anruf bei der Gerichtsmedizin wartete Herrmanns am nächsten Morgen bis zehn Uhr. Zu unhöflich wollte er ja auch nicht sein. Als er die verantwortliche Ärztin erreichte, erwiesen sich seine Bedenken schnell als unbegründet. Sie klang am Telefon so munter, als könnte sie sich für den zweiten Weihnachtstag nichts Schöneres vorstellen als eine frische Leiche auf ihrem Tisch. Die Untersuchungen waren noch nicht abgeschlossen, doch einige Ergebnisse gab es schon. Herrmanns klappte sein Notizbuch auf und notierte. Anschließend legte er nachdenklich wieder auf.

Der Mann war also nicht betrunken gewesen. Die Ärztin hatte auf zwei Gläser Wein getippt, nicht mehr. Zu wenig, um im Rausch aus dem Lift zu fallen. Eine Lösung, die Herrmanns vorgezogen hätte.

Er zog den Parka über und holte den Toyota aus der Garage. In der Nacht hatte es wieder geschneit, aber nur ein paar Zentimeter, alle Straßen waren ohne neuerliche Räumung passierbar. Unterwegs begegnete er niemandem, Schwarzenbach saß noch beim Frühstück.

Mit einer Ausnahme. Schon von der Straße aus konnte er ihn sehen. Der Mann verließ gerade das Blockhaus der Liftstation, ging um das Häuschen herum und verschwand aus seinem Blickfeld. Herrmanns hatte ihn nicht genau erkennen können, dafür war die Entfernung zu groß. Außerdem trug der Mann eine Kapuze. Aber wer auch immer der Kerl war, er hatte dort nichts verloren.

Erst jetzt fiel Herrmanns auf, dass die Anlage in Betrieb war, und zwar schon eine ganze Weile. Fluchend bremste er ab und bog in die Einfahrt zur Station ein. Er parkte den Wagen wieder neben dem BMW, stieg aus und marschierte auf das Blockhaus zu. Bevor er es erreichte, rief jemand laut: »Stopp!«

Unwillkürlich blieb Herrmanns stehen, doch das Kommando hatte offenbar nicht ihm gegolten, denn unmittelbar danach wurde der Lift abgestellt. Wenigstens etwas, aber das half jetzt auch nicht mehr viel.

»Hallo?«, rief er mit seiner Polizistenstimme und legte so viel Amtsautorität hinein, wie er nur konnte.

Als Reaktion tauchte Oskar in der Tür auf und hob grüßend seine Hand. »Ich bin's nur, Paul.« Dann schien er dessen Gesichtsausdruck richtig zu deuten und wich vorsichtshalber ein paar Schritte zurück in den Raum. Herrmanns folgte ihm auf dem Fuß und baute sich dicht vor ihm auf.

»Ich dachte, ich hätte mich gestern klar genug ausgedrückt, Oskar, die Anlage hat vorerst geschlossen zu bleiben! Herrgott noch mal, du kannst doch nicht einfach an einem Tatort herumpfuschen!«

»Wieso Tatort?«

Herrmanns ignorierte die Frage. Er atmete einmal tief durch und bemühte sich, seinen Ärger herunterzuschlucken. »Was machst du hier, Oskar?«, fragte er betont ruhig. »Und was, bitte schön, macht der da draußen?«

»Oh, wir haben nur etwas überprüft, weiter nichts, Herr Polizeihauptmeister.«

Herrmanns drehte sich nach der fremden Stimme in seinem Rücken um. Sie hatte gut gelaunt geklungen, heiter, geradezu beschwingt. Jedenfalls nicht im Geringsten schuldbewusst, wie eigentlich zu erwarten gewesen wäre. Und danach sah auch der Sprecher nicht aus, im Gegenteil.

Der Mann trug einen nicht mehr allzu neuen Dufflecoat, braune Cordhosen und derbe dunkelrote Boots. Als er nun die Kapuze abnahm, fiel ihm dichtes dunkles Haar mit vereinzelten grauen Strähnen in die Stirn. Er strich es mit einer Hand zurück und nickte Herrmanns leutselig zu. »Hauptmeister stimmt doch hoffentlich, oder?«, fragte er, lächelte verbindlich und wies dabei auf die Achselklappen von Herrmanns' Dienstparka. »Ich bin mir bei der Anzahl der Sterne nie so ganz sicher, wissen Sie.«

Herrmanns räusperte sich etwas hilflos. So viel fröhliche Unbefangenheit wirkte entwaffnend. Anstatt den Fremden darauf hinzuweisen, dass hier gefälligst niemand etwas zu überprüfen hatte außer ihm selbst, merkte Herrmanns, wie er sein Gegenüber nur erstaunt musterte. Beinahe hätte er sogar dessen Lächeln erwidert. »Hauptmeister ist schon richtig, aber wer …?«

»Entschuldigt bitte, wo bleiben nur meine Manieren!«, kam Oskar der unausgesprochenen Aufforderung nach und machte die beiden miteinander bekannt. »Darf ich vorstellen: Paul Herrmanns, gewissermaßen unser Polizist vor Ort, und Harry Immanuel Bylandt aus Köln. Mein Vetter.«

Die ausgeprägte Familienähnlichkeit war Herrmanns schon aufgefallen. Beide hatten sie das gleiche schmale Gesicht mit dunklen Augen und einem leicht amüsierten Ausdruck, der wie jetzt sehr charmant, aber auch schnell arrogant wirken konnte. Nicht nur bei Oskar, da war sich Herrmanns sicher. Bylandt mochte ein paar Jahre jünger sein als sein Vetter, hatte nicht ganz dessen Größe und war schlank, sogar schlaksig, wenn auch nicht gar so hager wie Oskar. Er erinnerte Herrmanns noch an jemand anderen, ohne dass er auf Anhieb hätte sagen können, an wen.

»Freut mich, einen Vetter von Oskar kennenzulernen«, begrüßte er Bylandt. »Sie sind auf Besuch zu Weihnachten, nehme ich an? Sehr traurig, dann gleich auf einen Toten zu stoßen.«

»Aber nein, gar nicht. Im Gegenteil.« Bylandt strahlte ihn an. »Deshalb bin ich ja hier.«

Herrmanns wusste nicht, was er darauf erwidern sollte. Er sah Bylandt nur befremdet an.

»Ich habe Harry um Hilfe gebeten«, erklärte Oskar schnell. »Er ist gewissermaßen vom Fach.«

»Vom Fach?«, wunderte sich Herrmanns. »Was meinst du denn damit?«

»Oskar übertreibt da wohl etwas«, wiegelte sein Vetter halbherzig ab.

»Wieso, du schreibst doch Kriminalromane, oder etwa nicht?«

»Schon, aber das ist nicht ganz dasselbe.«

»Das würde ich allerdings auch sagen«, stimmte Herrmanns zu. Offenbar mit mehr Verve, als Bylandt lieb war, denn dessen rechte Augenbraue wanderte steil nach oben.

»Obwohl es natürlich gewisse Parallelen gibt«, schränkte Bylandt nun postwendend seine Aussage ein. »Das Problem ist jeweils das gleiche, nicht wahr, ein rätselhafter Todesfall.«

»Nur haben wir es hier mit einem echten Todesfall zu tun, nicht mit einem fiktiven«, wandte Herrmanns ein.

»Der Unterschied ist mir durchaus bewusst.«

Herrmanns hatte da seine Zweifel. »Sie schreiben wirklich Kriminalromane?«, fragte er ausweichend.

»So ist es. Unter Pseudonym. Die Mark-Connelly-Reihe. Vielleicht haben Sie ja schon davon gehört?«

Herrmanns hatte den Verdacht, dass die Frage nicht ganz so beiläufig gemeint war, wie der leichte Ton wohl suggerieren sollte. Er suchte noch nach einer passenden Antwort, als Oskar sich an ihn wandte.

»Ich habe Harry schon erzählt, was alles passiert ist.«

»Etwa die Geschichte mit dem Selbstmordattentäter?«

»Jemand sollte die Sache endlich ernst nehmen!«

»Das tun wir, Oskar«, verteidigte sich Herrmanns, »wir nehmen sie ernst. Einen tödlichen Unfall nehmen wir sogar sehr ernst. Aber deine Theorie ist einfach nur abenteuerlich. Ein Sabotageakt, der schiefgelaufen ist! Das mag ja in Romanen vorkommen, aber nicht in der Wirklichkeit. Schon gar nicht in der Eifel. Ich kann nur hoffen, dass Sie diesen Unsinn nicht auch noch glauben, Herr Bylandt!«

»Nein, tue ich nicht. An einen schlichten Unfall glaube ich allerdings auch nicht.«

»Sondern?«

»Es spricht doch einiges dafür, dass dieser Mann weder aus dem Lift herausgefallen noch absichtlich gesprungen ist.«

»Tatsächlich? Das müssen Sie mir erklären.«

»Gern«, erwiderte Bylandt sichtlich erfreut, »sehr gern! Da wäre erstens das Zeitproblem. Die Leiche lag dort ungefähr seit Mitternacht und –«

»Moment, woher wollen Sie das so genau wissen? Wie kommen Sie ausgerechnet auf Mitternacht?«

»Na, durch den Schnee. Wenn man die Höhe der Schneedecke auf der Leiche in Beziehung setzt zu Dauer und Intensität des Schneefalls, den es hier in der fraglichen Zeit gegeben hat, kann man daraus bestimmte Schlüsse ziehen. Im Grunde ein recht simples Verfahren.«

»Verstehe«, sagte Herrmanns unverbindlich, da Bylandt einen Kommentar von ihm zu erwarten schien. »Aber Sie haben die Leiche doch gar nicht gesehen.«

»Das ist richtig, nur die Fotos. Deshalb beruht die Zeitangabe ›Mitternacht‹ auch lediglich auf einer groben Schätzung. Allerdings bin ich sehr zuversichtlich, dass die Autopsie sie bestätigen wird. Sie nehmen doch eine Autopsie vor, oder?«

»Fotos? Welche Fotos?«

»Nun, der junge Mann, der als Erster über die Leiche gestolpert ist, hat nicht nur pflichtgemäß die Obrigkeit über den sensationellen Fund informiert, sondern offenbar auch alle seine Bekannten.« Auf einmal grinste Bylandt jungenhaft. »Womöglich nicht ganz in dieser Reihenfolge, könnte ich mir vorstellen, und vermutlich mit fatalen Folgen für die Spurensicherung.«

»Das können Sie laut sagen«, seufzte Herrmanns.

Bylandt nickte mitfühlend. »Zum Ausgleich dafür haben die Leute allerdings auch ausgiebig fotografiert, hauptsächlich die Leiche, versteht sich. Zumindest als originelles Beiwerk. Es sind ein paar recht ausgefallene Selfies dabei, das eine oder andere vielleicht ein wenig makaber, zugegeben, aber durchaus brauchbar. Ist alles im Internet nachzusehen.«

»Auch das noch.« Herrmanns nahm sich vor, mit den Jugendlichen ein ernstes Wörtchen zu reden, auch wenn es nicht viel nützen würde.

»Auf einigen der Fotos ist die Höhe der Schneedecke auf der Leiche recht gut zu erkennen«, fuhr Bylandt fort, dabei in einen leicht dozierenden Ton fallend, »und daraus lässt sich unter Berücksichtigung der genannten Faktoren folgern, dass diese ungefähr seit Mitternacht dort gelegen haben muss. Soweit ich weiß, ist der Liftbetrieb vorgestern Nachmittag schon um fünfzehn Uhr eingestellt worden. Da war es noch hell genug, um jemanden in einem der Sessel zu bemerken. Oskar sagt, dass der Mann, der den Lift bedient hat, versichert, niemanden gesehen zu haben.«

»Mit dem alten Gerbers habe ich selbst schon gesprochen. Ich weiß, dass er niemanden übersehen haben will. Ich weiß aber nicht, ob er vorgestern Nachmittag überhaupt noch nüchtern genug war, um darauf zu achten. Von seinem Schnapsvorrat im Schreibtisch hier ist jedenfalls nicht mehr viel übrig geblieben. Gerbers' Aussage ist also mit Vorsicht zu genießen.«

»Mag sein, aber es ist doch sehr unwahrscheinlich, dass jemand bei dieser Kälte erst noch acht Stunden da oben auf seinem Sitz ausharrt, bevor er abspringt. Noch dazu im Dunkeln.«

»Das musste er auch nicht, der Tote war nicht an Gerbers' Zeiten gebunden. Jeder mit einem Schlüssel kann den Lift bedienen, wann immer er Lust dazu hat. – Darüber müssen wir übrigens noch reden, Oskar! So kann das mit den Schlüsseln nicht weitergehen, das ist viel zu gefährlich!«

»Demnach hatte der Tote einen solchen Schlüssel bei sich?«, fragte Bylandt.

»Ja. Und sein Wagen stand auch schon gestern hier geparkt. Mit acht Zentimetern Schnee auf der Windschutzscheibe. Das heißt«, fügte Herrmanns konziliant hinzu, »ungefähr seit Mitternacht. Ihre Berechnung dürfte hinkommen.«

Zum ersten Mal schien Bylandt um eine Antwort verlegen zu sein. »Sie haben das nachgemessen?«, fragte er verblüfft.

»Selbstverständlich. Wie Sie schon sagten, ein recht simples Verfahren.«

Die Antwort schien Bylandt zu gefallen. Wieder huschte das übermütige Grinsen von vorhin über sein Gesicht. »Sogar sehr simpel«, stimmte er zu, »geradezu elementar.«

»Könnte man sagen.«

»Sie meinen also, dass der Mann mit seinem Schlüssel irgendwann in der Nacht den Lift benutzt hat?«

»Die Möglichkeit besteht immerhin.«

»Aber wie hätte er ihn wieder abstellen können – mitten auf der Strecke?«, wandte Bylandt ein. »Von Oskars Sabotage-und-Komplizen-Theorie halten Sie ja nicht viel, wie ich gehört habe.«

»Vielleicht hat der Lift sich von selbst abgestellt. Die Anlage hat immerhin schon einige Jahre auf dem Buckel, es könnte irgendein technischer Defekt vorliegen. Genau das muss überprüft werden.«

»Unsinn!«, widersprach Oskar. »Gerade lief die Anlage doch einwandfrei.«

»Das beweist gar nichts.«

»Richtig«, stimmte Bylandt unerwartet zu, »aber das muss es ja auch nicht.« Seinen gewohnten Ton hatte er inzwischen wiedergefunden.

Herrmanns sagte nichts. Auch Oskar schien überrascht zu sein und sah seinen Vetter ebenfalls fragend an.

»Ich bezweifle nämlich, dass der Tod des Mannes etwas mit dem Lift zu tun hat, jedenfalls nicht unmittelbar«, erklärte Bylandt bereitwillig und wirkte dabei sehr mit sich zufrieden.

»Das sagten Sie bereits. Nur weiß ich immer noch nicht, weshalb.«

»Weil er in dieser Nacht überhaupt nicht damit gefahren ist. Das konnte er gar nicht. Oder haben Sie zufällig ein Brecheisen bei dem Toten gefunden?«

Herrmanns legte nur den Kopf schief und sah Bylandt weiter unverwandt an. Die sich aufdrängende Frage sparte er sich. Mit seiner Einschätzung hatte er also richtiggelegen, in puncto Überheblichkeit konnte Oskars Vetter es mit jedem aufnehmen. Merkwürdig war nur, dass er ihm das nicht besonders übel nahm. Ganz sicher war er sich nicht, aber er hegte den leisen Verdacht, dass Bylandt den Schnösel womöglich nur spielte, wenigstens bis zu einem gewissen Grad. Das allerdings sehr überzeugend.

»Kommen Sie, ich möchte Ihnen etwas zeigen.«

Bylandt drehte sich um und ging zur Tür. Herrmanns und Oskar folgten ihm um die Blockhütte zur Hinterseite, wo der erste Mast der Liftanlage stand. Oben um den Mast lief in einer runden Führung das dicke Drahtseil, an dem die Sessel aufgehängt waren. Eine Rampe aus Holzbohlen verkürzte hier den Abstand zum Boden so weit, dass die Sessel in Sitzhöhe vorbeischwebten und man bequem ein- und aussteigen konnte. Vor einem von ihnen blieb Bylandt stehen.

»Dieser Sessel hier hing unmittelbar über der Fundstelle. Wenn der Mann aus dem Lift abgestürzt sein soll, kommt dafür also nur dieser eine Sitz in Frage. Ihn müsste er benutzt haben, aber das ist unmöglich.«

Herrmanns sah es auch. Der große Sicherungsbügel, den man hochklappen musste, um auf dem Sitz Platz nehmen zu können, war verbogen. Er griff danach und versuchte mit aller Kraft, den Bügel zu heben. Ohne Erfolg, der Bügel klemmte.

»Das habe ich auch schon versucht«, kommentierte Bylandt seine Bemühungen. »Es ist zwecklos, er lässt sich nicht bewegen. Nicht mit bloßen Händen.«

»Sabotage!«, erklärte Oskar und nickte Herrmanns nachdrücklich zu, als wäre der persönlich dafür verantwortlich. »Es gibt noch ungefähr ein Dutzend anderer Sessel, die vor drei Wochen demoliert worden sind. Ein paar von ihnen hat Gerbers noch reparieren können, aber nicht alle.«

Herrmanns überging den indirekten Vorwurf und wandte sich an Bylandt. »Sind Sie auch sicher, dass es der richtige Sessel ist? Denn jetzt hängt er jedenfalls nicht mehr über der Fundstelle. Weil jemand den Lift wieder in Betrieb genommen hat, obwohl genau das untersagt war.«

»Absolut sicher. Die Sitze sind jeweils auf der Unterseite

nummeriert. Selbstverständlich haben wir alles mit Fotos dokumentiert, bevor wir die Anlage eingeschaltet haben.« Bylandt griff in seine Tasche, doch Herrmanns winkte ab.

»Nicht nötig.« Er holte sein eigenes Smartphone heraus, auf das er die Aufnahmen vom Fundort übertragen hatte. Jetzt zahlte sich aus, dass er nicht nur die Leiche fotografiert hatte. Schnell wischte er die Fotos durch, bis er auf eine Aufnahme der Sesselgondel stieß und dafür einen anerkennenden Blick von Bylandt erntete. Auf der Vergrößerung konnte man auch die auf der Unterseite aufgemalte Nummer erkennen. Sie stimmte überein. Nachdenklich steckte er das Smartphone wieder ein und sah Bylandt an. »Sie haben recht. Es ist der richtige Sessel, Nummer vierunddreißig. Und der Mann kann ihn nicht benutzt haben.«

Bylandt verschränkte die Arme und betrachtete Herrmanns interessiert. »Das scheint Sie aber nicht sonderlich zu überraschen.«

Einen Moment zögerte Herrmanns unschlüssig. Ermittlungsergebnisse an Zivilpersonen weiterzugeben, entsprach nicht gerade der Dienstvorschrift. Andererseits war Bylandt schon von allein zum gleichen Schluss gekommen und würde auch so schnell keine Ruhe geben. In diesem Punkt war sich Herrmanns ziemlich sicher. Außerdem fand er langsam Gefallen daran, mit ihm den Fall zu erörtern. Denn darauf würde es hinauslaufen, auf einen Fall, auch darin war er sich sicher.

»Stimmt, das tut es nicht. Ich habe nämlich vorhin mit der Gerichtsmedizinerin gesprochen. Es gibt da ein paar Auffälligkeiten.«

»Die Beine, nehme ich an.«

»Was ist damit?«, fragte Oskar.

»Sie dürften noch heil sein.«

»Heil ist etwas übertrieben«, sagte Herrmanns bedächtig. »Aber ja, die Verletzungen legen nahe, dass der Oberkörper zuerst aufgeschlagen ist. Darauf wollten Sie doch hinaus, nicht wahr?«

»Wollte ich.« Bylandt nickte fröhlich. »Bei dieser Höhe müsste der Mann also quasi einen Kopfsprung gemacht haben, was sogar bei Selbstmördern selten vorkommt. Und bei jemandem, der sich vor dem Erfrieren retten will, wohl ausgeschlossen werden kann. Doch damit erzähle ich Ihnen natürlich nichts Neues.«

»Das ändert aber nichts daran, dass laut Bericht die Todesursache ein Sturz aus ungefähr fünf bis acht Metern Höhe war.«

»Was mit der Höhe des Sessellifts an der Fundstelle übereinstimmen würde, das stimmt. Doch da der Tote ihn nicht benutzt haben kann, wie wir jetzt wissen, und es sonst da oben keine Möglichkeit gibt, mehrere Meter in die Tiefe zu fallen –«

»Dürfte der tödliche Sturz nicht am Fundort erfolgt sein«, beendete Herrmanns den Satz. »Ich kann Ihnen folgen.«

»Weil Sie so etwas schon vorher vermutet hatten, nicht wahr? Es gibt also noch einen anderen Grund.«

Den gab es tatsächlich. Die Art der Verletzungen war nicht das Einzige, was Herrmanns störte. »Der Mann ist nicht nur mit dem Oberkörper zuerst aufgeschlagen, sondern die Leiche wurde anschließend auch noch bewegt, da hat sich die Gerichtsmedizinerin bereits festgelegt.«

»Was ebenfalls dafür spricht, dass sie dort nur abgelegt wurde, verstehe.«

»Oder jemand hat den Mann gefunden und wollte nachsehen, ob er noch lebt. Allerdings hat er keine Hilfe gerufen. Wahrscheinlich sollte so ein Sturz aus dem Lift vorgetäuscht werden.«

»Damit es wie ein Unfall aussieht. Schon möglich.«

Bylandt runzelte abfällig die Stirn. »Ziemlich dilettantisch, würde ich sagen. Damit kommt man heute nicht mehr durch, nicht mal im Fernsehen. Was ist mit Blutspuren? Wir waren vorhin schon oben an der Stelle, aber wohl zu spät, es sind keine mehr zu sehen gewesen.«

»Gestern auch nicht, dafür haben die Möchtegernpaparazzi

gesorgt. Soweit ich das feststellen konnte, gab es im Umfeld der Leiche keinerlei Spuren von Blut. Vielleicht ist etwas durch den Schnee auf den Untergrund durchgesickert, das wäre möglich, aber ohne entsprechende Ausrüstung lässt sich das nicht nachweisen.« Herrmanns würde sie wohl doch noch anfordern müssen, versprach sich allerdings nicht viel davon. »Es dürfte sowieso kaum Blut gegeben haben. Der Mann hat sich bei dem Sturz das Genick gebrochen, der Tod muss unmittelbar eingetreten sein. Außerdem trug er eine wasserdichte Skijacke in sehr fester, hochwertiger Qualität, die so schnell kein Blut austreten lässt. Und seine Kapuze war übergezogen und zugebunden.«

»Klingt für mich, als hätte ihn jemand für den Transport gut eingepackt«, meinte Bylandt. »Im Prinzip eignet sich der Ort ja gut, um dort unauffällig eine Leiche abzulegen. Der Boden bildet eine Senke, sodass man von weiter unten die Stelle nicht einsehen kann. Obwohl das an Heiligabend und um diese Uhrzeit keine entscheidende Rolle gespielt haben dürfte. Nur – wie ist die Leiche dort hingekommen?«

»Das frage ich mich auch. Der Fahrweg war nicht geräumt. Um die Leiche so weit den Hügel hinauftransportieren zu können, bräuchte man schon einen Geländewagen mit Allradantrieb oder einen Traktor. Aber damit ginge es vermutlich, ja.«

»So ein Teil hat hier wohl jeder, nehme ich an.«

»Mehr oder weniger. Nur habe ich keine Reifenabdrücke gefunden, und die hätte es trotz des Neuschnees geben müssen. Ich habe mir den Weg angesehen, bevor er geräumt worden ist. Reifenspuren wären mir aufgefallen.«

»Einen Wagen können wir also ausschließen. Was ist eigentlich mit dem Lift?«

»Den auch. Der Körper wurde zwar postmortal bewegt, aber er ist nicht noch einmal aus größerer Höhe gestürzt. Der Transport muss auf andere Weise erfolgt sein.«

»Sie denken an einen Schlitten«, sagte Bylandt langsam und nickte beifällig. »Abdrücke von Kufen oder Skiern wären durch den Neuschnee verdeckt worden. Oder, falls nicht, später von unseren Hobbyfotografen platt getreten.«

Daran hatte Herrmanns tatsächlich gedacht. Es war eine Möglichkeit, die ihm nicht gefiel. »Wäre aber ziemlich aufwendig.«

»Nicht, wenn man einen Mord vertuschen will.«

Herrmanns seufzte. »Malen Sie den Teufel nicht an die Wand!«

»So oder so, um eine Leiche ausgerechnet dort oben zu platzieren, muss sich jemand hier gut auskennen«, sagte Oskar nüchtern.

Das sah Herrmanns auch so, und genau das bereitete ihm Sorgen.

»Das Haus von Eschborn liegt übrigens Luftlinie gar nicht so weit entfernt«, fuhr Oskar im gleichen Ton fort. »Einen Schlitten hat er bestimmt. Ein Motiv auch.«

»Nein«, widersprach Bylandt, »nur um dir zu schaden, wäre ein Mord doch wohl etwas übertrieben. Ich bezweifle, dass es hier um Sabotage geht, Oskar. Dieser Eschborn steht also nicht ganz oben auf der Verdächtigenliste.«

Oskar grummelte vor sich hin, ohne etwas zu erwidern. Restlos überzeugt wirkte er nicht.

»Schön!« Bylandt schlug die Hände zusammen. »Wenn wir es hier nicht mit einem Unfall zu tun haben, dann stellt sich die Frage: Wer war der Tote, und wer hatte ein Motiv, ihn umzubringen?«

»Nicht so hastig!«, trat Herrmanns auf die Bremse. »Wir wollen hier nicht die Pferde scheu machen! Bis jetzt ist alles nur Spekulation. Wir wissen eigentlich nur, dass der Mann durch einen Sturz kopfüber aus mehreren Metern Höhe umgekommen ist, und zwar höchstwahrscheinlich nicht am Fundort. Daraus folgt aber noch nicht zwingend, dass der Mann umgebracht worden ist. Auch ein Unfall ist immer noch möglich, wobei das Ablegen der Leiche an einem anderen Ort natürlich verdächtig ist.«

»Eine sehr diplomatische Formulierung.«

»Wenn Sie so wollen, meinetwegen. Aber bevor ich auf eigene Kappe an Kieling vorbei die Kavallerie hole, will ich erst absolut sicher sein. Das heißt: Wir warten das endgültige Gutachten aus der Gerichtsmedizin ab. Und so lange wird das hier offiziell als Unfall behandelt, genau wie der Chef das angeordnet hat.«

»Und inoffiziell?«

Das war eine gute Frage. Herrmanns rieb sich das Kinn. »Es wird vermutlich nicht viel bringen, aber ich könnte den Fundort spurentechnisch untersuchen lassen, nur zur Sicherheit, und den Sessel hier am besten gleich mit. Dann müsste natürlich auch der Hintergrund des Toten überprüft werden.«

»Wäre keine schlechte Idee«, stimmte Bylandt zu. »Außerdem gibt es da immer noch den toten Hund und die ominöse ›letzte Warnung‹ an Oskar.«

»Haben Sie nicht gerade selbst gesagt, dass da kein Zusammenhang mit dem Toten bestehen muss?«, wiegelte Herrmanns ab.

»Damit meinte ich, keinen unmittelbaren Zusammenhang. Aber wenn das alles überhaupt nichts miteinander zu tun haben sollte, wäre das schon ein sehr merkwürdiger Zufall, da hat Oskar absolut recht, meinen Sie nicht? Immerhin wollen Sie wegen des Toten den Lift sperren lassen. Mit Folgen, die der Intention, die man dem Drohbrief wohl getrost unterstellen kann, durchaus entgegenkommen. Dem sollte man nachgehen, denke ich. Und genau das habe ich auch vor.«

»Auf eigene Faust?« Etwas in der Art hatte Herrmanns befürchtet. »Ich kann Sie wohl nicht davon abhalten, oder?«

»Bedaure, nein.«

»Das dachte ich mir.« Herrmanns überlegte. Sosehr es ihm missfiel, doch Bylandt hatte recht, es wäre ein seltsamer Zufall, wenn es tatsächlich keinerlei Verbindung zwischen den Vorfällen gäbe. Jemand hatte sich die Mühe gemacht, den Toten ausgerechnet unter Oskars Liftanlage abzulegen. Den Verdacht, dass die Stelle mit Bedacht ausgewählt war, konnte man nicht einfach ignorieren. Doch wenn er diesem selbst nachginge, würde er sich keine Freunde im Dorf machen. Vielleicht war es gar keine schlechte Idee, den Stich ins Wespennest jemand anderem zu überlassen und dann abzuwarten, was passierte. »Na schön, aber wenn Sie etwas herausfinden, egal was, möchte ich das als Erster erfahren!«

»Geht in Ordnung.«

»Und seien Sie um Himmels willen diskret! Ich will nicht noch mehr böses Blut in Schwarzenbach.«

»Keine Sorge, ich bin die Diskretion in Person. Fragen Sie Oskar.«

Herrmanns sah misstrauisch zu Oskar hinüber, der sich gerade in diesem Augenblick verschluckt zu haben schien. Sein Vetter hingegen zuckte mit keiner Wimper und lächelte ihn nur unschuldig an. Ein verspielter Hundewelpe hätte nicht harmloser aussehen können. Herrmanns holte tief Luft. »Warum nur fällt es mir schwer, das zu glauben, Herr Bylandt?«

»Ich habe nicht die geringste Ahnung, Herr Herrmanns.«

»Paul genügt.«

Bylandt streckte seine Hand aus. »Harry. – Also, wer war der Tote? Kein Einheimischer, nehme ich an.«

Herrmanns erwiderte den Händedruck. Ganz wohl fühlte er sich nicht dabei, Oskars Vetter in die Ermittlungen einzubinden. Aber für einen Rückzieher war es jetzt zu spät. »Nein, kein Einheimischer«, bestätigte er und klappte sein Notizbuch auf. »In der Jacke steckte noch seine Brieftasche mit Geld, Kreditkarten und den Papieren. Ein gewisser Mario Ebers, laut Personalausweis zweiunddreißig, geboren in Krefeld, gemeldet in Köln.«

»Was hat er hier gemacht?«

»Urlaub, wie es aussieht. Er hat in einem Hotel etwas außerhalb des Dorfes gewohnt, im ›Sporthotel‹. Ich habe gestern schon den Wirt informiert und das Zimmer verschließen lassen. Nachher fahre ich dorthin, um mir seine Sachen anzusehen.

Ebers ist wohl häufiger dort abgestiegen, jeweils für ein paar Tage oder ein Wochenende. Vor allem, wenn mit ausreichend Schnee zu rechnen war. Er soll ein guter Skifahrer gewesen sein. Der Wirt sagt, dass er immer seine eigene Ausrüstung mitgebracht hat.«

»Sie sagen das so, als wäre das ungewöhnlich.«

»Nicht direkt ungewöhnlich, nur passt es nicht so recht zum Ambiente. Das Hotel wird hauptsächlich von Reisegruppen und Kegelclubs gebucht. All-inclusive-Wochenenden. Einzelgäste sind eher die Ausnahme, und Skifahren dient da in der Regel nur als Alibi. Der eigentliche Sport findet an der Bar statt. Es soll auch einen großen Saunabereich geben.«

»In Schwarzenbach? Wer hätte das gedacht! Dieses Etablissement sollten wir uns unbedingt näher ansehen.«

»Das geht nicht«, sagte Oskar knapp und wirkte dabei etwas verlegen. »Es gab da mal eine Diskussion über die Zukunft des Dorfes zwischen dem Wirt und mir«, schob er als Erklärung hinterher. »Eine kontroverse Diskussion.«

»Und?«

»Seitdem habe ich dort Hausverbot.«

Einen Moment schien Bylandt sprachlos zu sein. »Ich frage jetzt nicht, wer gewonnen hat«, kommentierte er und wandte sich dann an Herrmanns. »Nun, Oskar mag ja zur Persona non grata erklärt worden sein, aber für mich gilt das nicht. Ich hoffe doch, Sie nehmen mich mit.«

VIER

Die Strecke zog sich. Es waren zwar nur ein paar Kilometer bis zu dem Hotel, aber kurz hinter Schwarzenbach hatte sich ein Räumfahrzeug vor sie gesetzt und schaufelte den Neuschnee zur Seite. Die aufgehäuften Wälle am Straßenrand wurden immer höher. An ein Überholen war nicht zu denken, ihnen blieb nichts anderes übrig, als im gemächlichen Tempo hinter dem Wagen herzufahren. Wenigstens lief die Heizung des Toyota auf Hochtouren.

Bylandt öffnete seinen Mantel und streckte die Beine, so gut es ging. »Das kenne ich«, seufzte er, »da hilft nur Geduld. Ich wohne selbst auf dem Land, wissen Sie, im Bergischen.«

»Ich dachte, Sie wohnen in Köln? Oskar hat so etwas gesagt.«

»Da auch. Gewissermaßen.«

Herrmanns warf ihm einen fragenden Blick zu.

»Sagen wir, ich hüte das Haus eines Freundes«, antwortete Bylandt zögernd. »Eines toten Freundes. Ist eine lange Geschichte.« Und er wollte sie nicht erzählen. Stattdessen wechselte er das Thema. »Was wissen Sie denn sonst noch über den Toten im Schnee?«

»Der Mann war angeblich freier ›Security-Consultant‹, was immer das bedeuten mag.«

»Pompös genug klingt es jedenfalls. Aber als Berufsbezeichnung ist es etwas schwammig, da haben Sie recht. Kann vom Türsteher bis zum IT-Experten reichen.«

»Wie ein Türsteher wirkte er nicht auf mich.«

»Kannten Sie ihn denn?«, fragte Bylandt verdutzt.

»Kennen wäre übertrieben. Ich habe ihn ein paarmal gesehen. Er hat ab und zu im ›Hirschen‹ gegessen und an der Theke ein Bier getrunken.«

»Und, wie war er so?«

»Was soll ich sagen? Schlank, sportlich, gut aussehend, immer in Designerklamotten und hinter den Frauen her«, zählte Herrmanns auf, »vermutlich mit Erfolg. Ebers scheint Geld gehabt zu haben, bei der Leiche haben wir eine Rolex gefunden.« Er sah kurz zu Bylandt hinüber, der zwar keine Uhr trug, dessen Cordanzug aber so samtig schimmerte, dass er sündhaft teuer gewesen sein musste. Genau wie der Rollkragenpullover aus Kaschmir. »Außerdem konnte er sich einen BMW X6 leisten.«

»Sie mochten ihn also nicht«, konstatierte Bylandt amüsiert. Natürlich hatte er den Blick bemerkt.

»Ist das so offensichtlich?«

»Ist es. Aber keine Sorge, damit standen Sie wohl nicht allein. Immerhin ist der Mann tot.«

Das »Sporthotel Schwarzenbach« lag knapp unterhalb des Gipfels. Bei klarer Sicht hatte man von hier aus einen traumhaften Ausblick auf die Berge der Schnee-Eifel. Dagegen war das Haus selbst ein schmuckloser dreistöckiger Bau aus den Siebzigern und strahlte den »Charme einer Jugendherberge« aus, wie Bylandt den Anblick respektlos kommentierte. Im Stillen musste Herrmanns ihm recht geben, daran änderten auch die rot-weiße Lichterkette und der illuminierte Rentierschlitten auf dem zugeschneiten Dach nicht viel. Aber für eine Renovierung fehlte schlicht das nötige Kapital, das wusste er aus erster Hand. Jutta Schmitz, die Tochter des Wirts, hatte in der Schule eine Klasse unter ihm gesessen, und der Kontakt war nie abgerissen.

Zum Hotel gehörte ein eigener Skilift, der zwei ansehnliche Pisten versorgte. Sie zogen genügend Tages- und auch Wochenendtouristen an, dass sich der Hotel- und Gaststättenbetrieb einigermaßen rentierte. Bisher hatte sich der Wirt damit über Wasser halten können, nur ließen sich die dringend erforderlichen Investitionen nicht ewig aufschieben. Deshalb gehörte Karl Schmitz auch zu den entschiedenen Befürwortern von Eschborns Projekt.

Vor dem Haus parkten ein halbes Dutzend Autos. Herrmanns setzte sich neben einen Reisebus aus Düsseldorf, der gerade mit Gepäck beladen wurde. Sie stiegen aus und stapften durch den festgetretenen Schnee hinüber zum Eingang.

Ein festlich geschmückter Weihnachtsbaum dominierte das Foyer. Offene Flügeltüren an beiden Seiten führten in die Bar und den Speiseraum. Jutta stand hinter der kleinen Rezeption und starrte konzentriert auf den Monitor vor ihr, während sie auf einer Tastatur etwas eintippte. Eine ausgesprochen attraktive Frau, stellte Herrmanns wieder einmal fest. Die Jahre hatten ihr nicht viel anhaben können, im Gegenteil. Die nahenden vierzig standen ihr gut, und das konnte nicht jeder von sich behaupten, Anwesende eingeschlossen. Unwillkürlich fasste er an seinen Bauch. Vielleicht sollte er ja doch noch mit dem Joggen anfangen.

Im Moment schien sie leicht gestresst zu sein, was Herrmanns nicht wunderte. An ihr blieb die Arbeit hängen, seit Juttas Vater sich aus dem Tagesgeschäft zurückgezogen hatte, um sich fortan nur noch um das große Ganze zu kümmern. Was in seinem Fall bedeutete, dass er in die Lokalpolitik eingestiegen war. Als Herrmanns jetzt näher trat, sah sie auf. Das geschäftsmäßige Lächeln vertiefte sich, als sie ihn erkannte, und noch mehr, als er ihr Bylandt vorstellte, wobei er sich vorsichtshalber auf den Vornamen beschränkte und auch dessen offiziellen Status im Vagen ließ. Bylandt lächelte zurück und schaffte es anscheinend gerade noch, ihr nicht die Hand zu küssen.

Jutta konnte sich natürlich denken, weshalb sie gekommen waren, und wollte wissen, wie der Unfall passiert war.

»Das wird noch untersucht«, antwortete Herrmanns ausweichend. »Bisher konnten wir noch keine näheren Angehörigen ausfindig machen. Ebers war doch öfter hier zu Gast, fällt dir vielleicht jemand ein, den wir von seinem Tod benachrichtigen müssten?«

»Nein, außer seiner Anschrift haben wir nichts. Er wohnte in Köln.«

»Ja, das wissen wir. Kannst du uns sonst noch etwas über ihn sagen?«

»Ich wüsste nicht, was«, erwiderte sie und zog die Stirn kraus. »Er war ein ganz normaler Gast, mehr nicht. Er hat sich nie über irgendetwas beschwert und immer ein gutes Trinkgeld gegeben, soweit ich weiß.«

»Hatte er vielleicht Ärger mit anderen Gästen?«

»Nein, wieso? Ist das denn wichtig? Stimmt etwas nicht?«

»Was glauben Sie«, fragte Bylandt dazwischen, »warum ist er so oft hierhergekommen?«

»Hauptsächlich zum Skilaufen, das hat er jedenfalls gesagt. Darüber habe ich mich mal mit ihm unterhalten. Wenn er mehr Zeit hätte, würde er öfter in die Alpen fahren, meinte er. Aber Schwarzenbach wäre besser als gar nichts. Um nicht einzurosten, würde es reichen.« Sie lächelte etwas gezwungen. »Na ja, wir sind eben nicht St. Moritz, und er fuhr wirklich sehr gut, das muss man ihm lassen. Er hat immer seine eigenen Bretter mitgebracht, sie stehen unten im Skikeller. Ansonsten hat er sich wenig im Haus aufgehalten, er war viel unterwegs.«

»Hier in der Gegend?«

»Das nehme ich an, aber genau weiß ich es nicht.«

»Junger Mann! Sind Sie bald fertig? Wir haben nämlich nicht den ganzen Tag Zeit!«

Die in Wortwahl und Zungenschlag so unverkennbar rheinländische Anrede galt zwar Bylandt, doch Herrmanns drehte sich als Erster um. Hinter ihnen hatte sich eine kleine Schlange gebildet. Vier oder fünf Frauen mittleren Alters, die in farbenfrohen Skijacken steckten und nicht den mindesten Respekt vor seiner Uniform zeigten. Die Sprecherin nickte ihm resolut, aber nicht unfreundlich zu. »Ja – der Bus wartet nicht ewig!«

Herrmanns suchte noch nach einer passenden Antwort, als Bylandt mit einer einladenden Geste den Platz an der Rezeption freigab. »Keine Aufregung, meine Damen, wir sind ja schon weg! Und ich brauche jetzt erst mal einen Kaffee.

Kommen Sie, Paul, ich lade Sie ein. Das Zimmer läuft uns nicht davon.« Ohne eine Antwort abzuwarten, marschierte er in die Hotelbar. Herrmanns zögerte kurz, dann folgte er ihm. Auf eine Viertelstunde kam es wirklich nicht an.

Jemand hatte die überraschend große Bar mit viel Holz rustikal eingerichtet, passend für den zünftigen Après-Ski am Abend. An der Stirnwand gab es einen offenen Kamin, in dem ein paar Scheite brannten. Jetzt am Vormittag war es hier noch ruhig. Irgendwo im Hintergrund träumte Bing Crosby von einer weißen Weihnacht, aber er tat es angenehm leise. Von den Tischen war nur einer besetzt. Ein junges Pärchen saß unmittelbar am Fenster. Die Aussicht über die verschneiten Berge und Täler war allerdings an sie verschwendet. Sie hielten die Köpfe gesenkt und hatten nur Augen für ihre Smartphones. Wahrscheinlich schickten sie sich gerade gegenseitig Nachrichten.

Bylandt steuerte die Theke an und setzte sich auf einen der Barhocker. Hinter dem Tresen nahm die Bedienung, eine sehr hübsche junge Frau Ende zwanzig, seine Bestellung auf. Sie konnte erst seit Kurzem hier arbeiten, jedenfalls hatte Herrmanns sie vorher noch nie in Schwarzenbach gesehen, und aufgefallen wäre sie ihm bestimmt. Als sie mit Bylandt sprach, glaubte er, einen schwachen polnischen Akzent herauszuhören. Routiniert und geschickt hantierte sie mit der Kaffeemaschine und den Tassen. Offensichtlich verstand sie ihr Handwerk. Die beiden Espressi standen im Handumdrehen vor ihnen auf der Theke. Dankbar genoss Herrmanns den ersten Schluck. Kaffee war eine gute Idee gewesen. Bylandt bestellte gleich noch einen und sah ihn fragend von der Seite an.

»Für mich nicht, danke«, lehnte er ab, entschuldigte sich und ging zur Toilette. Auf dem Rückweg kam er wieder an der Rezeption vorbei, die immer noch von den Düsseldorferinnen belagert wurde. Der Ton war inzwischen etwas ruppiger geworden, offenbar gab es ein Problem mit dem Gepäck. Er drängte sich mit seiner geballten Amtsautorität dazwischen und ließ sich von Jutta den Schlüssel zu Ebers' Zimmer geben.

An der Tür zur Bar blieb er stehen und beobachtete amüsiert das Schauspiel. Bylandt schien in seinem Element zu sein. Er plauderte munter mit der jungen Bedienung hinter der Theke, die sich zu einem vertraulichen Tête-à-Tête vorgebeugt hatte und nun über etwas, das Bylandt gerade sagte, lachen musste.

»Rheinländer!«, murmelte Herrmanns, winkte mit dem Schlüssel und zeigte nach oben. Dann drehte er sich um und ging zum Aufzug, der sich seitlich versetzt hinter dem Empfang befand. Ebers' Zimmer lag im dritten Stock, und ihm war nicht nach Frühsport zumute. Als er den Rufknopf zum zweiten Mal drückte, tauchte Bylandt neben ihm auf. Er hatte sich also von der schönen Polin losreißen können.

»Täusche ich mich, oder war das gerade ein Flirt?«

»Unsinn, ich war nur höflich, weiter nichts.«

»Ich meinte ja auch nicht Sie.«

Bylandt begnügte sich mit einem einsilbigen »Ah!« als Antwort und sah an Herrmanns vorbei zur Rezeption. »Sehr sympathisch, Ihre ehemalige Schulkameradin«, konterte er beiläufig.

»Jutta? Ja, da stimme ich Ihnen zu.«

»Sie mochte Ebers genauso wenig wie Sie. Das haben Sie doch auch gemerkt, oder?«

Herrmanns nickte. Bei ihren Antworten vorhin hatte Jutta seltsam reserviert gewirkt. Beinahe, als ob sie sich selbst erst noch dazu überreden musste, wenigstens irgendetwas Gutes über Ebers zu sagen, der immerhin hier Stammgast gewesen war.

Die Aufzugstür öffnete sich. Sie traten beiseite, um noch mehr abreisende Düsseldorfer samt Gepäck vorbeizulassen. Hinauf wollte niemand außer ihnen beiden.

»Ich denke, ich weiß auch, warum«, erklärte Bylandt in der Kabine. »Sie lagen nämlich richtig mit Ihrer Einschätzung, was unseren Toten angeht. Ebers scheint wirklich ein Frauenheld gewesen zu sein. Er hat sich anscheinend an jedes Zimmermädchen im Hotel herangemacht und natürlich auch an Beata.«

»Beata?«

»Unsere charmante Bedienung an der Bar. Und von ihr habe ich gerade erfahren, dass Ebers es auch bei der Chefin versucht hat. Muss sehr unschön gelaufen sein.«

»Moment – das hat sie Ihnen alles einfach so erzählt? Einem Wildfremden? In gerade mal fünf Minuten?«

»Ich war eben höflich.«

»Klar.«

»Gut«, seufzte Bylandt, »wahrscheinlich hat auch geholfen, dass ich sie angeblich an George Clooney erinnert habe. Mag sein.«

»Aber ja!« Jetzt fiel Herrmanns ein, an wen auch ihn Bylandt die ganze Zeit erinnert hatte. »Sie sehen ihm tatsächlich ähnlich!«

»Nein, eigentlich sieht er mir ähnlich«, antwortete Bylandt etwas schmallippig. Auf den Unterschied schien er Wert zu legen.

»Verstehe.« Herrmanns verkniff sich ein Grinsen. »Na, hoffentlich hat sie *mich* nicht für Brad Pitt gehalten!«

»Da wäre ich mir nicht so sicher.«

Das Zimmer von Ebers war schlicht und funktional eingerichtet. Außer einer hübschen Aussicht hatte es wenig zu bieten. Es gab das Bett, einen Kleiderschrank und vor dem Fenster noch einen kleinen Schreibtisch mit einer Sitzgelegenheit. Die Präsidentensuite war es nicht.

Herrmanns hatte keine konkrete Vorstellung, wonach er suchen sollte, also ging er einfach alles durch. In der winzigen Nasszelle waren die Toilettenartikel säuberlich in einem Kulturbeutel verstaut. Darunter auch ein kostspieliges Aftershave, wie Herrmanns zufällig wusste. Das gleiche hatte er sich selbst zu seinem letzten runden Geburtstag gegönnt und für besondere Gelegenheiten aufgespart. Seitdem stand es zu Hause in seinem Badezimmer und war immer noch halb voll. Die besonderen Gelegenheiten in seinem Leben gaben sich nicht gerade die Klinke in die Hand.

Auch der Kleiderschrank war penibel eingeräumt, Hosen, ein Jackett und mehrere Hemden sorgfältig mit ausreichendem Abstand zwischen ihnen auf Bügeln aufgehängt. Auf dem Boden standen zwei Paar Schuhe, sauber geputzt. Ebers schien ordentlich gewesen zu sein. Unter seinen Sachen gab es nichts Festlich-Formelles, nur Freizeitkleidung, aber die war durchweg von guter Qualität. Herrmanns kannte ein paar der Marken auf den Etiketten. Alles bestätigte seinen ersten Eindruck, dass Ebers großen Wert auf sein Äußeres gelegt hatte. Für seine Kleidung hatte er Geld ausgegeben und war gut damit umgegangen.

»Sieh an, ein kleiner Spießer«, kommentierte Bylandt Ordnung und Inhalt des Kleiderschranks, als hätte er nichts anderes erwartet. Dann wies er auf den Nachttisch. »Aber damit war nach Ihrer Beschreibung von Ebers nicht unbedingt zu rechnen gewesen. Lektüre. Der Mann hat gelesen.«

Auf dem Nachttisch lag ein kleiner Bücherstapel. Herrmanns griff nach dem obersten Titel, einem zerlesenen Eifel-Krimi von Berndorf. Offenbar gehörte er zum Haus, das Titelblatt trug den Stempel »Sporthotel Schwarzenbach«. Die beiden anderen Bände, ein Bestimmungsbuch für Vögel und ein aktueller Wanderführer Schnee-Eifel, waren noch relativ neu und hatten Ebers wohl privat gehört, gestempelt waren sie nicht. Herrmanns legte die Bücher zurück. »Alle haben Bezug zur Eifel«, sagte er, »Ebers muss sich wirklich für die Gegend hier interessiert haben.«

Während er mit der Durchsicht des Zimmers fortfuhr, setzte sich Bylandt auf das Bett und blätterte in dem Eifel-Krimi. »So ändern sich die Zeiten«, sagte er, »früher hätte hier ja eine Bibel gelegen.«

Herrmanns zog die Schublade des Schreibtischs auf und

fand darin ein Exemplar des Neuen Testaments. »Keine Sorge, die gibt es immer noch. Wir in der Eifel pflegen die Traditionen.«

»Beruhigend.« Bylandt hob eine Geschäftskarte des Toten hoch, die als Lesezeichen vorn in dem Berndorf gesteckt hatte. Offenbar war Ebers nicht weit mit der Lektüre gekommen. »Mario Ebers. Security-Consultant. Sicherheitssysteme aller Art«, las er laut vor. »Keine Adresse, nur eine Mobilnummer. Ein Büro scheint er nicht unterhalten zu haben.«

Herrmanns sah sich noch einmal im Zimmer um, dann gab er auf. Eine weitere Suche würde nichts mehr bringen. »Das war ja nicht gerade ergiebig«, stellte er frustriert fest und ließ sich ächzend auf den Stuhl nieder. »Wir haben nicht das Geringste gefunden.« Nichts, was erklären konnte, dass Ebers jetzt tot war und jemand seine Leiche sorgfältig unter Oskars Lift abgelegt hatte.

»Stimmt, allerdings ist interessant, was wir nicht gefunden haben«, erklärte Bylandt etwas kryptisch und steckte ohne große Umstände die Karte ein.

Herrmanns seufzte nur und ließ es ihm durchgehen. In Ebers' Brieftasche hatten noch mehr von seinen Geschäftskarten gesteckt.

In der Lobby stapelte sich das Gepäck. Eine neue Reisegruppe war angekommen und drängte sich nun vor der Rezeption. Herrmanns gab den Schlüssel zurück und bat Jutta, Ebers' Zimmer weiterhin zu sperren, bis entschieden sein würde, was mit den Sachen passieren sollte. Da Ebers im Voraus bis Neujahr bezahlt hatte und das Hotel nicht ausgebucht war, erhob Jutta keine Einwände.

Auch die Bar hatte sich mittlerweile gefüllt. Herrmanns trat zu Bylandt, der in der Tür stehen geblieben war und gelassen den Trubel betrachtete. Die Düsseldorferinnen von vorhin standen am Tresen, jede mit einem riesigen Cocktail in der Hand, und prosteten sich gegenseitig zu. Der Lautstärke nach zu urteilen, war es nicht ihr erster Abschiedsschluck. Vermutlich auch nicht der letzte. Mit der Abfahrt schienen sie es doch nicht so eilig zu haben. Bei dem Betrieb hatte Beata alle Hände voll zu tun. Sie winkte ihnen von der Theke aus zu. Bylandt winkte zurück.

Die Tische waren fast alle besetzt. Herrmanns' Blick blieb an einem Mann hängen, der allein in der Nähe des Fensters saß. Ein kompakt gebauter Vierziger, dessen Jackett an den Schultern leicht spannte. Sein dichtes, kurz geschnittenes Haar hatte einen fahlblonden, fast farblosen Ton. Herrmanns tippte auf einen Osteuropäer, einen Polen oder Russen. Er hätte nicht genau sagen können, warum der Anblick des Fremden bei ihm ein leichtes Ziehen im Magen hervorrief, doch genau so war es. Der Mann saß einfach nur ruhig da und sah vollkommen ausdruckslos in seine Richtung. Der Lärm um ihn herum schien ihn nicht zu berühren. Ein zweiter Mann näherte sich dem Tisch, zwei Kaffeetassen balancierend, und setzte sich zu ihm. Er war wesentlich jünger, Mitte zwanzig, schätzte Herrmanns, und wohl ein Deutscher. Seine Haare waren straff aus dem Gesicht gekämmt und im Nacken zu einem kleinen Pferdeschwanz gebunden. Er wirkte smart, auf die Art, wie Verkäufer von supergünstigen Handyverträgen smart wirken. Sein dunkler Anzug mit Krawatte sah an ihm seltsam unecht aus, beinahe wie eine Verkleidung. Die beiden wechselten ein paar Worte und tranken ihren Kaffee, weiter nichts. Herrmanns' Uniform schienen sie nicht einmal zur Kenntnis genommen zu haben.

Die Rückfahrt verlief schweigsam. Die Heizung des Toyota brauchte eine Weile, um den ausgekühlten Wagen zu erwärmen. Bylandt hatte die Hände in die ausgebeulten Taschen seines Mantels gesteckt und schien in Gedanken versunken.

»Wissen Sie, was mich stört?«, brach Herrmanns als Erster das Schweigen.

»Das Handy.«

»Genau. Es lag weder bei der Leiche noch in seinem Zimmer. Ebers hat es also nicht dort vergessen.«

»Was auch nicht sehr wahrscheinlich gewesen wäre. Ohne sein Smartphone macht doch ein junger Mann heute keinen Schritt vor die Tür. Diese Dinger sind anscheinend unverzichtbar. Ungefähr so wie in früheren Zeiten der Hut. Es gibt da übrigens eine berühmte amerikanische Detektivgeschichte aus den Dreißigern, in der ein entscheidender Hinweis auf den Mörder darin besteht, dass bei einer männlichen Leiche kein Hut gefunden wird.«

»›Der gläserne Schlüssel‹«, sagte Herrmanns leichthin und genoss die Reaktion. Da Bylandt ihn nur perplex ansah, fügte er noch ein erklärendes »Dashiell Hammett« hinzu. Das musste einfach sein.

Bylandt fand seine Sprache schnell wieder. »Ich bin beeindruckt!«, gratulierte er und schien es auch so zu meinen. »Ich hätte Sie eher für einen Berndorf-Leser gehalten.«

»Bin ich auch. Ich habe alles von Berndorf. Das meiste in Erstausgaben und sogar signiert. Ich liebe Krimis. Für einen Polizisten vielleicht ungewöhnlich, aber ich bin eben Sammler. Schon als Junge habe ich damit angefangen, damals noch mit ›Jerry Cotton‹ und ›Mister Dynamit‹. Dann kamen die Klassiker. Inzwischen sind es über viertausend Bände, und es werden immer mehr. So allmählich bekomme ich Platzprobleme.«

»Kommt mir bekannt vor.«

»Es sind sogar ein paar Mark Connellys dabei, muss ich gestehen.«

»Tatsächlich? Ich fühle mich geschmeichelt.«

»›Tödliche Beichte‹ hat mir gut gefallen. Auf den Dreh mit den drei Messdienern wäre ich nie gekommen. Vielleicht könnten Sie es für mich signieren?«

»Gern, mit Vergnügen! Aber kommen wir zurück auf Ebers. Da er eine Geschäftskarte mit Mobilnummer hatte, muss es auch ein Handy oder Smartphone geben. Man kann davon ausgehen, dass er es mitgenommen hat, als er das Hotel verließ. Und jetzt ist er tot und das Teil verschwunden.«

»Das ist das Problem«, stimmte Herrmanns zu. »So ein Smartphone verrät eine Menge über den Besitzer. E-Mails, besuchte Seiten, gespeicherte Dateien et cetera, et cetera. Lauter sensible Daten.«

»Unter Umständen nicht nur für Ebers selbst, sondern auch für seine Kontakte.«

Mit Implikationen, die Herrmanns nicht gefielen. »Sie meinen, dass vielleicht jemand verhindern wollte, dass etwas davon bekannt wird, und deshalb das Handy einbehalten hat?«

»Was einen bloßen Unfall als Todesursache nicht eben wahrscheinlicher machen würde, nicht wahr?«

»Ebers könnte es natürlich auch einfach irgendwo unterwegs verloren haben.«

»Sicher.«

»Gut, daran glaube ich ja auch nicht«, gab Herrmanns missmutig zu. »Ich werde die Nummer überprüfen lassen, über den Provider müssten wir wenigstens an die Verbindungsdaten herankommen. Und was Sie angeht, Harry – das mit dem Herumschnüffeln ist vielleicht doch keine so gute Idee. Es könnte Ärger geben. Sie sollten sich besser aus der Sache heraushalten und sie uns überlassen. Das meine ich ernst!«

»Sie haben die beiden in der Bar also auch bemerkt.«

»Die waren ja wohl kaum zu übersehen.«

»Nein. Wäre interessant zu wissen, wer die sind und was sie dort suchen.«

»Das wäre es. Aber das ist Polizeiarbeit, hören Sie? Darum werde ich mich kümmern, Harry, nicht Sie!«

Bylandt gab keine Antwort. Herrmanns setzte ihn vor dem »Goldenen Hirschen« ab, dem Dorfgasthof, wo er mit Oskar zum Essen verabredet war. »Also: keine Alleingänge!«, mahnte er noch einmal, als Bylandt ausstieg.

»Danke fürs Mitnehmen«, erwiderte der, nickte grüßend und schloss die Wagentür.

Herrmanns brummte etwas und fuhr an. Im Rückspiegel sah er, wie Bylandt den Gasthof betrat. Natürlich würde er einen Teufel tun, sich aus der Sache herauszuhalten. So viel stand fest.

Oskar wartete mit einem Bier an der Theke und unterhielt sich mit der Frau des Wirts. Birgit, eine stämmige und bei aller Fröhlichkeit sehr resolute Person, versuchte schon seit Jahren, ihn doch noch unter die Haube zu bringen. Das ewige Alleinsein sei nicht gesund für einen Mann. Und so mager zu sein, auch nicht. Deshalb mühte sie sich nach Kräften, dass Oskar endlich etwas Fleisch auf die Rippen bekam. Seine Bestellung, zweimal Sauerbraten mit Klößen und Dessert, war von ihr beifällig aufgenommen worden.

Nachdem auch Harry sich an der Theke mit einem Bier versorgt hatte, gingen sie hinüber in das Speisezimmer und suchten sich einen Tisch in der hinteren Ecke, wo sie ungestört reden konnten. Harry berichtete von dem Besuch im »Sporthotel«, der wenig gebracht hatte, dann fragte er Oskar nach Herrmanns.

»Paul? Den kenne ich im Grunde seit seiner Geburt. Er wohnt hier im Dorf. Schon der Vater war Polizist, ist aber früh gestorben. Krebs. Mit seiner Mutter war ich zusammen in derselben Grundschulklasse. Sie hat später den Drogerieladen hier geführt, bis es sich nicht mehr lohnte. Dann hat sie ihre Ersparnisse genommen und sich ein Ferienhaus in Südspanien gekauft. Das ist jetzt auch schon Jahre her. Wie man so hört, geht es ihr gut da unten. Sie hat wieder geheiratet, einen Einheimischen. Warum fragst du?«

»Nur so. Er gefällt mir, euer Polizeihauptmeister Paul Herrmanns. Der Mann ist nicht auf den Kopf gefallen, ganz und gar nicht.«

»Warum sollte er auch?«, fragte Oskar verwundert. »Nur weil er hier im Dorf geblieben ist und nicht davon träumt, in Koblenz Polizeipräsident zu werden? Ist das nicht etwas sehr urban elitär gedacht?«

»Stimmt auch wieder.«

Sie wurden von der Wirtin unterbrochen, die persönlich ihren Sauerbraten servierte. Oskar registrierte amüsiert, wie zuvorkommend sein Vetter von Birgit bedient wurde. Es hatte sich bei Harry anscheinend nichts geändert. Auch nicht dessen Appetit. Obwohl er selbst da durchaus mithalten konnte, und mit dem Sauerbraten hatte Birgit sich wieder einmal selbst übertroffen. Während des Essens drehte sich das Gespräch um unverfängliche Themen, die nichts mit Mord und Totschlag zu tun hatten. Oskar erzählte, wie er mit seiner Arbeit vorankam, einer biografischen Studie über einen gemeinsamen Vorfahren von ihnen, der im 19. Jahrhundert den Sambesi erforscht hatte und dabei zusammen mit seiner Frau umgekommen war.

Als Birgit dann mit dem Dessert erschien, sah Harry verzückt auf seine Schale hinunter. »Birne Helene«, schwärmte er, »die habe ich ja ewig nicht mehr gegessen!«

Anschließend gab es Kaffee. Oskar rührte in seiner Tasse. »Ich habe nachgedacht, Harry, und muss mich entschuldigen. Wahrscheinlich habe ich einfach überreagiert wegen Stanley. Aber wenn der Tote gar nichts mit Eschborn und seinem Projekt zu tun hat, war alles nur falscher Alarm. Das tut mir leid, und ich will dich auf keinen Fall noch weiter damit belästigen. Schlimm genug, dass ich dir die Weihnachtstage verdorben habe!«

»Wieso belästigen? Es wird doch gerade spannend. Außerdem haben wir immer noch den toten Stanley und die anonyme Drohung gegen dich. Auch wenn es vielleicht keine direkte Verbindung zu Ebers gibt, zumindest sehe ich im Moment keine, sollte man das nicht auf sich beruhen lassen.«

»Es ist wirklich sehr nett von dir, dass du mir helfen willst, Harry, aber …«

»Nicht der Rede wert«, winkte Harry ab. »Ich frage mich, was Ebers in diesem Hotel gewollt hat. Er ist in den letzten Monaten öfter dort abgestiegen, hast du das gewusst?«

»Nein, ich rede nicht mehr viel mit Schmitz.« Seit ihrem

Streit gingen sich Oskar und der Hotelbesitzer möglichst aus dem Weg.

Doch Harry schien gar nicht zugehört zu haben. Nachdenklich spielte er mit seinem Kaffeelöffel. »Fünf Mal in drei Monaten. Das ist merkwürdig.«

»Wieso?«

»Wieso?«, wiederholte Harry erstaunt und hob den Kopf. »Weil es hier nichts gibt! Ich möchte dir ja nicht zu nahe treten, mein Lieber, Lokalpatriotismus in allen Ehren und so, aber für normale Menschen gibt es überhaupt keinen Grund, hierhinzufahren. Schon gar nicht öfter als ein Mal.«

»So!« Oskar musste grinsen. »Sagt ausgerechnet jemand, der aus Ahrenfels kommt. *Wir* haben wenigstens eine Rodelbahn hier. Schon vergessen?«

»Guter Versuch, aber der Mann war keine zwölf mehr«, parierte Harry lässig. »Und dann dieses sogenannte ›Sporthotel‹! Bestimmt das Mekka für alle fahrenden Kegelbrüder und Junggesellinnen, die vor dem drohenden Ehestand noch einmal ordentlich auf den Putz hauen wollen. Wahrscheinlich veranstalten die dort jeden Samstag eine Tombola mit Schwof, und einmal in der Woche ist Schnitzel-Tag.«

»Dienstags.«

»Das meine ich. Unser Mann passt da überhaupt nicht hinein. Und nicht nur er.« Harry berichtete, dass ihm zwei Männer in der Hotelbar aufgefallen waren. »Die Typen hatten eine entschieden ungute Ausstrahlung, vor allem der ältere. Neben ihm würde Chuck Norris glatt als Fachverkäufer für Herrenparfüm durchgehen.«

»Wer ist Chuck Norris?«

»Nicht so wichtig. Jedenfalls haben Herrmanns die beiden auch nicht gefallen.« Harry trommelte mit den Fingern auf der Tischplatte. »Dieses Hotel, da müssen wir ansetzen. Vielleicht sollte ich mich einfach dort einquartieren und mich etwas umhören.«

»Das könnte schwierig werden. Inzwischen dürfte das ganze

Dorf wissen, dass du mein Vetter bist. Auch der Wirt. Schmitz wird dich nicht gern da sehen. Falls er dich überhaupt hereinlässt.«

»Sippenhaft, wie?«, beschwerte sich Harry und betrachtete verdrossen das Hirschgeweih an der Wand über ihnen. Doch dann erschien ein maliziöses kleines Lächeln auf seinen Lippen.

FÜNF

Das mit der Single-Reise hatte Harry natürlich mit keiner Silbe erwähnt. Am Telefon war nur von einem Notfall die Rede gewesen. Von einem dringenden Notfall, versteht sich. Das war es bei Harry immer.

»Ich brauche deine Hilfe, Max!«, hatte er lapidar verkündet und auf vorsichtige Einwände mit Unverständnis und einer gewissen Schärfe reagiert. Max sollte sich gefälligst nicht so anstellen. »Du musst eigentlich nur Augen und Ohren aufsperren. Weiter nichts.«

Nicht, dass Max ihm das ohne Weiteres abgekauft hätte, aber ihm war auch klar, dass Widerstand zwecklos gewesen wäre. Harry würde ihn so oder so einspannen. Und genau das war auch passiert. Geheimauftrag für Max Cremer – oder, wie Harry sich ausgedrückt hatte: »Wirklich nur ein Klacks!« Ein Klacks, schon klar. Nicht der Rede wert, das Ganze.

Dabei hatte alles so harmlos angefangen. Kurz nach ihrer Ankunft an Heiligabend hatte Harrys Vetter in Ahrenfels angerufen und sein Kommen abgesagt. Auch in der Eifel hatte es erneut Schnee gegeben, aber das war nicht der Grund für die Absage gewesen. Jemand hatte seinen alten Hund erschossen, und Oskar brachte es nun einfach nicht übers Herz, den toten Stanley allein zu lassen. Alle Versuche Harrys, ihn umzustimmen, waren erfolglos geblieben. Oskar wollte mit seiner Trauer niemandem das Weihnachtsfest verderben. Da Harry selbst im Lauf der Zeit schon mehrere Katzen hatte begraben müssen, konnte er diese Entscheidung gut nachvollziehen. Vielleicht deshalb war ihr traditioneller Weihnachtsabend etwas melancholischer ausgefallen als in den Jahren davor. Harry hatte sogar auf Peter Alexander verzichtet.

Der zweite Anruf war am nächsten Morgen gekommen. Max hatte sich gerade mit der letzten Tasse Kaffee vom Frühstück in die Bibliothek zurückgezogen und Diva dazu bewegen können, wenigstens die Hälfte des Sofas vor dem Kamin freizugeben. Was besser als nichts war, denn Harrys Katze machte ihrem Namen alle Ehre. Von seinem Platz aus hatte Max das altmodische Klingeln aus der Eingangshalle hören können. Dort stand das Haustelefon, ein Ungetüm aus schwarzem Bakelit, mit dem man tatsächlich nur telefonieren konnte, sonst nichts, und dessen schwerer Hörer angenehm in der Hand lag. Harry hatte das Gespräch angenommen und war anschließend zu ihm in die Bibliothek gekommen, nicht mit guten Nachrichten.

»Das war Oskar. Es hat noch eine Leiche gegeben.«

Alarmiert hatte Max sich aufgesetzt. Harrys Gesicht war anzusehen gewesen, dass es sich dabei nicht um Dr. Livingstone oder einen anderen Afrikaforscher handelte. »Du redest jetzt nicht von einem weiteren Hund, oder?«

»Nein, tue ich nicht. Ich rede von einem echten Toten. Und anscheinend will man es Oskar anhängen.«

»Anhängen? Soll das etwa heißen, dass jemand umgebracht worden ist?«

»Ganz so schlimm ist es nicht. Es geht wohl nur um einen Unfall, aber Oskar soll schuld sein.«

»Wieso denn?«

Harry hatte unschlüssig seine Schultern hochgezogen. »Ich weiß es nicht genau. Der Unfall muss irgendwie mit seinem Sessellift zu tun haben.«

»Dein Vetter hat einen eigenen Sessellift?«

»Gewissermaßen, er gehört zum Haus. Seine Eltern haben in den sechziger Jahren Fremdenzimmer vermietet und in ihrem Haus eine Art Pension geführt, auch wenn mein Onkel das natürlich nie so bezeichnet hätte. Pension wäre nicht standesgemäß. Als Oskar dann ›Bellevue‹ geerbt hat, hat er den Lift weiterlaufen lassen. Hauptsächlich aus sentimentalen Gründen, nehme ich an, Geld verdient er damit natürlich nicht. Aber es gibt noch einen anderen Grund. Das Land gehört ihm nämlich nur zum Teil, der Rest ist von der Gemeinde gepachtet, und wie ich es verstanden habe, ist die Pacht vertraglich an den Betrieb des Lifts gebunden. Das haben seine Eltern damals so ausgehandelt. Daran hält sich Oskar seitdem, was nicht bei allen gut ankommt. Jedenfalls ist er nun fest davon überzeugt, dass man es auf ihn abgesehen hat. Was soll ich sagen, vielleicht stimmt das sogar.«

»Das klingt jetzt aber etwas übertrieben.«

»Da wäre ich mir nicht so sicher. Oskar hat schon länger Ärger im Dorf. Es gab ein paar unschöne Vorfälle. Vandalismus, Pöbeleien und so weiter. Alles unangenehm, aber nicht wirklich gravierend. Bis vorgestern.«

Bis jemand seinen Hund erschossen hatte, hieß das. »Stanley.«

Harry nickte. »Stanley war offenbar als Warnung für Oskar gedacht. Es gab nämlich einen anonymen Brief mit einer entsprechenden Botschaft. Davon hat Oskar mir gerade erst erzählt.« Beides schien Harry gleichermaßen zu empören. »Und jetzt dieser Unfall. Gut möglich, dass Oskar recht hat und ein Zusammenhang besteht, so unglaublich das auch klingt. Wenn die Geschichte weiter eskaliert, könnte in Schwarzenbach noch wer weiß was passieren.«

»Worum geht es denn überhaupt?«

»Da kommt einiges zusammen, schätze ich, aber in erster Linie geht es um Geld.«

Nach dem, was Harry anschließend darüber berichtet hatte, sogar um sehr viel Geld. Schwarzenbach lag in einer Eifelregion mit einigen kleineren, lokalen Skigebieten. Zum Teil waren sie auch überregional bekannt. Selbst Max hatte schon vom »Schwarzen Mann« gehört, einem Wintersportzentrum auf dem Höhenkamm der Schnee-Eifel. Da konnte Schwarzenbach nicht mithalten, bisher wenigstens. Doch ein ursprünglich selbst aus dem Ort stammender Investor wollte das offenbar jetzt ändern, und zwar im großen Stil. Heribert Eschborn kannte sich in der Branche gut aus, er war mit internationalen Immobilienprojekten reich geworden. Für sein Heimatdorf schwebte ihm ein groß dimensionierter Ski-Zirkus vor. Die bereits vorhandenen zwei oder drei Pisten sollten ausgebaut, zusätzlich noch weitere angelegt und dann alle untereinander mit Liften verbunden werden, das war der entscheidende Gedanke. Auf diese Weise würde ein Netz von zwar für sich genommen nur relativ kurzen und auch nicht besonders schwierigen Abfahrten entstehen, die zusammen aber eine Piste von attraktiver Länge bieten würden. Ergänzt noch durch diverse Langlaufloipen und Rodelbahnen. Als besondere Attraktion sollte ein bestehendes, eher bescheidenes Ausflugshotel zu einem luxuriösen Wellnessresort um- und ausgebaut werden. Kurz, Eschborn wollte Schwarzenbach zum Hotspot für exklusive Wochenendtrips betuchter Städter aus dem Rheinland und dem Ruhrgebiet machen. Klotzen, nicht kleckern, das war die Devise.

Dafür musste Geld in die Hand genommen werden. Angeblich hatte Eschborn internationale Finanziers im Rücken und mit ihrer Hilfe schon einen Teil des erforderlichen Geländes zusammengekauft. Daneben bemühte sich seine eigens gegründete Projektentwicklungsgesellschaft, auch Kleinanleger aus der Region mit ins Boot zu holen. Die Renditeversprechungen konnten sich sehen lassen.

»Es ist nicht der Nürburgring, aber wir reden immerhin über eine Investition von vierzig bis fünfzig Millionen, vielleicht sechzig«, hatte Harry erklärt. »Mal ganz abgesehen davon, was das Projekt noch alles nach sich ziehen würde. Wirtschaftlich könnte es Schwarzenbach und der gesamten Region einen enormen Schub geben. Darauf bauen natürlich die ortsansässigen Befürworter.«

Aus dem gleichen Grund stand auch die Politik von der Lokal- bis hinauf zur Landesebene dem Vorhaben wohlwollend bis begeistert gegenüber. Aus diversen öffentlichen Fördertöpfen von Land, Bund und der EU waren Millionen in Aussicht gestellt worden.

Doch es gab auch andere Stimmen. Stimmen, die Zweifel an

der Finanzierbarkeit und auch generell an der Realisierbarkeit des Vorhabens äußerten und vor einer zweiten gigantischen Subventionsruine warnten. Ökologen übten massive Kritik, denn das projektierte Gelände stand teilweise unter Naturschutz, und für die Anlage müsste eine Sondergenehmigung erteilt werden.

Und es gab Oskar Bylandt.

Oskar hielt überhaupt nichts von einem aufgedonnerten Wellnesshotel und zu erwartendem Touristenrummel in seinem Heimatort und lehnte jede Unterstützung oder gar Beteiligung daran rigoros ab. Für den Investor und seine Finanziers bedeutete das ein ernstes Problem, denn Oskar saß auf strategisch wichtigem Land, das für die Durchführung des Projekts schlicht unverzichtbar war. Ohne diese Grundstücke würden sich einige der geplanten Pisten nicht untereinander verbinden lassen. An ihrem Erwerb hing somit das gesamte Projekt.

Doch Oskar verkaufte nicht, schon gar nicht an den Investor, mit dem ihn seit Jahrzehnten eine innige persönliche Feindschaft verband. In ihren Jugendtagen waren sie in dasselbe Mädchen verliebt gewesen. Eschborn hatte damals das Rennen gemacht und Sabine geheiratet. Wenige Jahre später war sie auf tragische Weise ums Leben gekommen. Bei einer Party auf Eschborns Yacht an der Côte d'Azur war sie über Bord gegangen. Ob mit Absicht oder versehentlich im Rausch, hatte nie abschließend geklärt werden können. Da alle anderen Bootsgäste genau wie sie mit Drogen vollgepumpt gewesen waren, hatte zunächst niemand ihr Verschwinden bemerkt. Am nächsten Tag war ihre Leiche an den Strand gespült worden. Oskar hatte seinen einstigen Rivalen für ihren Tod verantwortlich gemacht und ihm das nie verziehen.

Sein stures Nein zu dem Projekt steigerte nicht gerade Oskars Beliebtheit im Dorf. Er wurde immer nachdrücklicher zum Verkauf gedrängt, schlug aber alle finanziellen Angebote aus und ließ sich auch durch Drohungen nicht einschüchtern. Sein eigenes Land gab er nicht heraus, und solange er die Auflagen aus dem Vertrag erfüllte und den Liftbetrieb aufrechterhielt, konnte man ihm auch nicht das von der Gemeinde nur gepachtete Gebiet wegnehmen. Deshalb wurde im Dorf Stimmung gegen ihn gemacht. Es war sogar schon zu ersten Sabotageakten gekommen. Unbekannte hatten die Reifen seines Landrovers zerstochen und später auch noch ein paar Sitze des Sessellifts demoliert. Dann wurde sein alter Hund erschossen, was in diesem Zusammenhang eindeutig als drastische Warnung verstanden werden musste. Und als ob das alles noch nicht genug wäre, gab es nun einen Toten. Anscheinend war jemand aus Oskars Lift gefallen. Ein tödlicher Unfall, danach sah es zumindest aus, hatte Harry vorhin am Telefon berichtet und auch, dass er selbst zu einem ganz anderen Schluss gekommen sei und nun Hilfe bräuchte, um die Sache aufzuklären. Mit Hilfe war natürlich Max gemeint.

Seit Harry ihn gestern Mittag so eilig wieder in Köln abgesetzt hatte und dann allein weiter zu seinem Vetter in die Eifel gefahren war, hatte Max mit einem solchen Anruf von ihm gerechnet. Offenbar hatte Harry schon im Voraus alles geregelt, ohne erst auf seine Zustimmung zu warten. Das Ticket sei bezahlt, sein Platz reserviert, und statt groß zu mosern, solle Max sich doch lieber über eine Woche Ferien im Schnee freuen.

Wie immer musste alles von jetzt auf gleich gehen, der Bus sollte schon um sechzehn Uhr abfahren. Zum Glück hatte Max seine Reisetasche noch nicht ausgepackt, sodass er mit der nächsten S-Bahn gerade noch rechtzeitig den Busbahnhof am Flughafen erreicht hatte. Er war als Letzter zugestiegen und von den anderen Mitgliedern der Reisegruppe mit großem Hallo und einem noch größeren Willkommensschluck begrüßt worden. Den hatte er auch gebraucht. Offensichtlich lag er schon mehrere Gläser zurück.

»Denk daran: Unauffällig bleiben!«, hatte Harry ihm noch eingeschärft. Irgendwie hatte Max ja geahnt, dass es bei seiner Undercover-Mission einen Haken gab. Aber nicht, dass er dabei mitten unter hochgradig amüsierbereiten Singles landen würde. Das hatte Harry ihm wohlweislich verschwiegen.

Die aufgekratzte Stimmung im Bus wies jetzt schon jene forcierte Fröhlichkeit auf, die kreisende Flachmänner undefinierbaren, aber hochprozentigen Inhalts in der Regel mit sich bringen. Seine Sitznachbarin reichte eine Flasche an ihn weiter und strahlte ihn auffordernd an, bevor sie laut in den Refrain von »Er gehört zu mir« einstimmte. Sie war nicht die Einzige. Max strahlte zurück und nahm einen kräftigen Schluck. Er musste noch einiges aufholen, um nicht aus der Rolle zu fallen. Auf der Höhe von Bonn lief der Schlager bereits zum vierten Mal und rief im Begleitchor immer noch lautstarke Begeisterung hervor. Max gab sich keinen großen Illusionen hin, am Ende der Fahrt würde auch er den Text auswendig können.

Wie zum Teufel schaffte es Harry nur, ihn immer wieder in solche Situationen zu bringen?

Es dämmerte bereits leicht, als sie Schwarzenbach durchquerten und gleich dahinter auf den schmalen Bergweg zum Hotel einbogen. Der Weg dorthin war zwar geräumt, aber durch den an der Seite aufgetürmten Schnee nicht allzu breit. Bei einigen Spitzkehren war Max heilfroh, nicht am Steuer zu sitzen. Doch so konnte er die Fahrt durch die zauberhaft verschneite Winterlandschaft der Eifel fast schon genießen. Allmählich hatte er sogar Gefallen an seiner Mission gefunden, stellte er erstaunt fest. Seine Akklimatisierung musste erfolgreicher verlaufen sein, als ihm bewusst gewesen war.

Das »Sporthotel Schwarzenbach« entsprach Harrys Beschreibung. Im letzten Tageslicht machte der schlichte Bau nicht viel her, doch die dicke Schneeschicht auf den Dächern schmeichelte ihm, und die warm leuchtenden Fenster wirkten durchaus einladend. Von der Regenrinne hingen große Eiszapfen herunter. Ein illuminierter Rentierschlitten auf dem First und Lichterketten rund um die Fenster erinnerten daran, dass immer noch der zweite Weihnachtstag war. Zur Sicherheit hatte jemand irgendwo verborgen einen Außenlautsprecher angebracht, aus dem gerade Dean Martin von Rudolf dem

Rentier mit der leuchtend roten Nase trällerte. Wenig überraschend, harmonierte das Lied prächtig mit der Stimmung in der Reisegruppe. Kaum ausgestiegen, fielen einige sofort mit ein und schwenkten fröhlich ihre mittlerweile leeren Flachmänner. Dann hakten sie einander unter, um gemeinsam und möglichst ohne übertriebene Schnörkel den Weg über den Parkplatz in Richtung Eingangstür in Angriff zu nehmen. Verstärkung für Rudolf war auf dem Weg.

Auch das Foyer war festlich geschmückt. Ein bestimmt drei Meter hoher und ausladender Tannenbaum, reichlich bestückt mit Lametta, Christbaumschmuck und elektrischen Kerzen, sorgte für weihnachtliche Atmosphäre. Der Raum selbst und die Rezeption waren nüchtern und funktional gehalten. Aus der nebenan liegenden Bar klang gedämpft Musik herüber. Jetzt war es »Let It Snow«, irgendjemand im Haus musste ein Dean-Martin-Fan sein.

In der Lobby wurden sie von der Geschäftsführerin persönlich begrüßt. Eine sympathische Enddreißigerin, die unter der professionellen Herzlichkeit müde und angestrengt wirkte und das nur unvollkommen verbergen konnte. In ihrer kleinen Ansprache bedauerte sie, dass aufgrund eines unglücklichen Vorfalls einer der Skilifte momentan leider nicht zur Verfügung stand. Selbstverständlich seien bereits Alternativen vorbereitet, die Gäste sollten unbesorgt sein, auf sie warte auch so ein volles Programm für unbeschwerte Ferientage. Sie ging nicht näher auf den »Vorfall« ein, aber damit konnten nur Oskars Lift und der Tod von Ebers gemeint sein.

Max hielt sich während der Ansprache diskret im Hintergrund und sah sich etwas ratlos um. Ihm war nämlich jetzt erst klar geworden, dass er eigentlich nicht genau wusste, was er denn über Ebers' Aufenthalte hier im Hotel herausfinden sollte und vor allem, wie. Darüber hatte er sich bisher noch keine Gedanken gemacht. Auch Harry war in der Beziehung recht vage geblieben. Nur Augen und Ohren offen halten würde nicht reichen, so viel stand fest, und sich direkt an das

Personal wenden und einfach nach Ebers fragen konnte er schlecht, dafür hätte Harry ihn ja nicht erst hier unter falscher Flagge einschleusen müssen. Nein, er musste über Bande spielen und sich etwas einfallen lassen.

Es dauerte, bis alle ihr Anmeldeformular an der Rezeption ausgefüllt hatten. In der Zwischenzeit war das Gepäck von einem kleinen, ältlichen Hotelangestellten hereingeholt und lieblos vor dem Fahrstuhl aufgestapelt worden. Seine Haltung, seine Mimik, seine Bewegungen, einfach alles an ihm strahlte entschiedene Missbilligung aus. Max war sich nicht sicher, ob sie der Welt im Allgemeinen galt oder eher konkret dem roten Umhang mit Kapuze und dem angeklebten weißen Bart, zu dem man ihn anscheinend verdonnert hatte. Ein zur Aufmachung passendes lustiges »Ho-Ho-Ho!« kam jedenfalls nicht über seine Lippen. Wenn er auf Wienerisch permanent leise vor sich hin gegrantelt hätte, wäre Max nicht verwundert gewesen, so sehr erinnerte der Mann ihn an Hans Moser.

Zu dessen Aufgaben gehörte es offenbar auch, die Gäste mit ihrem Gepäck auf deren Zimmer zu bringen. Da der Aufzug nur begrenzten Platz bot, musste er dafür mehrmals fahren. Max ließ allen anderen den Vortritt und richtete es so ein, auf der letzten Fahrt allein mit ihm in der Kabine zu sein. Bei irgendjemandem musste er ja mit den Erkundigungen beginnen. Mit dem Granteln hatte er richtiggelegen, nur nicht mit dem Dialekt. Dieser Hans Moser stammte eindeutig aus der Eifel. Kaum hatte sich die Tür geschlossen, als er sich auch schon über die Menge des Gepäcks beschwerte, die seiner Meinung nach so gar nicht zur Dauer des Aufenthalts der Gruppe passte. Die bescheidene Reisetasche von Max dagegen wurde mit einem beifälligen Blick bedacht, ebenso, dass er sie selbst trug. Ein diskret übergebenes Trinkgeld brach dann endgültig das Eis. Der Mann steckte den Schein ein, brummte dankend und schien einer kleinen Plauderei nicht abgeneigt zu sein.

Max erkundigte sich nach dem in der Begrüßungsrede erwähnten Vorfall.

Der Hotelangestellte verzog abschätzig das Gesicht. »Tja, was soll man dazu sagen? Schlimme Geschichte«, kommentierte er, klang dabei allerdings eher pflichtschuldig als wirklich betrübt. »Ich kannte das Opfer, wissen Sie, ist öfter hier im Haus abgestiegen. Junger Bursche, hat nichts anbrennen lassen bei den Damen. War auch sonst nicht gerade ein Chorknabe, Sie verstehen.« Er beschrieb mit der Rechten eine kippende Geste, als hätte er ein Glas in der Hand und würde es auf ex trinken. »Dann passiert eben so was, da muss man sich nicht wundern.«

»Sie meinen, er war betrunken?«

»Na, nüchtern wäre er ja wohl kaum aus einem Sessellift gefallen, oder?«

Das war auch schon alles. Der Aufzug hielt, der Mann ließ Max hinaus und wies den Gang entlang. »Ihr Zimmer liegt hinten links, Nummer 38.« Ein knappes Nicken, bevor sich die Tür schloss, dann fuhr er mit dem Fahrstuhl wieder hinunter.

Max blieb unzufrieden auf dem Flur zurück. Viel hatte er nicht erfahren, eigentlich nichts, was er nicht schon vorher gewusst hatte. Einmal abgesehen davon, dass Ebers offenbar kein Abstinenzler gewesen war und dass Hans Moser ihn wohl nicht besonders gemocht hatte. Letzteres schien aber kein Privileg zu sein. Max hatte den Verdacht, dass das mehr oder weniger auf alle Gäste zutraf, ihn selbst eingeschlossen.

Sein Zimmer konnte man beim besten Willen nicht als geräumig bezeichnen. Von vornherein schon eher kompakt angelegt, hatte eine nachträglich eingebaute Nasszelle nur noch Platz für Bett, Schrank und einen Lehnstuhl nebst Beistelltisch gelassen. Das Mobiliar schien noch die Erstausstattung zu sein, ließ aber jeden Vintage-Chic vermissen und wirkte einfach nur altbacken. Ein Eindruck, den das gesamte Hotel vermittelte. Lediglich die beiden großen Fotos fielen etwas aus dem Rahmen. Sie hingen über dem Bett, hinter Glas und Passepartout. Max trat näher heran und betrachtete sie eingehend.

Es waren reine Landschaftsaufnahmen. Vermutlich handelte es sich um Motive aus der näheren Umgebung, deshalb hatte man sie hier aufgehängt. Ihr eigentlicher Reiz lag in etwas anderem. Worin genau, konnte er zunächst nicht benennen. Nach einer kleinen Weile fiel es ihm auf: Es gab keine Spur von Menschen oder Menschenwerk in den Bildern, im Gegenteil. Auf den Aufnahmen erschien die Eifellandschaft als etwas Fremdes, Geheimnisvolles, beinahe Bedrohliches. Als ob für Menschen kein Platz darin wäre. Max bildete sich nicht ein, viel von Fotografie zu verstehen, aber diese beiden Bilder beeindruckten ihn. Mit Sicherheit waren es keine Amateuraufnahmen.

Max stellte seine Reisetasche aufs Bett, tauschte die wattierte Skijacke gegen ein Jackett und machte sich auf den Weg zur Bar. Dort sollte es eine Vorstellungsrunde für die Mitglieder der Reisegruppe geben, was nach der gemeinsamen Busanfahrt zwar nur noch eine Formalität bedeutete, sich aber kaum umgehen ließ, wenn er nicht auffallen wollte. Der Aufzug war unterwegs, so nahm er die Treppe. Als er an der Rezeption vorbeikam, bemerkte er die Bilder und blieb stehen. Vorhin bei der Anmeldung waren sie ihm nicht weiter aufgefallen, weil der Christbaum sie halb verdeckte. Doch auch hier hingen gerahmte Fotografien an der Wand. Wieder waren es Eifelmotive, und die Bilder strahlten die gleiche stille Melancholie aus wie die beiden Aufnahmen aus seinem Zimmer. Offenbar handelte es sich um eine Serie. Auf einem der Rahmen war ein kleines Schild mit dem Namen des Fotografen montiert. »Marcel Hillerbrock«, las Max. Der Name sagte ihm nichts.

Aus der Bar drang fröhlicher Lärm herüber, es klang so, als wäre die Vorstellungsrunde bereits in vollem Gange. Im Foyer selbst blieb es still, außer ihm und einer jungen Frau hinter der Rezeption war niemand im Raum. Sie trug einen dunkelblauen Blazer über einer weißen Bluse und hatte ihr blondes Haar streng zurückgekämmt und im Nacken zusammengebunden. Die dunkle Brille war etwas zu groß für ihr Gesicht und ließ sie dadurch sehr ernsthaft aussehen und sehr jung. Max hätte einiges darauf verwettet, dass sie sich in ihrer geschäftsmäßigen

Aufmachung nicht besonders wohlfühlte. Er tippte auf eine Studentin, die sich in den Weihnachtsferien etwas hinzuverdiente. Sie hatte sein Interesse für die Fotografien bemerkt und lächelte ihn freundlich an. Von ihr erfuhr er, dass es sich tatsächlich um regionale Motive handelte, genau wie er vermutet hatte. Er fragte sie, ob der Fotograf aus Schwarzenbach stammte.

»Nein, das nicht«, antwortete sie und betrachtete dabei ebenfalls die Bilder, »aber Marcel kannte sich bei uns wahrscheinlich besser aus als die meisten Einheimischen. Er war oft als Gast hier. Für ihn war Schwarzenbach fast so etwas wie seine zweite Heimat.«

»War?«, hakte Max nach. Es hatte endgültig geklungen.

»Er ist tot, ein Verkehrsunfall«, antwortete sie einfach, und Max glaubte, einen feuchten Schimmer in ihren Augen zu sehen. »Wir waren befreundet.«

»Das tut mir leid.«

»Ich kannte ihn aus Köln, von der Uni, wir waren im selben Seminar. Marcel natürlich schon länger, aber er hat ziemlich herumgetrödelt und nie Examen gemacht. Das Fotografieren war ihm eben immer wichtiger als Klausuren und Prüfungen. Na ja, jetzt spielt es auch keine Rolle mehr.«

»Er war offensichtlich begabt.«

Sie nickte. »Außerdem hätte er ja sowieso keinen anständigen Job bekommen«, sagte sie mit einem bitteren Unterton, »wer braucht schon Germanisten?«

Es war eine rhetorische Frage, auf die Max nicht antwortete. Allerdings bezweifelte er, dass ausgerechnet für Fotografen die Berufsaussichten wesentlich günstiger standen. Wie talentiert sie auch sein mochten.

Die junge Frau hatte die Arme verschränkt und betrachtete weiterhin die Fotos. »Sie sind wunderschön, nicht wahr?«, sagte sie versonnen. »Ich habe noch mehr Abzüge gemacht. Die Chefin hat mir erlaubt, sie hier aufzuhängen, auch in den Korridoren und den Gästezimmern.«

»Quasi eine Ausstellung, posthum.«

»Genau, und die Aufnahmen kommen gut an.« Sie drehte sich wieder um und mühte sich um einen fröhlichen Ton, offenbar wollte sie mit ihrer persönlichen Betroffenheit niemanden belästigen. »Ein anderer Gast hat sich auch schon sehr für sie interessiert.«

»Soso!«, hüstelte Hans Moser, der auf einmal hinter dem Christbaum hervorgekommen war und anscheinend die letzten Sätze mitgehört hatte. »Von wegen Fotos – der hat sich für *dich* interessiert, meinst du wohl. Das mit den Fotos war doch nur ein Vorwand zum Anbaggern. Und es scheint ja auch eine erfolgversprechende Methode zu sein, nicht wahr?« Er grinste Max kumpelhaft an und verschwand um die Ecke, ein kleiner giftiger Weihnachtsmann.

»So ein Blödsinn!«, rief sie ihm hinterher und wandte sich dann an Max. »Kümmern Sie sich einfach nicht um ihn, Krotkowski muss immer alles schlechtmachen«, erklärte sie, immer noch empört. »Anbaggern! – Dabei war dieser Ebers überhaupt nicht mein Typ! Er selbst hielt sich zwar für unwiderstehlich, aber mir war er viel zu glatt.« Plötzlich wurde sie rot. »Oh Gott, das war jetzt nicht richtig, so von einem Toten zu reden!«

Max wurde hellhörig. »Von einem Toten?«

»Der Unfall mit dem Lift«, antwortete sie zerknirscht, »er war das. Vorgestern habe ich noch mit ihm gesprochen, und jetzt ist er tot. Wir waren alle geschockt, als die Nachricht kam.«

»Kann ich mir vorstellen. Von dem Unfall habe ich gehört, ein junger Mann, hieß es. Und der hat sich auch für die Fotos interessiert?« Das hätte Max eher nicht erwartet, nach dem, was Harry ihm über Ebers berichtet hatte. Und Hans Moser offenbar auch nicht.

»Ja, das hat er, und sein Interesse war echt, glauben Sie mir! Er wollte sogar genau wissen, wo Marcel die einzelnen Aufnahmen gemacht hätte, aber da konnte ich ihm nicht viel weiterhelfen. Ich habe ihm ein paar Abzüge gegeben, die ich noch aufhängen wollte. Wir haben übrigens noch mehr davon, sie sind doppelt, wenn Sie möchten.«

Fragend sah sie Max an und zog eine Schublade unter der Theke auf. Sie reichte ihm ein gutes Dutzend Ausdrucke im DIN-A4-Format. Max bedankte sich, steckte ein paar Euro in das aufgestellte Sparschwein, da sie partout keine Bezahlung für die Fotos annehmen wollte, und ging hinüber zur Bar.

Er kam zu spät, das Vorstellen war bereits beendet. Seine Reisegruppe drängte sich nun lärmend und gut gelaunt an der Theke. Im Mittelpunkt stand eine blond gelockte, bestimmt eins fünfundachtzig große Walküre, die gerade lachend irgendeine Geschichte erzählte und dabei so temperamentvoll herumgestikulierte, dass sie ihr halbes Glas verschüttete. Sofort beeilten sich mehrere ihrer vorwiegend männlichen Zuhörer, für Nachschub zu sorgen. Max hatte auf der Fahrt ein paar Worte mit ihr gewechselt und wusste, dass sie Elisabeth hieß, aber lieber Lissy gerufen wurde. Ihre unbekümmerte Art gefiel ihm. Seiner Schätzung nach war sie in den Fünfzigern, nicht einmal in den frühen, und ihre Formen entsprachen eher nicht den gängigen Modelmaßen. Beides schien sie nicht im Mindesten zu stören. Noch weniger störte es die Männer, die sie umringten und mit einer Wärme anstrahlten, die sich nicht allein dem Inhalt ihrer Gläser verdankte. Die ganze Szene wirkte wie vom Veranstalter gestellt, mit ihr hätte man jederzeit Werbung für Single-Reisen machen können.

Offenbar war sein Tête-à-Tête mit der Rezeptionistin nicht unbemerkt geblieben. Lissy winkte ihn so majestätisch heran, dass ihm nichts anderes übrig blieb, als dem Befehl zu folgen. Er tat es etwas zögerlich und blieb auf der Hut, schon im Bus hatte sie nämlich deutlich ihre Fühler nach ihm ausgestreckt. Allerdings nicht in eigener Sache, wie ihm schnell aufgegangen war. Sie hatte nur vorsorglich und wohl auch ungebeten das Terrain für ihre Begleiterin Marion sondiert, die in vielem das genaue Gegenteil von ihr war. Dunkelhaarig, zierlich und zurückhaltend stand sie auch jetzt neben Lissy, ein verlegenes Lächeln auf den Lippen. Sie machte den Eindruck, als läge sie viel lieber zu Hause allein mit einem Schmöker auf dem Sofa, als hier von ihrer Freundin verkuppelt zu werden, sei es auch mit den besten Absichten. Ein Wunsch, den Max durchaus nachvollziehen konnte.

Lissy drohte spielerisch mit dem Zeigefinger und beschwerte sich bei Max. Flirts seien nur innerhalb der Gruppe erlaubt, das habe doch ausdrücklich so im Vertrag gestanden. Eine Behauptung, die ungeachtet ihres prekären Wahrheitsgehaltes von den meisten Umstehenden beifällig kommentiert wurde.

»Außerdem«, fuhr sie in vertraulicherem Ton fort, den man trotzdem noch mühelos am anderen Ende der Theke verstehen konnte, »außerdem – bist du nicht etwas zu alt für das Mädel, Max?«

»Sagen wir lieber, sie ist etwas zu jung für mich.«

Lissy lachte unbefangen und beugte sich vor. »Du weißt doch: Auch andere Töchter haben schöne Mütter!« Dabei warf sie einen anzüglichen Seitenblick auf Marion, deren Lächeln einen leicht gequälten Zug angenommen hatte.

Ausgerechnet Harry rettete die Situation, sein Anruf kam im richtigen Augenblick. Max murmelte eine Entschuldigung und ging hinaus in die Lobby, um ihn entgegenzunehmen. Harry war ungeduldig geworden und wollte endlich über den Stand der Dinge informiert werden. Nur gab es noch nichts zu berichten, einmal abgesehen von Ebers' auffälligem Interesse für die Landschaftsaufnahmen. Davon schien auch Harry überrascht zu sein und wollte die Fotos sehen, möglichst sofort, konnte sich aber schlecht im Hotel blicken lassen. Max verstand den Wink und hatte auch schon eine Idee.

An der Rezeption fand gerade Schichtwechsel statt. Die junge Studentin, mit der er sich vorhin unterhalten hatte, verabschiedete sich von ihrem Nachfolger und ging mit Mantel und Autoschlüssel in der Hand zur Eingangstür. Max hielt sie unterwegs auf. Seine Bitte, ihn mit nach Schwarzenbach zu nehmen, ließ sie kurz zögern. Doch als er ihr hoch und heilig die Lauterkeit seiner Absichten versicherte, musste sie grinsen und lud ihn ein. Sie wollte draußen in ihrem Polo auf ihn warten.

Erleichtert flitzte Max los, um seine warme Jacke zu holen. Als er auf dem Rückweg wieder an der Bar vorbeikam, sah er zur Theke hinüber und fing den amüsierten Blick der hübschen Dunkelhaarigen auf. Natürlich musste sein hastiger Aufbruch mit der Rezeptionistin für sie nach einem Rendezvous aussehen, erst recht für Lissy, wenn sie davon erfuhr. Für weiteren Tratsch war also gesorgt. Er winkte Marion kurz zu und verließ das Hotel. Mit weitaus weniger Begeisterung, als er eigentlich erwartet hätte, stellte er verwundert fest.

Für Lena, wie die Studentin sich vorstellte, schien die Fahrt eine willkommene Gelegenheit zu sein, über Marcel zu reden, den Fotografen. Ihren Fotografen. Damit, dass die beiden nur Freunde und Kommilitonen gewesen seien, hatte sie wohl stark untertrieben. Zumindest von ihrer Seite aus war offensichtlich mehr im Spiel gewesen. Wenn sie von ihm sprach, war ihre Trauer auch jetzt noch mit Händen zu greifen. Max bedankte sich noch einmal für die Fotos, und seine ehrliche Wertschätzung für die Arbeiten des Toten schien sie zu trösten. Sie versprach ihm noch mehr Abzüge. Der Fotograf hatte ihr einen USB-Stick mit Hunderten von Dateien gegeben, meist Landschaftsaufnahmen, von denen sie Ausdrucke machen wollte. Den Stick hatte sie zwar irgendwo verlegt, aber der würde schon wieder auftauchen.

Vor dem ebenfalls weihnachtlich illuminierten Dorfgasthof ließ Max sich absetzen, den Rest der Strecke wollte er zu Fuß zurücklegen. Das »Haus Bellevue« wäre auch im Dunkeln nicht zu verfehlen, hatte Harry versichert.

Die Familienähnlichkeit war verblüffend. Als Oskar ihm die Tür öffnete, erkannte Max in ihm auf den ersten Blick Harrys Vetter. Natürlich gab es Unterschiede, nicht nur im Alter. Mochte Harry noch als schlank gelten, als sehr schlank, so war sein Vetter schon regelrecht hager, zwar eine Handbreit größer, dabei bestimmt zehn Kilo leichter. Aber beide hatten sie die gleichen braunen Augen und das schmale Gesicht der Bylandts, zu dem der leicht ironische Ausdruck so gut passte. Bei Oskar waren die Züge schärfer geschnitten, mit tiefen Falten von der Nase zu den Mundwinkeln. Dass sein Vetter schnell abweisend und arrogant wirken konnte, glaubte Max Harry aufs Wort. Das fiel keinem Bylandt besonders schwer. Wenn ihnen danach war, konnten sie allerdings auch sehr einnehmend sein, so wie jetzt.

Als er ihn ins Haus bat und ein frohes Fest wünschte, lächelte Oskar ihn herzlich an. Er schien sich wirklich zu freuen, Max endlich einmal persönlich kennenzulernen, auch wenn die Umstände eher traurig waren. Max hängte seine Jacke an die Garderobe und folgte ihm durch den Flur. Oskar hatte sein volles Haar behalten. Dicht und grau, war es lang genug, um als Mähne durchzugehen, und verlieh ihm zusammen mit seiner saloppen Kleidung etwas Bohemehaftes. Er trug eine ausgebeulte weinrote Hose aus Moleskin und ein blau kariertes Flanellhemd. Darüber ein Tweedsakko mit Fischgratmuster, das an den Ellbogen leicht abgewetzt war und wie angegossen saß. Wahrscheinlich hatte es ein kleines Vermögen gekostet.

Oskar führte ihn ins Wohnzimmer, wo Harry sich bereits um den Punsch kümmerte. Zur Begrüßung hob er nur fragend ein leeres Glas und griff nach der Kelle, ohne erst auf die Antwort zu warten. Der ganze Raum roch intensiv nach Rum, Zimt und Nelken. Genau das, was Max nach der Busfahrt unbedingt noch brauchte. Aber das angebotene Glas abzulehnen, verbot allein schon die Höflichkeit. Er nahm vorsichtig einen Schluck, nickte anerkennend, auf so etwas legte Harry wert, und sah sich um.

Der ehemals herrschaftliche Salon der Villa war ein imposanter Raum mit hoher, stuckverzierter Decke, bodentiefen Fenstern und einem großen Erker. Oskar hatte ihn zu einem legeren Wohn- und Arbeitszimmer umfunktioniert. Die Einrichtung wirkte bunt zusammengewürfelt und verriet deutlich eine viktorianische Vorliebe für Krimskrams. In dem Erker stand sein mit Papieren und Büchern überladener Schreibtisch, ein schlichtes Modell aus Teak im skandinavischen Design der Fünfziger. Sämtliche Wände waren in Dunkelgrün mit großformatigem Paisleymuster tapeziert und vollgestellt mit Schränken, Vitrinen und Bücherregalen. Über ihnen hingen Bilder und gerahmte Fotografien scheinbar wahllos neben exotischen Erinnerungsstücken aus Oskars Dienstjahren. Besonders gefiel Max der prachtvolle Seidenkimono über dem Türrahmen.

Mehrere eigentlich nicht zueinander passende, aber sehr bequem aussehende Sessel und ein üppig gepolstertes Sofa verteilten sich über den Raum. Sie standen auf einem riesigen, stellenweise abgetretenen alten Afghanen, der in dunklen Rot- und Violetttönen schimmerte. Oskar hatte den ursprünglich offenen Kamin mit einem Einsatz aus Gusseisen versehen, hinter dessen Glasscheibe ein Holzfeuer brannte. Wohl nicht allein der Stimmung wegen, vermutete Max, sondern um den großen Raum überhaupt ausreichend beheizen zu können. Ein flacher geflochtener Korb mit einer alten Decke darin war nahe an das Feuer gerückt. Stanleys nun verwaister Ruheplatz.

Auf dem Kaminsims stand eine gerahmte Fotografie, die »Haus Bellevue« in den frühen Sechzigern zeigte, an einem sonnigen Wintertag. Auch damals musste es viel Schnee gegeben haben. Eine Handvoll Pensionsgäste saß auf der Holzveranda vor dem Haus und genoss den Sonnenschein. Bärtige Männer mit Baskenmützen und Frauen in Lastexhosen, die auf mondäne Weise Zigaretten rauchten. Alle trugen dunkle Sonnenbrillen und schwarze Rollkragenpullover, und alle sahen so aus, als würden sie Cool Jazz hören und Sartre lesen. Oskar mit einer Kippe im Mundwinkel hätte gut zu ihnen gepasst. Er wirkte jedenfalls wie ein typischer Kettenraucher, obwohl Max nirgendwo einen Aschenbecher entdecken konnte.

Harry hielt sich nicht groß mit Small Talk auf. Er räumte die mit grünem Filz bezogene Platte eines kleinen Spieltischs frei, und Max breitete die mitgebrachten Aufnahmen aus dem Hotel darauf aus. Über dem Tisch hing eine Lampe, deren Licht genau abgezirkelt auf die Platte fiel. Harry zog sie noch etwas tiefer herunter, um die Fotos besser auszuleuchten. Auch Oskar betrachtete sie aufmerksam. Anscheinend teilte er die Meinung von Max. »Die sind wirklich gut«, sagte er nach einer Weile und klang beinahe verwundert. »Ich weiß auch, wo das hier aufgenommen worden ist. Beim alten Steinbruch, ganz in der Nähe.«

Auf einmal hielt Harry eine Lupe in der Hand. Er beugte sich vor und studierte damit einen bestimmten Ausschnitt des betreffenden Fotos. Dann sah er hoch. »Nicht nur gut, sondern auch interessant, würde ich sagen, sogar sehr interessant. Wo genau ist denn die Stelle?«

Oskar holte eine Wanderkarte der Umgebung und faltete sie auseinander. »Hier haben wir Schwarzenbach, und hier liegt der Steinbruch«, erklärte er und wies auf eine Stelle auf der vom Dorf abgewandten Seite des Berges. »Er ist ziemlich hoch, bestimmt zwanzig oder dreißig Meter, und steil, fast senkrecht. Nicht ungefährlich.«

»Eine Steilwand, das käme hin«, murmelte Harry und sah nachdenklich auf die Karte. Ihr großer Maßstab ermöglichte detaillierte Angaben. Max fand sogar »Haus Bellevue« verzeichnet und Oskars Sessellift, der auf dem Gipfel des Wolfsfelsens endete. Gestrichelte Linien markierten die beiden Abfahrten von dort. Auf dem benachbarten, noch etwas höheren Kalten Hans lag das »Sporthotel«. Auch hier waren Lifte und Pisten eingezeichnet.

»Wenn ich das richtig verstanden habe«, begann Harry bedächtig, »beruht der Plan für euer neues, großartiges Wintersportzentrum darauf, dass die beiden schon vorhandenen Mini-Skigebiete ausgebaut und miteinander verbunden werden. Wobei die Verbindung der entscheidende Punkt ist, und ich sehe nur eine Möglichkeit, wie das machbar wäre, nämlich über die andere Seite des Wolfsfelsens.«

»Richtig, anders geht es nicht. Deshalb will Eschborn ja auch dort einen Lift bauen. Der wäre dann vom Kalten Hans aus anzufahren und hätte über eine weitere Piste Anschluss an unseren Lift. Die wäre allerdings sehr steil und müsste natürlich ebenfalls erst neu angelegt werden.« Mit einem weichen Bleistift zeichnete Oskar den geplanten Verlauf in die Karte ein.

»Sie würde also unmittelbar am Steinbruch vorbeiführen.«

»Direkt unterhalb, ja. Außerdem ist noch ein zweiter Zugweg vom Wolfsfelsen herunter geplant, in Gegenrichtung. Er soll auf halber Höhe von unserer alten Piste abzweigen und bis zur Talstation vom Kalten Hans führen, ungefähr hier. Das wäre gewissermaßen der Rückweg. Aber worauf willst du eigentlich hinaus? Und was hat das mit dem Foto zu tun? Was soll daran so interessant sein?«

»Das Foto ist deshalb so interessant, weil darauf, wenn auch etwas versteckt, ein Exemplar einer überaus seltenen und streng geschützten Vogelart zu sehen ist, nämlich ein Falco peregrinus«, antwortete Harry gestelzt und erkennbar sehr mit sich zufrieden. »Er sitzt in dieser Felsspalte dort oben links, und wenn mich nicht alles täuscht, handelt es sich um einen Jungvogel. Was bedeutet, dass in der Nähe der Brutplatz sein muss. Ein hoher Steinbruch wäre dafür ideal.«

Oskar sah ihn überrascht an. »Ein Wanderfalke?«, fragte er und wirkte skeptisch. »Bist du sicher?«

Wortlos reichte Harry ihm die Lupe. Oskar nahm sie und untersuchte damit das Foto noch einmal. »Du hast recht«, stimmte er zögernd zu, »es könnte tatsächlich ein junger Wanderfalke sein. Ich dachte, die wären bei uns schon lange ausgestorben.«

»Nun, wie es aussieht, sind sie wieder da. Was sehr erfreulich ist.«

»Ist es, allerdings! Nur merkwürdig, dass ich davon noch nichts gehört habe.«

»Nicht unbedingt, die Nistplätze werden mitunter geheim

gehalten und während der Brutzeit sogar rund um die Uhr bewacht. Bei Taubenzüchtern etwa sind Wanderfalken nicht gerade beliebt, verständlicherweise. Aber auch so gibt es genügend Nesträuber. Scheichs sollen ja ein Vermögen für die Tiere zahlen, heißt es.«

»Angeblich.«

»Sicher, ist nur ein Gerücht«, gab Harry zu und räusperte sich. »Natürlich könnte es auch andere Gründe geben, die Sache diskret zu behandeln«, fuhr er dann beiläufig fort. »Mir persönlich würde da spontan einer einfallen.«

»Mir auch«, sagte Oskar langsam. »Die geplante Piste. Wenn in dem Steinbruch wieder Wanderfalken brüten, dürfte Eschborn Probleme bekommen, große Probleme. Das Gebiet steht unter Naturschutz, für den Bau der Piste muss eine Sondergenehmigung erteilt werden. Die ist zwar schon informell zugesagt, soweit ich gehört habe, aber noch nicht offiziell erteilt. In der Landschaftsbehörde sind nämlich nicht alle glücklich darüber, und durch einen Brutplatz so dicht an der geplanten Piste könnten die Karten neu gemischt werden.«

»Mit anderen Worten, brütende Wanderfalken sind also das Letzte, was Eschborn jetzt brauchen kann.«

»Definitiv!«, stimmte Oskar zu. »Wenn das allgemein bekannt wird, steht möglicherweise das gesamte Projekt auf der Kippe.«

»Was erklären könnte, warum bisher eben noch nichts davon allgemein bekannt ist, obwohl die Aufnahme hier schon im Frühjahr gemacht worden sein muss.«

»Oder aber«, wandte Max ein, »dem Fotografen war gar nicht klar, auf welche ornithologische Lokalsensation er da gestoßen ist. Mir ist der Vogel auf dem Foto nämlich auch nicht weiter aufgefallen, und selbst wenn, dann hätte ich ihn nicht so auf Anhieb als seltenen Falco peregrinus identifizieren können.«

»Kein Wunder, du bist ja auch ein hoffnungsloser Fall von einem Städter. Aber bei jemandem, dem so intensive Naturaufnahmen gelingen wie diese hier, wäre das doch sehr unwahrscheinlich. Einen Wanderfalken hätte er nicht einfach übersehen, und bestimmt gibt es noch weitere Aufnahmen von dem Vogel. – Nein, da hat jemand den Mund gehalten.«

Oskar nickte. »Weil Eschborn ihn genau dafür bezahlt hat!«

»War auch mein erster Gedanke«, räumte Harry ein, »aber das passt nicht zusammen. Wenn Eschborn den Fotografen für das Unterdrücken der Fotos bezahlt hätte, dann dürfte der sie jetzt wohl kaum so in aller Öffentlichkeit ausstellen.«

»Das hat er gar nicht«, sagte Max und genoss einen Augenblick lang Harrys Gesichtsausdruck. »Die Idee, seine Werke im Hotel aufzuhängen, stammt nicht von ihm, sondern von seiner Freundin. Die Ausstellung ist als posthume Ehrung gedacht.«

»Moment – er ist tot?«

»Ein Verkehrsunfall in Köln, vor drei Wochen.«

Harry kniff die Augen zusammen. »Tatsächlich?«, fragte er gedehnt. »Interessant. Damit hätten wir also schon zwei Todesfälle.«

»Zwischen denen es aber keinen Zusammenhang gibt.«

»Das würde ich so nicht sagen.« Harry tippte auf die Fotos. »Immerhin gibt es die Aufnahmen. Der eine hat sie gemacht, der andere war sehr an ihnen interessiert. Jetzt sind beide tot, und keiner von ihnen ist an Altersschwäche gestorben. Das könnte Zufall sein, zugegeben, aber wenn nicht, dann sind diese Fotos hier das Bindeglied zwischen ihnen. Und worum sonst sollte es dabei gehen, wenn nicht um die Falken und darum, was sie möglicherweise für Eschborns Projekt bedeuten?«

»Vielleicht hat Ebers sich ja nur ganz allgemein für Fotografie interessiert.«

»Nein, das können wir wohl ausschließen. Ebers hatte keinerlei Ausrüstung bei sich, Fotos hat er höchstens mit seinem Smartphone geschossen. Nach meinem Eindruck dürften sich seine ästhetischen Interessen weitgehend auf die eigene Erscheinung und das Aussehen möglicher Sexualpartnerinnen beschränkt haben. Um Fotografie als Kunst ging es ihm bestimmt nicht. An den Bildern hat ihn nicht das Wie interessiert, sondern das Was und das Wo. Deshalb wollte er auch von der Freundin wissen, wo genau die Fotos aufgenommen wurden. Außerdem hat er laut Auskunft der Managerin eifrig die nähere Umgebung erkundet.«

Harry legte eine kurze Pause ein, bevor er fortfuhr. »Dazu passt, dass wir in seinem Zimmer einen detaillierten Wanderführer gefunden haben und, was noch wichtiger ist, auch ein Vogelbestimmungsbuch. Das hat mich schon gestern gestört, denn als passionierten Vogelbeobachter kann ich mir unseren Mario Ebers erst recht nicht vorstellen. Jetzt haben wir eine bessere Erklärung dafür. Ich denke, sein besonderes Interesse an Aufnahmen von brütenden Wanderfalken hier in Schwarzenbach hatte weder etwas mit Kunst noch mit Ornithologie zu tun. Womit wir wieder bei Eschborns Projekt wären.« Zufrieden griff Harry nach seinem Glas. »Und bei zwei Toten.«

»Sekunde!« Etwas in der Art hatte Max befürchtet. Nach der Geschichte mit Igor im letzten Sommer hatte Harry offensichtlich Gefallen am Detektivspielen gefunden. »Willst du etwa damit sagen, dass Ebers womöglich wegen der Fotos umgebracht worden ist? Und der Fotograf gleich mit dazu? Und hinter alldem soll dieser Investor stecken? Wegen einer neuen Rodelbahn?«

Harrys rechte Augenbraue wanderte dekorativ nach oben. »Wenn es bei dieser Rodelbahn um fünfzig Millionen geht, sollte man so schnell nichts ausschließen. Meinst du nicht auch? – Aber so weit sind wir noch gar nicht. Fest steht bisher nur, dass diese Fotos eine durchaus ernst zu nehmende Bedrohung für die geplante Großanlage darstellen und es folglich in Eschborns Interesse liegt, wenn sie auch weiterhin nicht öffentlich bekannt werden. Die Frage ist, wie weit er dafür gehen würde.«

»Immer vorausgesetzt, dass er überhaupt von den Fotos weiß. Was nicht gesagt ist.«

»Richtig. Das müssen wir eben herausfinden.«

»Und wie sollen wir das anstellen?«

»Ganz einfach, ich werde ihn fragen.«

»Aha.« Gegen Harrys Selbstsicherheit war kein Kraut gewachsen. »Was ist mit Ebers? Wie passt der in dein Szenario?«

»Eins nach dem anderen! Übrigens hast du völlig recht, wir müssen auch mehr über den Fotografen in Erfahrung bringen. Über ihn und über seinen Unfall: wann, wo und wie. Das ist genau die richtige Aufgabe für Herrmanns.«

»Für wen?«

»Für Polizeihauptmeister Paul Herrmanns, den lokalen Arm des Gesetzes. Er hält Ebers' Tod auch nicht für einen Unfall, sagt es nur noch nicht offiziell.«

Bevor Harry auch ihm noch weitere Aufgaben zuteilen konnte, brach Max lieber auf. Er hatte eine gute Entschuldigung. »Du kannst hoffentlich noch fahren. Ich bin nämlich spät dran.«

»Spät? Wieso?«

»Ich muss zurück ins Hotel. Für heute Abend steht noch eine gemeinsame Fackelwanderung durch den Schnee auf dem Programm. Mit anschließendem Umtrunk in geselliger Runde, Ende offen.«

»Du Glückspilz!«, gratulierte Harry scheinheilig.

»Übertreib es nicht! Ich komme mir schon vor wie auf einem Junggesellenabschied. Du hättest mich ruhig vorwarnen können.«

»Warum? Ist das ein Problem für dich? Du bist doch Single!«

»Vielleicht gefällt es Max sogar, so eine Fackelwanderung soll ja sehr romantisch sein, habe ich gehört.«

Max atmete tief ein. Bei aller Herzlichkeit wirkte Oskars Lächeln irgendwie hinterhältig. Auf jeden Fall sah er damit seinem Vetter Harry verdammt ähnlich.

SECHS

Herrmanns hatte es ja geahnt, so leicht würde Bylandt keine Ruhe geben. Nur hatte er mit ihm nicht schon vor dem Frühstück gerechnet.

»Falken? Habe ich das richtig verstanden, Sie wollen Eschborn über Falken befragen?«

»Über Wanderfalken. Falco peregrinus, wie der Lateiner sagt. Ziemlich selten, in dieser Gegend sogar ausgestorben. Oder auch nicht, das ist die Frage. Eine der Fragen. Eigentlich geht es auch mehr um Fotos von ihnen.« Mit diesen Worten hatte Bylandt ihm einen Abzug vor die Nase gehalten, auf dem angeblich ein Jungtier dieser bedrohten Vogelart zu sehen war, und zwar mitten im alten Steinbruch. »Und um die Frage, warum ausgerechnet Mario Ebers sich für sie interessiert hat.«

»Woher haben Sie das Foto?«

»Erkläre ich Ihnen unterwegs. Kommen Sie, Paul, Sie wollen doch bestimmt nicht, dass ich allein mit Eschborn rede. Außerdem können Sie mir den Weg zeigen. Und nehmen Sie Ebers' Hausschlüssel mit.«

Herrmanns knöpfte seinen Parka bis zum Hals hinauf zu und blies in seine Hände. Der alte Benz machte ja einiges her, aber die Heizung war einfach lausig. »Sie haben also jemanden ins ›Sporthotel‹ eingeschleust«, rekapitulierte er seufzend Bylandts Bericht. »Wen denn?«

»Einen Freund von mir. Er soll sich dort nur unauffällig etwas umhören, ganz harmlos.«

»Wenn Sie das sagen. Hören Sie, Harry, dass Sie sich hier als Detektiv betätigen, ist schon schwierig genug für mich. Aber es war keine Rede davon, auch noch einen der Baker Street Irregulars einzusetzen!«

Bylandt grinste beifällig, die Anspielung auf Sherlock Holmes gefiel ihm. Natürlich gefiel sie ihm. »Es hat sich doch gelohnt, das müssen Sie zugeben!«, erwiderte er fröhlich. »Denn ohne ihn wären wir nicht so schnell auf die Verbindung von Ebers zu Eschborn gekommen.«

»Die vorerst nur auf reiner Spekulation beruht. Selbst wenn es sie tatsächlich geben sollte, wissen wir nicht, welche Rolle sie spielt. Oder ob sie überhaupt etwas mit dem Tod von Ebers zu tun hat.«

»Jetzt reden Sie schon wie meine Lektorin.«

»Und Sie sind gerade an der Abzweigung vorbeigefahren.«

Der Privatweg schlängelte sich den Berg hinauf. Er war gut ausgebaut und frisch geräumt, beides sicher nicht auf Gemeindekosten. Doch darauf war Eschborn auch nicht angewiesen. Soweit Herrmanns wusste, gehörte ihm auf dieser Seite der größte Teil des Wolfsfelsens.

Bylandt parkte den Wagen vor der lang gestreckten Garage, die drei Tore hatte und locker für mittelgroße Lkws gereicht hätte. Auch der Rest des terrassenförmig in den Hang gebauten Anwesens war nicht darauf angelegt, irgendwo Platz zu sparen. Eschborns Villa stammte aus den sechziger Jahren und bestand hauptsächlich aus Glas und Beton. Nicht ganz Herrmanns' Geschmack, aber hier machte das viele Glas durchaus Sinn. Der Ausblick durch die riesigen Scheiben auf das Tal und die Umgebung musste atemberaubend sein. Im Umkreis von mehreren Kilometern gab es hier keine Nachbarn, es gab nur die freie Natur, und davon reichlich. Die dicke Schneedecke auf dem Flachdach verstärkte noch die kühle, beinahe abweisende Wirkung der modernistischen Architektur. Nur die Handvoll Zigarettenkippen, die Herrmanns in dem aufgehäuften Schnee unterhalb der Terrasse bemerkte, wiesen auf menschliche Bewohner hin und störten etwas das strenge Ambiente. Offenbar durfte auch ein Heribert Eschborn im eigenen Haus nicht rauchen.

Er hätte sich nicht gewundert, wenn ihnen ein uniformiertes Hausmädchen geöffnet hätte, aber es war unverkennbar die Dame des Hauses, die persönlich auf ihr Klingeln reagierte. Unwillkürlich trat Herrmanns einen halben Schritt zurück und stellte sich und Bylandt vor. Er hatte die zweite Ehefrau von Eschborn bisher nur ein paarmal flüchtig gesehen und noch nie mit ihr gesprochen. Es war unwahrscheinlich, dass sie je von ihm Notiz genommen hatte. Das Auftauchen eines Polizisten an ihrer Tür schien sie denn auch zu überraschen. Verwundert musterte sie ihn und Bylandt, der ein strahlendes Lächeln aufgesetzt hatte, bevor sie die Tür freigab und sie ins Haus bat.

»Das hätten Sie mir aber auch vorher sagen können!«, beschwerte sich Bylandt leise im Vorbeigehen. Herrmanns verdrehte nur die Augen und folgte ihm in die Eingangshalle.

Andrea Eschborn musste Anfang fünfzig sein, würde aber die vierzig nicht zugeben und konnte sich das auch leisten. Groß und schlank, bewegte sie sich geschmeidig und wirkte auf elegante Art durchtrainiert. Sie trug schlichte Jeans, dazu einen Pullover, der selbst gestrickt aussah und es sicher nicht war. Auch der scheinbar nachlässige Schnitt ihrer halblangen dunkelblonden Haare stammte bestimmt nicht aus dem »Salon Rita« in Schwarzenbach. Wenn Andrea Eschborn eins nicht war, dann provinziell. Zumindest sah sie nicht so aus, und das lag nicht am Geld allein. Kein Wunder, dass Bylandt bei ihrem Anblick Männchen machte.

Die Halle machte ihrem Namen alle Ehre. Vermutlich hätte Herrmanns' eigenes Haus ganz hineingepasst, vom Schornstein einmal abgesehen. Geschwungene Treppen führten nach oben und in das Souterrain, große Türen in angrenzende Räume. Es gab einen offenen Kamin, der nicht den Eindruck machte, als sei er jemals benutzt worden. An der Wand über ihm hing ein riesiges Foto, auf dem überlebensgroß eine junge Andrea Eschborn im Skidress gerade rasant eine Slalomstange umkurvte. Es war eine spektakuläre Aufnahme. Auf dem Sims standen noch weitere gerahmte Fotos von ihr und mehrere Siegerpokale.

»Beeindruckend!«, kommentierte Bylandt die Fotografie. »Das sind doch Sie, nicht wahr?«

»Ja, früher bin ich ein wenig Ski gefahren.«

Bylandt betrachtete einen der Pokale näher. »Ich glaube, jetzt stapeln Sie etwas tief.«

»Ach was, außerdem ist es schon eine Ewigkeit her.«

Das schien Bylandt erst recht nicht glauben zu können, und bevor er es mit der Höflichkeit noch übertrieb, räusperte sich Herrmanns. »Wir möchten gern Ihren Mann sprechen, Frau Eschborn«, begann er und versuchte, möglichst amtlich zu klingen.

»Oh, dann sind Sie hier falsch.«

»Ich verstehe nicht ganz …«

»Mein Mann wohnt hier nicht mehr. Wir haben uns getrennt, vor einigen Monaten schon«, erklärte sie, und Herrmanns hatte das deutliche Gefühl, nicht der eigentliche Adressat dieser Botschaft zu sein. »Die Scheidung läuft gerade. Sie haben Glück, überhaupt jemanden hier anzutreffen. Zu dieser Jahreszeit bin ich sonst immer in St. Moritz, aber das Chalet wird ja jetzt von Heribert benutzt.«

Ihrem Ton nach zu urteilen, schien darüber allerdings noch nicht das letzte Wort gesprochen zu sein. Die Scheidung würde für den Ehemann teuer werden, da war sich Herrmanns sicher. Sehr teuer.

»Ihr Gatte weilt also in der Schweiz?«, fragte Bylandt in verbindlichem Ton.

»Im Prinzip ja, im Moment weilt er allerdings eher in Köln«, antwortete sie, Bylandts preziöse Formulierung mit einem winzigen Lächeln aufnehmend. »Wir haben dort eine Wohnung in den Kranhäusern.« Dann legte sie den Kopf schief und sah ihn forschend an. »Ihr Name ist Bylandt, sagten Sie?«

»Richtig. Harry Immanuel.«

»Sind Sie vielleicht mit Oskar verwandt?«

»Mein Vetter.«

»Wie nett. Ich mag Oskar, er ist so ein reizender Mensch.«

»Das stimmt, allerdings auch etwas reizbar. Mit Ihrem Gatten zum Beispiel versteht er sich nicht besonders gut.«

»Nein, das kann man nicht behaupten. Sie kennen bestimmt auch den Grund dafür.«

»Die Liebe, was sonst? Eine ziemlich traurige Geschichte, nach allem, was ich gehört habe.«

»Das ist die Liebe ja meistens, nicht wahr? Eine traurige Geschichte.«

Bylandt nickte. »That Ole Devil Called Love«, zitierte er den alten Songtitel gefühlvoll und doch mit dem richtigen Maß an Ironie in der Stimme, um gerade noch haarscharf am Kitsch vorbeizuschrammen.

Herrmanns seufzte innerlich, doch Andrea Eschborn verkürzte prompt die Distanz. Sie beugte sich vertraulich vor und legte eine Hand auf Bylandts Unterarm.

»Ich habe natürlich schon von der schrecklichen Sache mit Oskar erfahren. Richten Sie doch bitte Ihrem Vetter mein Mitgefühl aus! Ich weiß, wie ihm jetzt zumute sein muss. Bei meinem Filou ist es schon fast ein halbes Jahr her, und es tut heute noch weh.«

»Ihr Hund, nehme ich an?«, vergewisserte sich Herrmanns, nur um dafür von ihr einen Blick mit Außentemperatur zu ernten. Vielleicht hätte er es auch mit Billie Holiday versuchen sollen. Stattdessen erkundigte er sich nach der genauen Kölner Adresse der Eschborns, was Bylandt zu amüsieren schien.

»Keine Sorge, Paul, die Kranhäuser finden wir auch so. Sie sind kaum zu übersehen.«

»Den Weg können Sie sich auch sparen. Nur um Heribert zu sprechen, müssen Sie nicht erst nach Köln fahren. Heute findet in Hillesheim eine Informationsveranstaltung für Neuinvestoren statt, im ›Hotel Augustiner Kloster‹. Dort ist er gerade. Wenn Sie sich beeilen, erwischen Sie ihn vielleicht noch.«

»Dann sollten wir wohl besser sofort aufbrechen«, entgegnete Bylandt mit hörbarem Bedauern und bat beim Abschied noch einmal wortreich, die Störung durch ihr unangemeldetes Auftauchen zu entschuldigen.

Sie hielt seine Hand einen Augenblick lang fest. »Nur, wenn Sie mich heute Abend zum Essen ausführen«, verkündete sie hoheitsvoll. »Sagen wir, um halb acht?«

Ihr Ton ließ keinen Widerspruch zu, und auch Bylandt schien die Frage als das aufgefasst zu haben, was sie war: als Befehl. Er deutete eine Verbeugung an und schlug spielerisch die Hacken zusammen. »Sehr wohl. Halb acht.«

Bylandt wendete den Benz und steuerte ihn die Auffahrt wieder hinunter. »Also auf nach Hillesheim!«, verkündete er beschwingt.

Herrmanns konnte sich nicht erinnern, jemals einen so selbstzufriedenen Ausdruck gesehen zu haben. Eine Katze, die gerade das Schnitzel vom Teller stibitzt hatte, war nichts dagegen. »Das mit dem Abendessen galt wohl nicht für uns beide, oder?«, fragte er.

»Ich fürchte nicht, nein.«

»Hab ich mir gedacht. Schriftsteller müsste man sein.«

»Unsinn! Viele Frauen stehen auf Uniform.«

»Ach ja?«

»Habe ich gehört.«

»Erstaunlich, was Sie alles hören.«

Wenn er nicht sehr aufpasste, würde er dank Bylandt noch in Teufels Küche kommen, schwante Herrmanns. Jemanden wie Heribert Eschborn mal eben mit einem ungeklärten Todesfall in Verbindung zu bringen, war an sich schon heikel genug. Vor allem, wenn der einzige Anhaltspunkt dafür in dem Interesse bestand, das der Tote für Naturfotografien gezeigt hatte, von denen einige Eschborns Geschäfte stören könnten. Könnten. Unter Umständen. Kieling würde das nicht gefallen. Noch weniger, dass nicht einmal zweifelsfrei feststand, dass es Ebers gerade um diese besonderen Falkenfotos gegangen war. Und ob Eschborn überhaupt Kenntnis dieser Aufnahmen hatte, war ebenfalls noch völlig offen. In Bylandts Krimis mochten sich derart freihändige Kombinationen ja gut machen und sich am Ende immer als zutreffend erweisen, aber in natura lagen die Dinge meist anders, etwas komplizierter, und ein vorschnell aufgetischter Verdacht konnte jede Menge Ärger mit sich bringen. Erst recht hier auf dem Lande, wo jeder jeden kannte.

So gesehen war der Vorschlag, mit dem Bylandt unterwegs herausgerückt war, nämlich Eschborn doch lieber erst einmal allein zu befragen, vielleicht gar keine schlechte Idee. Während der Fahrt hatte Herrmanns darüber nachgedacht und immer mehr Gefallen daran gefunden. Falls Eschborn tatsächlich irgendetwas mit der Sache zu tun hatte, würde er einem Polizisten gegenüber natürlich sehr vorsichtig sein und mauern, da hatte Bylandt recht. Ein potenzieller Investor mit unverfänglichen und völlig harmlosen Fragen zum Immobilienprojekt hingegen war unverdächtig und könnte womöglich leichter etwas aus ihm herausholen. Als betuchter Interessent aufzutreten, durfte Bylandt nicht allzu schwerfallen. Was allerdings die harmlosen Fragen anging, war sich Herrmanns nicht so sicher. Aber einen Versuch war es wert. Außerdem würde er so endlich zu seinem Frühstück kommen.

»Also schön, versuchen Sie Ihr Glück«, stimmte er dem Vorschlag zu, als sie Hillesheim erreichten. »Sie können mich am ›Café Sherlock‹ absetzen.«

Herrmanns klopfte sorgfältig den Schnee von seinen wasserdichten Boots, bevor er die Tür öffnete und den schweren Vorhang beiseiteschob, der als Windfang diente. Es schien, als betrete er eine andere Zeit und eine andere Welt. Eine Welt, in der sich alles um Verbrechen drehte. Natürlich nicht um solche, mit denen er es gewöhnlich in seinem Beruf zu tun hatte, sondern um die Art von Mord und Totschlag, die sich behaglich auf dem Sofa bei Kaffee und Kuchen genießen ließ. Das gesamte, beachtlich große und liebevoll renovierte Gebäude aus der Zeit der Jahrhundertwende war dem Krimi gewidmet. Nicht nur das Café selbst, in den oberen Stockwerken gab es noch eine umfangreiche Spezialbibliothek mit über dreißigtausend Bänden, die den Gästen offen stand.

Das Ambiente mit seinem charmant zusammengewürfelten Mobiliar aus verschiedenen Epochen ließ eine »gute alte Zeit« wiederaufleben, die historisch vielleicht nicht exakt zu bestimmen war, aber mit Sicherheit der Bauhaus-Ära vorausgegangen sein musste. Überhaupt deutete bei der Einrichtung nichts auf Minimalismus hin. An den Wänden gab es keine freien Stellen, überall hingen Bilder, Filmplakate oder sonstige Requisiten, die alle in berühmten literarischen oder cineastischen Mordfällen eine Rolle spielten. Selbst die Tischplatten waren mit Glasscheiben versehen und so in Vitrinen verwandelt worden, in denen man etwa den Dienstausweis von Inspektor Barnaby oder Sherlock Holmes' Kokainspritze bewundern konnte. Selbstverständlich im Original.

Vermutlich war das »Café Sherlock« das berühmteste Café in der gesamten Eifel. An den Wochenenden konnte es mitunter schwierig werden, noch einen freien Platz zu ergattern. Hier trafen sich Touristen und Krimifans aus der ganzen Welt. Sogar aus Japan waren schon eingefleischte Holmesianer angereist. Auch Herrmanns kam gern hierher, vor allem unter der Woche, wenn der Andrang überschaubar war und man in Ruhe seinen Kaffee trinken konnte, der hier stilecht »Schwarzer Tod« hieß. Mit etwas Glück traf man sogar auf Jacques Berndorf, der nicht weit entfernt in einem Nachbardorf wohnte und Stammgast war.

Im Moment herrschte angenehm wenig Betrieb, nur die Plätze in der Nähe des Kaminfeuers waren besetzt. Herrmanns ließ sich in einer Nische nieder, die einem Waggon des Orient-Express nachempfunden war und an den vielleicht berühmtesten Fall von Hercule Poirot erinnerte. Er hatte das Abteil für sich allein und gönnte sich das große Frühstück. Für ambitionierte Neujahrsvorsätze in puncto Diät war es schließlich noch etwas früh.

Im Foyer des Hotels kamen Bylandt zwei mittelalte Paare entgegen, beide mit Hochglanzbroschüren in den Händen. Er folgte einem aufgestellten Hinweis zum Konferenzraum IV »Erzbischof Balduin« und fand seine Befürchtung bestätigt. Die Veranstaltung hatte bereits geendet. Bis auf zwei Personen war der Raum leer. Eine junge Frau in einem sehr figurbetonten blauen Kostüm ging die Stuhlreihen entlang und sammelte übrig gebliebenes Werbematerial ein. Am Fenster stand ein älterer Mann und las konzentriert auf einem Smartphone. Als Bylandt nun eintrat, nahm er seine schmale Lesebrille ab und setzte ein gewinnendes Lächeln auf. Geld erkannte er auch so.

Eschborn war ungefähr so groß wie Bylandt, aber um einiges schwerer. Sein leicht aufgedunsenes Gesicht verriet eine lang gehegte Vorliebe für Hochprozentiges. Die Züge waren schwammig geworden und nach unten gerutscht. Wie das eben so geht, wenn man die sechzig hinter sich hat und gut zwanzig Kilo über seinem Kampfgewicht liegt. Ein maßgeschneiderter grauer Anzug sorgte allerdings dafür, dass davon nicht zu viel zu sehen war. Er trug ein blau gestreiftes Hemd mit Klappmanschetten, eine dazu passende weinrote Krawatte und wirklich gute Schuhe, kastanienbraune Budapester mit einem wundervollen Schimmer. An seiner linken Hand steckte ein goldener Siegelring. Auch sein Haarschnitt verriet eine gewisse Eitelkeit. Die rasante Föhnfrisur verteilte nicht ungeschickt eine überschaubare Menge dunkelblonder Haare über eine möglichst große Fläche des Kopfes und hielt vermutlich bei jedem Wetter. Heribert Eschborn war immer noch im Rennen.

»Die Informationsveranstaltung ist leider schon beendet«, bedauerte er, »aber ein paar Minuten habe ich noch. Wenn ich Ihnen also behilflich sein kann, gern. Was möchten Sie über unser ›Schneeparadies Schwarzenbach‹ wissen?«

»Sehr freundlich«, bedankte sich Bylandt. »Nun, ich habe

gehört, dass es Umweltbedenken gegen das Projekt gibt. Ist da etwas dran?«

Eschborn hob abwehrend beide Hände. »Solche Bedenken gibt es ja immer, nicht wahr, das ist gewissermaßen eine Spezialität von uns Deutschen. Aber Sie können völlig beruhigt sein. Wir erfüllen selbstverständlich alle einschlägigen Auflagen und arbeiten eng mit der Landschaftsbehörde zusammen, um die geplanten Anlagen so umweltschonend wie möglich zu gestalten. Mit Erfolg, wie ich betonen möchte. Alle Gutachten bestätigen das. Ich meine, wir werben ja gerade mit der Natur für unser Projekt, da werden wir uns doch nicht ins eigene Fleisch schneiden, nicht wahr?«

»Klingt einleuchtend, aber …«

»Worum geht es denn konkret?«

»Es heißt, dass auf dem Gelände eine streng geschützte Vogelart brütet.«

»Tatsächlich?«, fragte Eschborn und runzelte die Stirn. »Davon weiß ich nichts. Aber solche Meldungen sollte man generell mit Vorsicht genießen. Angeblich sind auch schon Einhörner gesichtet worden, insofern wundert mich nichts mehr.«

»Nur gibt es von den Einhörnern in der Regel keine Fotos. Hiervon schon.« Bylandt reichte ihm die Aufnahme des jungen Falken. »Oben links, in der Felswand.«

»Ja, sehe ich. Was soll das sein?«

»Ein Falco peregrinus, gemeinhin auch Wanderfalke genannt. Er galt in der Gegend lange als ausgestorben, besser gesagt, das gilt er immer noch. Aber wie Sie sehen können, scheint er jetzt in Schwarzenbach wieder heimisch zu sein.«

Eschborn gab das Foto zurück. »Schwarzenbach ist eben ein Naturparadies, das sage ich ja immer. Ich verstehe aber nicht, was dieser Vogel mit unserer Anlage zu tun haben soll.«

»Da sehen Sie kein Problem? Soweit ich weiß, steht das Gelände doch unter Naturschutz. Um die Anlage bauen zu dürfen, brauchen Sie eine Sondergenehmigung. Und ein

Wanderfalken-Brutplatz im alten Steinbruch, in unmittelbarer Nähe zu einer der geplanten Pisten, könnte dem im Weg stehen, meinen Sie nicht?«

»Diese Genehmigung ist nur noch eine Formsache«, erwiderte Eschborn langsam und merklich abgekühlt. »Sämtliche politischen Instanzen in der Region stehen hinter dem Projekt, das kann ich Ihnen versichern. Die Unterstützung geht quer durch alle Parteien. Wenn also jetzt irgendein grüner Spinner meint, mit einem Foto dagegen angehen zu müssen, soll er es ruhig versuchen.«

»Das dürfte ihm schwerfallen, fürchte ich.«

»Wie meinen Sie das?«

»Der Fotograf ist tot. Ein Verkehrsunfall. Er hieß Marcel Hillerbrock.«

Eschborn blieb einen Moment stumm. »Tut mir leid, das zu hören«, sagte er dann zögernd. »Ein Freund von Ihnen?«

»Nein, ich bin ihm nie begegnet.«

Eschborn sah Bylandt weiter an, schien aber in Gedanken weit weg zu sein. Inzwischen hatte die junge Frau alle Prospekte wieder eingesammelt und sie akkurat auf einen kleinen Tisch neben der Mikrofonanlage gestapelt. Sie sah auf ihre Uhr und wandte sich an Eschborn. »Der Termin um elf Uhr dreißig«, erinnerte sie ihn mit gedämpfter Stimme und wies dabei zum Eingang. »Die Herren warten schon.«

In der Tür war ein gepflegter Mittfünfziger im altmodischen Dreiteiler aufgetaucht und kam nun auf sie zu. Ein wesentlich jüngerer Mann, ebenfalls im Anzug, blieb hinter ihm zurück und lehnte sich gegen den Rahmen.

Eschborn nickte. »Die Pflicht ruft«, erklärte er bedauernd, »falls Sie noch mehr Fragen haben, muss ich Sie leider auf morgen vertrösten, unsere Infoveranstaltung wird dann fortgesetzt, um zehn Uhr. Und Frau Abel hier versorgt Sie gern mit weiterem Material.«

»Eine Frage habe ich tatsächlich noch. Sagt Ihnen der Name Mario Ebers etwas?«

»Warum fragen Sie?«, erwiderte Eschborn irritiert.

»Weil der sich auch für das Foto interessiert hat.«

»Ja und?«

»Und weil er jetzt ebenfalls tot ist.«

»Wie bitte?«

»Der Tote, den man in Schwarzenbach unter dem Lift gefunden hat. Das war Mario Ebers. Davon müssen Sie doch gehört haben.«

»Selbstverständlich habe ich von dem Unfall gehört. Ich wusste nur nicht ...« Eschborn brach ab. »Ebers war das, sagen Sie?«

»Sie kannten ihn also?«

»Worauf wollen Sie eigentlich hinaus?« Eschborn hatte jetzt den Verkäufer abgelegt und musterte Bylandt mit einem harten Blick.

»Eine merkwürdige Koinzidenz, finden Sie nicht auch? Sich für Fotos von Falken in dieser Gegend zu interessieren, scheint ungesund zu sein.«

»Wollen Sie etwa andeuten, dass es da einen Zusammenhang gibt?«

»Zwischen den Todesfällen, den Fotos und Ihrem ›Schneeparadies Schwarzenbach‹, meinen Sie? Auf den Gedanken könnte man beinahe kommen.«

»Dazu bräuchte man aber eine sehr lebhafte Phantasie«, mischte sich der Fremde ein, der herangekommen war und die letzten Sätze mitgehört hatte.

»Das denke ich nicht.«

»Und ich denke, dass Sie nicht hier sind, um sich über eine lukrative Investition für Ihr Geld zu informieren.«

»Stimmt, bin ich nicht.«

»Verzeihung, aber wie war noch mal Ihr Name?«

»Den habe ich noch nicht genannt. Ich heiße Bylandt. Harry Immanuel Bylandt.«

»Bylandt?«, wiederholte Eschborn überrascht.

»Oskar ist mein Vetter.«

»Aber ja, Sie kamen mir gleich irgendwie bekannt vor. Der kleine Vetter von Oskar! Wissen Sie, dass wir uns früher schon begegnet sind? Damals waren wir allerdings noch Kinder.«

»Gut möglich, die Welt ist ein Dorf.« Bylandt wandte sich an den Fremden. »Und Sie sind, wenn ich fragen darf?«

»Mein Name ist van der Bock. Ich bin der Syndikus von Herrn Eschborn. Und in dieser Funktion möchte ich Sie darauf hinweisen, dass wir Sie verklagen werden, sollten Sie Ihre ebenso haltlosen wie rufschädigenden Behauptungen und Unterstellungen öffentlich äußern«, erklärte er kühl und winkte seinem Begleiter, der sich sofort in Bewegung setzte. »Es ist wohl besser, wenn Sie jetzt gehen. Mein Fahrer wird Ihnen den Weg zeigen.«

»Nicht nötig, ich finde allein hinaus.« Trotzdem baute sich der Fahrer mit einem süffisanten Lächeln vor ihm auf und wies demonstrativ in Richtung Ausgang. »Sie sollten Ihrem Chauffeur wenigstens eine richtige Dienstmütze gönnen!«, kommentierte Bylandt den schlecht sitzenden dunklen Anzug des jungen Mannes und ging zur Tür.

Eschborn und sein Anwalt kümmerten sich nicht weiter um ihn. Sie schienen genug mit sich selbst zu tun zu haben. »Haben Sie etwa davon gewusst?«, fragte Eschborn. »Ich verlange eine Erklärung!«

»Wie wäre es, wenn *Sie* damit anfangen?«, konterte van der Bock gereizt.

Mehr von dem Gespräch bekam Bylandt zu seinem Leidwesen nicht zu hören. Der Chauffeur war ihm auf dem Fuß gefolgt, unangenehm dicht, und schloss nun nachdrücklich die Tür hinter ihm.

Als Bylandt im Café auftauchte, saß Herrmanns bei seiner zweiten »Chocolat Poirot« und widerstand heroisch der Versuchung in Gestalt einer weiteren Nussecke. Irgendwo musste man ja eine Grenze ziehen.

Bylandt bestellte an der Theke einen doppelten Espresso

und setzte sich ihm gegenüber ins Abteil. Beifällig sah er sich um. »Sieh an, es gibt wieder ein paar neue Exponate.« Bylandt kannte natürlich das »Café Sherlock« und auch seinen Betreiber, einen Autoren-Kollegen, der nicht nur Krimis schrieb, sondern zusätzlich noch einen eigenen Verlag führte.

Herrmanns blätterte in der Hochglanzbroschüre, die Bylandt mitgebracht hatte. »Was halten Sie von dem Projekt?«, fragte er.

»Nicht viel. Eine Nummer zu groß für Schwarzenbach, würde ich sagen. Sie haben doch hoffentlich nicht selbst Geld dort hineingesteckt?«

»Bei meinem Gehalt?«

»Gut. Die versprochenen Renditen sind nämlich unseriös, daran kann man fühlen.«

»Da bin ich ja beruhigt. Und Eschborn selbst? Welchen Eindruck hat er auf Sie gemacht?«

»Mehr Fassade als Substanz. Er gibt halt den erfolgreichen Macher mit allem Pipapo. Für meinen Geschmack etwas zu dick aufgetragen. – Eine blonde Sexbombe als Assistentin, das ist schon sehr retro!« Bylandt zuckte mit den Achseln. »Andererseits kann man damit weit kommen, sogar ins Weiße Haus.«

»Der Donald Trump von Schwarzenbach.«

»Nun, zumindest scheinen sie denselben Frisör zu frequentieren.«

Herrmanns grinste. »Im ›Hirschen‹ läuft eine Wette, ob Eschborn nun ein Toupet trägt oder nicht.«

»Was keinen großen Unterschied macht, oder? Rein äußerlich, meine ich.«

»Ihr Gespräch ist wohl nicht so gut verlaufen, wie?«

»Sein Rechtsanwalt hat gedroht, mich zu verklagen.«

»So viel zu den harmlosen Fragen«, seufzte Herrmanns. Er hatte es ja geahnt. »Habe ich eigentlich schon erwähnt, dass Eschborn ein Duzfreund unseres Polizeidirektors ist?«

»Keine Bange, Sie waren ja nicht dabei. Ihnen kann niemand etwas anhängen.«

»Darauf würde ich nicht wetten. Was haben Sie denn nun herausgefunden?«

»Eschborn hat die Sache heruntergespielt. Dass in dem alten Steinbruch wieder Wanderfalken brüten, will er erst erfahren haben, als ich ihm das Foto gezeigt habe.«

»War ja zu erwarten.«

»Und er hat weder eine Verbindung zu dem Fotografen bestätigt noch zu Ebers.«

»Also sind wir keinen Schritt weiter.«

»Das würde ich so nicht sagen«, widersprach Bylandt, stützte seine Ellbogen auf und legte geziert die Fingerspitzen gegeneinander. »Eschborn hat natürlich gelogen, er kannte das Foto bereits.«

»Wie kommen Sie darauf?«

»Weil er keine Brille aufgesetzt hat.«

»Verstehe«, sagte Herrmanns nur und schien damit Bylandt etwas aus dem Konzept zu bringen.

Die Kellnerin tauchte auf und servierte den bestellten Espresso. Bylandt nahm einen Schluck und lehnte sich mit einem zufriedenen Ächzen zurück. »Was ich damit sagen will …«, setzte er an.

»Es ist unwahrscheinlich, dass Eschborn in seinem Alter ohne Lesebrille überhaupt erkennen konnte, was genau auf dem Foto abgebildet ist«, vollendete Herrmanns den angefangenen Satz. »Ich kann Ihnen folgen.«

»Nicht nur unwahrscheinlich. Eschborn trägt Kontaktlinsen. Damit hätte er unmöglich das Foto scharf sehen können. Dafür sind seine Arme einfach nicht lang genug. Mit anderen Worten, er hat mir quasi unbesehen geglaubt, dass es sich auf dem Foto um einen jungen Wanderfalken handelt, der vor seinem Brutplatz auf dem Wolfsfelsen sitzt.«

»Weil er das Foto schon einmal gesehen hatte. Mit Brille.«

»Dieses oder ein ähnliches, es dürfte ja mehrere Aufnahmen mit diesem Motiv geben, immerhin handelt es sich um eine kleine ornithologische Lokalsensation. Jedenfalls war

Eschborn schon vor meinem Besuch über die Falken informiert und wusste auch, dass es Fotos von ihnen gibt, da bin ich mir sicher. Und sie kommen ihm sehr ungelegen, auch wenn er versucht hat, das als bloße Lappalie hinzustellen, ohne jede Bedeutung für das Projekt.«

»Vermutlich hat er die Genehmigung für die Anlage schon so gut wie in der Tasche.«

»Das hat er behauptet. Angeblich steht die geballte politische Macht geschlossen hinter ihm.«

»Was sogar stimmen dürfte.«

»Mag sein. Andererseits hat er auf die Andeutung einer möglichen Verbindung der beiden Todesfälle zu den Fotos und damit auch zu seinem ›Schneeparadies Schwarzenbach‹ ausgesprochen empfindlich reagiert, genau wie sein Anwalt.«

»Dafür ist ein Anwalt doch da, oder? Für ein Paradies sind zwei Tote nicht gerade eine gute Publicity. Kein Wunder, wenn sie empfindlich reagieren.«

»Kennen Sie eigentlich diesen van der Bock?«

»Nicht, dass ich wüsste. Warum?«

»Er hat sich zwar als Syndikus vorgestellt, das wird er wohl auch sein, aber ich hatte nicht den Eindruck, dass er in Eschborn seinen Chef sieht. Es wirkte eher so, als hätte er das Sagen, nicht Eschborn.«

»Es sollen ja ein paar Großinvestoren beteiligt sein, vielleicht vertritt van der Bock deren Interessen. Auch Eschborn gegenüber.«

»Das wäre eine Erklärung«, stimmte Bylandt zu und rührte nachdenklich in seiner Tasse.

»Was stört Sie denn so an ihm?«

»Sein Chauffeur zum Beispiel. Den kennen Sie übrigens schon. Er war gestern in der Bar des ›Sporthotels‹. Der mit dem Pferdeschwanz.«

Herrmanns sagte nichts. Er musste an die beiden Männer in der Bar denken. Bylandts ungutes Gefühl konnte er nachvollziehen. Ihm ging es nicht anders.

»Und da ist noch etwas«, fuhr Bylandt fort. »Eschborn hat offensichtlich noch nicht gewusst, dass Ebers und der Fotograf beide tot sind, und die Nachricht hat ihn verschreckt. Er hat versucht, es zu überspielen, aber es war ihm trotzdem deutlich anzumerken. Deswegen ist er sogar mit van der Bock aneinandergeraten. So viel habe ich noch mitbekommen, bevor man mich vor die Tür gesetzt hat. Ich glaube, es wäre gut, mehr über diesen Verkehrsunfall in Köln zu erfahren.«

Herrmanns nickte. »Ich habe vorhin schon um die Akte gebeten. Heute Nachmittag soll übrigens der vorläufige Bericht aus der Gerichtsmedizin kommen. Dann haben wir es auch offiziell mit einem ungeklärten Todesfall zu tun. Sie wissen, was das bedeutet? Damit muss ich zu Kieling, und der wird mir die Sache aus der Hand nehmen, fürchte ich. Und Ihnen auch.«

Bylandt leerte seine Tasse mit einem Schluck. »Dann sollten wir uns lieber in Ebers' Wohnung umsehen, solange Sie noch zuständig sind, meinen Sie nicht?«

»Besser wäre es, das stimmt. Ihren Espresso übernehme ich.« Herrmanns stand auf und ging hinüber zur Theke. Während er die Rechnung beglich, wurde die Tür aufgestoßen, und ein eisiger Luftzug wehte bis zu ihm. Angeführt von einer wuchtigen Blondine in Herrmanns' Gewichtsklasse stürmte eine Handvoll Kettensträflinge in das Café. Alle trugen schwarz-weiß gestreifte Kittel und Kappen mit aufgestickten Nummern. Es fehlten nur noch die aufgemalten Bartstoppeln, und die Panzerknackerbande aus dem Comic wäre perfekt.

Als sie Herrmanns' Dienstparka bemerkten, blieben sie in ihrer Rolle und reagierten übertrieben erschrocken. Er spielte mit, schob seine geöffnete Jacke in Westernmanier etwas nach hinten und legte demonstrativ die Hand auf sein Holster. Die Blondine hob nur ihre Rechte, den Mittelfinger über den Zeigefinger gelegt, und grinste vergnügt. »Versichert!« Dann bestellte sie eine Runde Killerkakao.

Bylandt zog seinen Mantel an und gesellte sich zu Herrmanns an die Theke. »Ich wusste gar nicht, dass es hier schon so früh mit dem Karneval losgeht.«

»Mit Karneval hat das nichts zu tun.« Herrmanns erklärte ihm, dass es in Hillesheim Krimiführungen zu den zahlreichen Schauplätzen der meist literarischen Verbrechen vor Ort gab, bei denen die Teilnehmer dem Anlass entsprechend in Sträflingskostüme gesteckt wurden.

»Also etwas für echte Aficionados. Verstehe.«

»Die Touren sind sehr beliebt.«

»Ist nicht zu übersehen. Eine hübsche Idee, muss ich sagen. Und die Kostüme sind in der Tat sehr kleidsam! Erinnern mich an einen Laurel-und-Hardy-Film.« Amüsiert musterte Bylandt die Aufmachung eines der Panzerknacker, der dies mit einem ausgesprochen finsteren Blick quittierte.

Als er den Wagen startete, grinste Bylandt immer noch.

»Ich glaube, Ihr Vergleich mit Dick und Doof ist vorhin nicht bei allen gut angekommen«, sagte Herrmanns. »Einer der Häftlinge sah ziemlich verärgert aus.«

»Damit könnten Sie recht haben, Paul.« Bylandts Grinsen wurde womöglich noch breiter. »Absolut recht!«

Das Herkules-Hochhaus im Stadtteil Neu-Ehrenfeld lag unmittelbar an einer sechsspurigen Stadtautobahn. Schon von Weitem fiel die bunte Fassadenverkleidung auf, die wie gekachelt wirkte. Das gut hundert Meter hohe Gebäude war Anfang der siebziger Jahre errichtet worden und von Anfang an bei den Kölnern auf wenig Gegenliebe gestoßen, erklärte Bylandt, was angesichts der sonstigen Bebauung schon etwas heißen wollte.

Ebers hatte im sechzehnten Stock gewohnt. Sein Ein-Zimmer-Apartment mit Nasszelle und abgetrennter Kochnische befand sich nicht auf der Schokoladenseite des Hochhauses. Statt Dom- und Rheinblick konnte man nur die freie Aussicht auf Gleisanlagen und das größte Bordell Europas genießen. Die immer noch ansehnliche Schneeschicht auf den Dächern und Freiflächen milderte den Anblick nur wenig. Trotzdem würde man wohl für die halbe Miete in Schwarzenbach ein Haus mit großem Garten bekommen, vermutete Herrmanns.

Der Wohnraum war sparsam und unpersönlich, beinahe lieblos möbliert. Ebers schien wenig Wert auf die Einrichtung gelegt zu haben. Es gab ein Sofa mit Schlaffunktion, einen Ikea-Sessel, einen teuren Flachbildfernseher und große Lautsprecherboxen, die altmodisch wirkten oder vielleicht auch gerade wieder angesagt waren, Herrmanns kannte sich da nicht aus. Ein kleiner Schreibtisch mit Rechner und Monitor hatte offenbar als Büro ausgereicht. Herrmanns öffnete den Unterschrank. Er enthielt den letzten Jahrgang einer Fachzeitschrift für Sicherheitstechnik und mehrere Aktenordner, die er flüchtig durchblätterte. In einem von ihnen hatte Ebers persönliche Dokumente aufbewahrt, in den anderen waren geschäftliche Unterlagen abgeheftet wie Aufträge, Bestellungen, Rechnungen und Kontoauszüge. Auf den ersten Blick sah es nicht danach aus, als hätte sich Ebers vor Aufträgen kaum retten können.

Herrmanns richtete sich wieder auf und sah sich nachdenklich im Raum um. Es gefiel ihm nicht, aber vermutlich hatte Bylandt mit seiner Theorie recht. Nichts in dem Apartment deutete darauf hin, dass sich Ebers für Fotografie oder Vogelkunde interessiert hätte. Oder überhaupt für irgendetwas, abgesehen von seiner beruflichen Tätigkeit.

Bylandt schaltete den Rechner an. Auf dem Monitor erschien eine Maske und verlangte die Eingabe eines Passwortes. »War ja klar!«, sagte er nur und schaltete den Rechner wieder aus. Anschließend zog er die Schublade auf, in der Papier, Schreibutensilien und eine Handvoll USB-Sticks lagen. Er stutzte, holte einen der Sticks heraus und legte ihn auf die Tischplatte. »Interessant.«

Das fand Herrmanns auch. Der Stick war mit einem Etikett versehen, das von den übrigen deutlich abstach. Jemand hatte es mit einem roten »M« beschriftet und auch noch herzförmig umrahmt. Herrmanns konnte sich nur schwer vorstellen, dass dieser Jemand Mario Ebers gewesen sein sollte. Herzchen passten nicht zu ihm.

In der Schublade hatte auch ein Adapterkabel gelegen. Damit verband Bylandt nun den Stick mit seinem Smartphone. Wieder wurde ein Passwort verlangt. »Also dann«, sagte er und versuchte es mit »Marcel«, hatte aber keinen Erfolg. Auch »Hillerbrock« funktionierte nicht.

»Wäre ja auch zu einfach gewesen«, kommentierte Herrmanns und räumte das Schrankfach aus. »Vielleicht finden die Experten die Passwörter heraus. Wir nehmen alles mit.«

»Warten Sie.« Bylandt tippte etwas ein und lehnte sich zufrieden zurück. »Bingo!«

Offensichtlich hatte er das Zauberwort getroffen, auf dem Display erschien ein Verzeichnis der gespeicherten Daten. Es handelte sich durchweg um Fotodateien, die mit Orts- und Zeitangaben versehen waren. Auf dem Stick befanden sich lauter Aufnahmen aus der Eifel, insgesamt mehrere hundert. Bylandt klickte einige von ihnen an. Bilder von menschenleeren Landschaften, die eine große Ruhe ausstrahlten und alle irgendwie dem Abzug ähnelten, den Bylandt in der Tasche trug.

»Die Fotos stammen von Marcel Hillerbrock«, sagte Herrmanns, »deshalb auch das ›M‹ auf dem Etikett.«

»Und das Herzchen. Seine Freundin hat von einem Stick geredet, den Hillerbrock ihr gegeben hat und den sie nicht mehr finden kann.«

»Weil er bei Ebers gelandet ist.«

»Er muss ihn gestohlen haben, ja. Damit dürfte wohl endgültig erwiesen sein, dass es ihm tatsächlich um diese Fotos ging. Und dass es eine Verbindung zu Eschborn gibt.«

»Moment, wie kommen Sie jetzt so schnell auf Eschborn?«

»Weil ›Eschborn‹ das Passwort ist.«

Das war ein Argument. Herrmanns seufzte, steckte die USB-Sticks ein und klemmte den Rechner unter den Arm. »Sie nehmen die Aktenordner!«, kommandierte er.

»Richtig, wir müssen überprüfen, ob Geld geflossen ist und wofür.«

»Nein, nicht wir, sondern ich. Was möglicherweise schon nicht ganz der korrekten Vorgehensweise entspricht. Aber *Sie* sind eine Privatperson. Sie dürften nicht einmal hier sein.«

»Nun gut, wenn Sie unbedingt darauf bestehen, von mir aus. Ich habe eh schon eine Verabredung für den Abend.«

»Und sind bereits spät dran, wenn ich das richtig sehe.«

»Nein!«

Zum Glück hatte es tagsüber nicht weiter geschneit, die Straßen waren geräumt und gut befahrbar, selbst für Bylandts Fahrstil. Er hatte die Strecke nach Schwarzenbach in für einen Oldtimer rekordverdächtiger Zeit bewältigt, dort einen merklich erleichterten Polizeihauptmeister Herrmanns wohlbehalten abgesetzt und nach einem fliegenden Kleiderwechsel die Villa Eschborn ohne allzu große Verspätung erreicht.

Die Dame des Hauses schien nur eben rasch etwas übergezogen zu haben und einmal mit dem Kamm durch die Haare gefahren zu sein, was beides nicht stimmte, natürlich nicht, und sah hinreißend aus. Bylandts dunkelblauer Anzug fand offenbar ihren Beifall, genau wie die Wahl des Restaurants im Kurfürstlichen Amtshaus auf Burg Daun.

»Was haben Sie denn angestellt, um so kurzfristig noch einen Tisch im ›Graf Leopold‹ zu ergattern?«, fragte sie verwundert.

»Ich selbst gar nichts. Es war Oskars Vorschlag, und er hat auch den Tisch bestellt. Manchmal macht es ihm einen Heidenspaß, den Baron und Konsul herauszukehren. Vielleicht hat das geholfen.«

Zumindest hatte es nicht geschadet. Ein hübsch gedeckter Tisch für zwei Personen hatte in einer Fensternische auf sie gewartet, und für den Kellner war Bylandt nur der Herr Baron. Er versuchte erst gar nicht, das Missverständnis aufzuklären, und ertrug klaglos den amüsierten Blick seiner Begleiterin.

Oskar hätte seine helle Freude gehabt. Aber seine Empfehlung erwies sich als zutreffend, das servierte Menü schmeckte hervorragend.

Andrea Eschborn, nach dem ersten Anstoßen nur noch Andrea, schien sich in seiner Gesellschaft wohlzufühlen. Sie erkundigte sich höflich interessiert nach Bylandts Büchern, obwohl sie offensichtlich vorher noch nie etwas von Mark Connelly gehört, geschweige denn eins seiner Abenteuer gelesen hatte. Sie erzählte auch von ihrer nun endgültig zerbrochenen Ehe und dass Eschborn sie wegen einer Jüngeren verlassen hatte.

»Wegen einer Blondine Mitte zwanzig, die sich ›Assistentin‹ nennt und zu großen Teilen aus Plastik besteht«, stellte sie mit galligem Humor fest. »Noch klischeehafter geht es wirklich nicht. Aber das Penthouse in Köln kann sich die Tussi abschminken und St. Moritz auch, wenn ich erst mit Heribert fertig bin.«

»Ich glaube, der jungen Dame bin ich heute bei der Veranstaltung in Hillesheim begegnet«, sagte Bylandt vorsichtig.

»Das sind Sie bestimmt, sie ist nicht zu übersehen. Aber reden wir lieber von etwas anderem. Was genau wollten Sie eigentlich von Heribert? Sie haben doch nicht etwa vor, in das ›Schneeparadies‹ einzusteigen? Das würde ihrem Vetter kaum gefallen.«

»Das glaube ich auch, aber um das ›Schneeparadies‹ geht es tatsächlich. Das Projekt steht möglicherweise auf der Kippe, haben Sie das gewusst? Es gibt Einwände von Naturschützern, die eine Genehmigung fraglich machen könnten. Darauf baut Oskar natürlich.«

»Kann ich mir vorstellen, aber er sollte sich lieber keine großen Hoffnungen machen. Solche Probleme regelt Heribert mit seinem Scheckbuch. Das hat bisher noch immer geklappt. Peanuts für ihn, nichts weiter.« Sie nahm einen kräftigen Schluck und präsentierte Bylandt auffordernd ihr leeres Glas. »Nur bei mir wird er bluten müssen.«

Bylandt schenkte nach. »Es gab also schon Probleme?«

»Mit Naturschützern? Sicher gab es die. Für Heribert sind das selbstverständlich alles nur Ökospinner und Querulanten. Er hat mal damit angegeben, wie raffiniert er einen Fotografen, der ihm irgendwie Ärger machen wollte, ausgetrickst hat. Am Ende ist es auf einen Vertrag für einen Fotoband über die Schnee-Eifel hinausgelaufen, mit dem Heribert sogar noch Werbung für das Projekt machen wollte. Er hat den Mann einfach gekauft, und es war Ruhe.«

»Kann man so sagen. Der Fotograf ist tot.«

»Das wusste ich nicht«, antwortete sie und klang etwas irritiert. »Sie wollen doch hoffentlich nicht andeuten, dass Heribert etwas damit zu tun haben könnte.«

»Wäre das so abwegig?«

»Allerdings!« Der Gedanke schien sie zu amüsieren. »Heribert präsentiert sich ja gern als harter Hund, und ich möchte auch gar nicht so genau wissen, mit wem er alles schon Geschäfte gemacht hat, aber glauben Sie mir, das ist alles nur Show. Ihm fehlt einfach der Mumm. Nein, Heribert Eschborn ist eine reine Mogelpackung.«

»Sie kennen ihn natürlich besser als ich.«

»Nach beinahe achtzehn Ehejahren sollte ich das wohl.«

»Trotzdem können zwei Tote schon nachdenklich stimmen, meinen Sie nicht?«

»Wieso zwei? Es gibt noch einen Toten?«

»Deshalb hat Oskar mich ja geholt.«

»Reden Sie jetzt von dem Touristen, der aus dem Lift gestürzt ist?«

»Es gibt eine Verbindung zu dem Fotografen.«

»Aber das war doch ein Unfall! – Was mich bei dem maroden Zustand des Lifts ehrlich gesagt auch nicht sehr überrascht hat. Es war nur eine Frage der Zeit. Oskar hat die Anlage jahrelang ziemlich verkommen lassen, da musste ja einmal etwas passieren!«

»Nein, es war kein Unfall. Und wenn doch, dann hat er

nichts mit Oskars Lift zu tun. Ebers ist in der fraglichen Nacht nicht einmal damit gefahren. Seine Leiche wurde nur dort abgelegt.«

»Ebers?«

»So hieß der Tote, Mario Ebers. Er kam aus Köln.«

»Aus Köln?«, wiederholte sie und schluckte. »Sind Sie da sicher?«

»Stimmt etwas nicht?«

»Ich kenne einen Mario Ebers aus Köln«, antwortete sie zögernd. »Er hat die neue Alarmanlage bei uns im Haus installiert, vor ein paar Wochen erst. Das kann doch nicht sein!« Fragend sah sie Bylandt an. »Ein junger Mann?«

»Zweiunddreißig. Auch die Alarmanlage würde passen. Von Beruf war der Tote Sicherheitsberater.«

»Also doch, das muss er sein. Mein Gott, wie furchtbar!«

»Dann kannte auch Ihr Mann ihn?«

»Selbstverständlich. Er hat öfter für Heribert gearbeitet«, antwortete sie. »Und Sie sagen, es war kein Unfall?«

SIEBEN

Herrmanns hatte sich mit seinem Frühstück beeilt, um mit Bylandt zu reden, bevor er seinen Chef aufsuchte.

Oskar führte ihn in die Küche. »Harry ist auch gerade erst gekommen«, erklärte er amüsiert. »Wir sitzen noch beim Kaffee.«

Bylandt saß am Küchentisch vor einer Tasse schwarzem Kaffee und knabberte an einem Croissant. Neben ihm lag eine große Papiertüte aus der Bäckerei, gefüllt mit Weckchen, Hörnchen und noch mehr Croissants. Ihr Duft stieg Herrmanns verführerisch in die Nase. Mit einem Anflug von Neid registrierte er Bylandts schlichtes weißes Hemd und den dunkelblauen Anzug, die beide schmal auf Figur geschnitten waren und trotzdem an der Taille nicht spannten, nicht mal ein bisschen. So jemand sollte nicht auch noch ein Croissant nach dem anderen essen dürfen.

Für Bylandts elegantes Outfit musste Andrea Eschborn verantwortlich sein. Offensichtlich hatte er sie nicht zur Wurstplatte in den »Gasthof Aubach« ausgeführt, und dort hatte der Abend auch nicht geendet.

»Ist gestern wohl spät geworden?«, fragte Herrmanns nach der Begrüßung.

Natürlich hatte Bylandt seine Musterung bemerkt. »Bevor Sie jetzt auch noch Ihren Sermon dazugeben«, seufzte er und hob abwehrend eine Hand, »ja, es war ein ganz reizender Abend, vielen Dank.«

»Ich habe doch gar nichts gesagt.«

»Nein, aber Sie wollten.« Souverän trank Bylandt seine Tasse leer. »Übrigens habe ich etwas erfahren: Eschborn und der Tote unterm Lift kannten sich, das steht definitiv fest. Ebers hat die Alarmanlage in Eschborns Villa installiert und auch sonst für ihn gearbeitet.«

Herrmanns nickte. »Weiß ich. Das geht aus Ebers' Geschäftsunterlagen und seinen Kontoauszügen hervor.«

»Sie haben sie schon durchgearbeitet?«

»Damit habe ich die halbe Nacht verbracht.«

»Na, dann war Ihr Abend doch auch nicht so übel.«

Womöglich hatte Bylandt das sogar ernst gemeint, Herrmanns war sich da nicht so sicher. »Es gab allerdings nur Pizza«, sagte er.

»Eine in kulinarischer Hinsicht sehr unterschätzte Mahlzeit, wenn Sie mich fragen.« Bylandt lehnte sich zurück und schlug die Beine übereinander. »Was steht denn in den Akten? Gibt es irgendwelche Leichen in Ebers' Keller?«

»Ich konnte noch nicht alle Details sichten, aber so viel kann ich schon sagen, die finanzielle Lage von Ebers war nicht gerade rosig, vorsichtig formuliert. Offenbar kamen schon seit Längerem keine größeren Aufträge mehr herein. Die Konten sind überzogen, mit der Miete und der Leasingrate für den BMW war er in Verzug. Der Mann brauchte dringend Geld. Seine smarte Fassade hätte nicht mehr lange gehalten, Ebers war so gut wie pleite. Aber, und das ist merkwürdig – oh, vielen Dank!«

Herrmanns nahm von Oskar eine Tasse mit dampfendem Kaffee in Empfang und bediente sich auch gleich bei den Hörnchen. Sie hielten, was ihr Duft versprach. »Die schmecken ausgezeichnet!«

»Aber?«, half Bylandt ungeduldig nach.

»Er hat es bekommen, das Geld. Pünktlich zu Weihnachten ist ein größerer Betrag auf sein Konto eingegangen: eine Überweisung über zehntausend Euro. Genug, um wenigstens vorerst eine drohende Pfändung abzuwehren.«

»Von wem?«

»Das ist der Punkt. Ich weiß es nicht. Der Auftrag stammt von einem Offshore-Konto. Nominell gehört es einer maltesischen Firma, aber dahinter kann sich jeder verbergen. Mir war bisher gar nicht klar, wie verblüffend einfach es ist, auf

Malta ein anonymes Konto einzurichten, noch dazu völlig legal. Ich habe mich etwas kundig gemacht. Man muss nur vor Ort eine Firma gründen oder gründen lassen, was anscheinend einige Banken bei der Kontoeröffnung gleich mit anbieten, sozusagen als Komplettpaket mit Rundumservice. Das ist alles. Selbst wenn Sie dann später als Einziger Zugriff darauf haben, müssen Sie dieses Konto nicht in Ihrer Steuererklärung angeben.«

»Was hatte Ebers mit einer Briefkastenfirma auf Malta zu schaffen?«, fragte Bylandt.

»Das würde ich auch gern wissen. Ich arbeite daran.« Herrmanns nahm sich ein weiteres Hörnchen. »Ich habe gestern kurz mit Kieling telefoniert. Er fällt immer noch aus, will aber erst einen Bericht von mir haben, bevor er die Angelegenheit weitergibt. Übrigens kannst du den Liftbetrieb wieder aufnehmen, Oskar, Kieling ist einverstanden.«

»Danke, Paul! Ich sage Gerbers Bescheid, der wird sich freuen.«

»Nicht der Rede wert«, wehrte Herrmanns ab, »da oben gibt es jetzt sowieso keine verwertbaren Spuren mehr. Und was den Bericht für Kieling angeht, so ist es wohl besser, wenn ich Sie da heraushalte, Harry.«

»Von mir aus gern. Wenn Sie mit Ihrem Chef sprechen, sollten Sie vielleicht erwähnen, dass Eschborn auch den Fotografen kannte und von den Aufnahmen wusste. Seine Frau hat das bestätigt. Eschborn hat ihn mit einem Buchprojekt gekauft, einem Fotoband über die Schnee-Eifel, der natürlich erst erscheinen soll, wenn alles unter Dach und Fach ist. Andrea konnte sich an den Namen des Fotografen nicht mehr erinnern, aber es muss sich um Hillerbrock gehandelt haben. Das lässt sich bestimmt überprüfen.«

Von Herrmanns, sollte das wohl heißen. »Ihnen ist doch hoffentlich klar, dass das alles noch gar nichts bedeuten muss? Ich meine, selbst wenn Eschborn Ebers und auch Hillerbrock kannte, könnte das reiner Zufall und völlig harmlos sein!«

»Das wird sich ja zeigen. Auf jeden Fall *gibt* es diese Verbindung zu zwei Toten. Welche Rolle sie genau spielt, müssen wir eben herausfinden, nicht wahr?«

»Die Drohung von seinem Anwalt scheint Sie nicht sehr beeindruckt zu haben.«

»Hat sie nicht«, stimmte Bylandt unbekümmert zu, »ich weiß ja den starken Arm des Gesetzes an meiner Seite. Das ist äußerst beruhigend.« Er griff nach der Papiertüte und sah prüfend hinein. »Wenn Sie noch ein Croissant möchten, müssen Sie sich beeilen. – Haben Sie inzwischen eigentlich etwas über Hillerbrocks Unfall erfahren können?«

»Ja, habe ich, und es ist wenig erfreulich. Hillerbrock ist überfahren worden, als er nachts mit dem Fahrrad unterwegs war. Die Fahndung läuft, aber bisher ohne Erfolg.«

»Fahndung?«

»Fahrerflucht, und es gibt keinerlei Hinweise auf den oder die Täter. Es ist etwas außerhalb passiert, zwischen Köln und einem Vorort, Widdersdorf. An der Unfallstelle führt die Straße offenbar durch ein Waldstück und ist nachts wenig befahren, deshalb gibt es auch keine Zeugen.«

»Ich kenne die Strecke, nachts kann es da ziemlich einsam sein, das stimmt. Was wollte Hillerbrock denn ausgerechnet dort?«

»Er war anscheinend auf dem Heimweg. Hillerbrock hat in Widdersdorf gewohnt, bei seinen Großeltern.«

Bylandt nickte langsam. »Jemand sollte vielleicht mit ihnen reden«, sagte er, schien aber in Gedanken mit etwas anderem beschäftigt zu sein und runzelte die Stirn. »Fahrerflucht, sagen Sie?«

Es gefiel Herrmanns genauso wenig, aber *eine* Leiche reichte ihm vorerst. »Das fällt nicht in meine Zuständigkeit, und ich habe auch nichts in der Hand, weshalb und womit ich die Kölner Kollegen für eine Befragung zu den alten Leuten schicken könnte.«

»Kein Problem, ich werde mit ihnen reden.«

»Kommt nicht in Frage, Sie sind noch viel weniger zuständig!«

»Das sehe ich anders. Immerhin habe ich das hier.« Bylandt entnahm seiner Brieftasche eine Karte und gab sie Herrmanns. »Das sollte reichen.«

»Heimische Vogelwelt – Ornithologischer Anzeiger seit 1894«, las Herrmanns laut vor. »Ist das Ihr Ernst, ein Phantasie-Ausweis? Ich dachte, so etwas gäbe es nur in Krimis.«

»Nicht in meinen«, entgegnete Bylandt merklich verschnupft und steckte die Karte wieder ein. »Es handelt sich auch keineswegs um eine Fälschung, wie Sie etwas unfein andeuteten.«

»Tut mir leid, so habe ich das nicht gemeint«, setzte Herrmanns zu einer Entschuldigung an, die jedoch wenig ausrichtete. Bylandt hob nur eine Augenbraue.

»Die ›Heimische Vogelwelt‹ wird von jeder wohlsortierten Buchhandlung geführt«, erklärte er kühl, »und ich habe die Ehre, schon seit Längerem korrespondierendes Redaktionsmitglied zu sein.«

»Gratuliere. Aber wozu soll das jetzt gut sein?«

»Ganz einfach, ich habe vor, den Hinterbliebenen ein Angebot zu machen. Einige von Hillerbrocks Aufnahmen sind wirklich bemerkenswert, sie würden ausgezeichnet in die ›Vogelwelt‹ passen. Ich könnte mir vorstellen, dass seine Großeltern über eine posthume Würdigung in Form eines Abdrucks erfreut wären. Und vielleicht wissen Sie ja auch etwas über einen Buchvertrag ihres Enkels mit Eschborn.«

Herrmanns sparte sich einen Kommentar und griff nach dem letzten Croissant. Bylandt würde sich sowieso nicht von seinem Vorhaben abbringen lassen.

Der Karaoke-Abend hatte offenbar seinen Tribut gefordert. Bis auf einen bullig aussehenden Fremden an einem der hinteren Tische war der Frühstücksraum noch leer, als Max ihn betrat. Von den Mitgliedern seiner Reisegruppe fehlte jede

Spur. Der Abend durfte sich noch in die Länge gezogen haben, und vermutlich laborierten sie an den Folgen. Er selbst hatte sich schon früh nach einer Tom-Jones-Nummer verabschiedet – trotz zweier zugeworfener BHs ohne Zugabe – und sich mit Ohropax ins Bett gelegt, allein. Genug war genug. Der Gruppenausflug nach Hillesheim hatte ihm gereicht, vor allem nach der Begegnung mit Harry im »Café Sherlock«. Wenn er schon wegen Harry in albernen Kostümen herumlaufen musste, dann brauchte er sich nicht auch noch dessen Witze darüber anzuhören.

Max nickte dem Fremden zu, der keine Miene verzog und ihn nur ausdruckslos ansah. Eindeutig keine Einladung, sich zu ihm an den Tisch zu setzen, was Max aber ohnehin nicht vorhatte, er wollte nur seine Ruhe. Die Bedienung am Büfett wünschte ihm freundlich einen guten Morgen, und während sie ihn mit Kaffee versorgte, berichtete sie, dass der gesperrte Skilift wieder freigegeben war.

Er setzte sich nah ans Fenster und genoss den Ausblick auf die winterliche Eifel. Für den Tagesverlauf war massiver Schneefall angesagt, doch noch präsentierte sich der Himmel strahlend blau, und die verschneite Landschaft glitzerte hell im Sonnenlicht. Bei der zweiten Tasse beschloss er, sich den Tag freizunehmen und das prächtige Wetter auszunutzen. Schließlich hatte Harry doch selbst vollmundig von ein paar zusätzlichen Urlaubstagen im Schnee gesprochen, die der Auftrag im Grunde für Max bedeuten würde, weiter nichts. Warum sollte er ihn nicht beim Wort nehmen? Außerdem hatte Max ewig nicht mehr auf Skibrettern gestanden, eine kleine Auffrischung würde seiner Technik guttun. Wenn er sich beeilte, konnte er mit etwas Glück schon auf der Piste sein, bevor die anderen zum Frühstück herunterkamen und ihn einkassierten.

Einmal entschlossen, verlor Max keine Zeit mehr. Er holte seine Skijacke, Handschuhe und die Sonnenbrille aus seinem Zimmer. Auf dem Rückweg riskierte er einen vorsichtigen Blick in den Speiseraum. Er war noch genauso leer und ruhig wie vorhin, auch der Fremde saß noch auf seinem Platz. Er schien sich in der Zwischenzeit nicht einen Millimeter bewegt zu haben.

An der Rezeption hatte wieder Lena Dienst und winkte ihm nun zu.

»Ich habe etwas für Sie, Max«, rief sie durch das Foyer und hielt dabei einen USB-Stick hoch.

Max ging zu ihr an den Tresen.

»Sie haben doch nach weiteren Fotos von Marcel gefragt«, erklärte sie, »hier, bitte. Ich habe einfach alle Aufnahmen von ihm, die auf meinem Rechner waren, noch einmal kopiert. Viel Freude damit!«

Max bedankte sich und steckte den Stick ein, Harry würde sich die Bilder bestimmt ansehen wollen. Dann stieg er hinab zum Skikeller, um sich dort mit passenden Schuhen und Brettern auszurüsten.

Für einen guten Skifahrer hatte sich Max nie gehalten und in der Hinsicht auch keinerlei Ehrgeiz entwickelt. Mit roten Pisten kam er im Allgemeinen gut zurecht, und er war auch schon die eine oder andere schwarze gefahren, doch auf die berühmte »Streif« in Kitzbühel etwa konnte er gut verzichten. Ihm reichte der Kalte Hans mit seinen zwei eher flachen Abhängen völlig.

Ein kurzer Zugweg, der die Endstation des Schlepplifts mit der etwas tiefer gelegenen Piste verband, führte unmittelbar am Ausgang des Skikellers vorbei. Vorsichtig und noch etwas unbeholfen fuhr Max ihn hinunter. An die Bretter unter seinen Füßen musste er sich erst wieder gewöhnen. Auch der Hang kam ihm von oben gesehen auf einmal überraschend steil vor. Aber das war am Anfang immer so. Er gab sich einen Ruck und fuhr einfach los. Seine Unsicherheit legte sich dann auch schnell, als er in sanften Schwüngen den Berg hinunterglitt. Außer ihm war niemand sonst unterwegs, er hatte die Piste für sich allein.

Die folgende Stunde verbrachte er damit, abwechselnd die beiden Pisten zu befahren und sich mit den Schleppliften wieder hinaufziehen zu lassen. Die Anlage schien bereits einige Jahre auf dem Buckel zu haben und legte ein gemächliches Tempo an den Tag, was Max nicht weiter störte. Er hielt sich mit einer Hand am Bügel fest und betrachtete träumerisch den auf beiden Seiten langsam vorbeiziehenden dichten und tief verschneiten Nadelwald. Gedämpfte Stille umgab ihn, nur der Schnee knirschte unter den Kufen seiner Skibretter. Max verband dieses charakteristische Geräusch eigentlich mit dem Hochgebirge, aber auch hier in der Eifel vermittelte es das gleiche Gefühl. Das Gefühl, allein zu sein, nur von Natur umgeben. Der dünne Schrei eines Raubvogels hoch oben in der Luft verstärkte noch den Eindruck der Einsamkeit. Die Bilder von Hillerbrock kamen ihm in den Sinn, die Ruhe und Menschenleere, die sie ausstrahlten. Der Fotograf hatte in ihnen genau die Atmosphäre von Stille und Abgeschiedenheit getroffen, die Max gerade empfand.

Obwohl er mittlerweile nicht mehr ganz so allein war. In der Ferne konnte er nun Stimmen hören und die lauteste von ihnen sogar erkennen. Selbst auf weite Distanz war Lissys Organ unverwechselbar. Offenbar machten sie und die anderen Singles aus der Gruppe gerade mit großem Hallo die Pisten unsicher. Es war nur eine Frage der Zeit, bis sie auf ihn treffen würden. Und weiter unten bemerkte er zwischen den Stämmen eine Gestalt, die zu Fuß unterwegs war, anscheinend ein Wanderer auf einem Schneespaziergang. Er befand sich eben nicht in einem verwunschenen Zauberwald, auch wenn man das leicht denken konnte, sondern in einem Touristengebiet, dem angehenden »Schneeparadies Schwarzenbach«.

Seine nächste Abfahrt unterbrach er auf halber Strecke und stellte sich an den Pistenrand. Hier öffnete sich der Wald und gab die Aussicht auf das Tal und den gegenüberliegenden Wolfsfelsen frei. Max stützte sich auf seine Stöcke und betrachtete den auch von hier aus noch gut sichtbaren Steinbruch.

Eine schroffe Felswand, die bestimmt dreißig Meter senkrecht abfiel. Dort hatte Hillerbrock im Frühjahr den jungen Wanderfalken fotografiert. Falken bekam Max jetzt allerdings nicht zu Gesicht. Dafür huschte ein Eichhörnchen ziemlich dreist über seine Bretter und verharrte einen Moment reglos am Fuß einer mächtigen Fichte. Dann kletterte es mit zwei, drei riesigen Sprüngen den Stamm hinauf.

Max wandte sich wieder der Piste zu. Vor ihm lag der einzige etwas anspruchsvollere Abschnitt der Abfahrt. Die Bahn verengte sich hier und beschrieb nach einer längeren Schussstrecke eine scharfe Kehre, bevor sie anschließend mit sehr viel weniger Gefälle weiterführte. Inzwischen kannte er die Stelle gut genug, um nicht abbremsen zu müssen. Er ging tief in die Hocke und nahm so bei der Schussfahrt ordentlich Tempo auf.

Es passierte kurz vor der Kehre. Wie aus dem Nichts tauchte plötzlich eine vierschrötige Gestalt vor ihm auf, anscheinend im Begriff, achtlos die Piste zu überqueren. Und anstatt nun entweder vor- oder zurückzuspringen, um den Weg frei zu machen, blieb der Mann einfach stocksteif mitten auf der Piste stehen, als er Max sah. Die typische Unfallsituation. Ausweichen konnte er nicht mehr, also schwang Max mit einem Ruck herum und kantete hart, hatte aber immer noch zu viel Fahrt und rutschte seitlich auf den Mann zu. Beim Zusammenstoß ging er zu Boden und schlidderte gegen einen Busch am Pistenrand, der gerade noch verhinderte, dass er den Abhang dahinter hinunterstürzte. Zum Glück hatte sich die Bindung der Ski rechtzeitig gelöst, auch sonst schien nichts passiert zu sein, außer dass er sich im Fallen irgendwo den Kopf gestoßen hatte.

Der Aufprall hatte auch den Mann umgeworfen. Er war die Piste weiter hinuntergerutscht und erst gut zehn Meter unter ihm zum Halten gekommen.

»Alles in Ordnung?«, rief Max in seine Richtung. Den »Vollpfosten!«, obwohl mehr als verdient, sparte er sich vorläufig noch auf. Erst wollte er wissen, ob der Fremde sich vielleicht verletzt hatte.

Doch danach sah es nicht aus. Der Mann schien den Sturz ebenfalls heil überstanden zu haben. Er kniete bereits wieder und wandte sein Gesicht Max zu. Die Kapuze war ihm nach hinten gerutscht, und beim Fallen hatte er seine dunkle Skibrille verloren, die vorher den größten Teil des Gesichts verdeckt hatte. Überrascht erkannte Max in ihm den Mann aus dem Frühstücksraum. Nur waren dessen Züge jetzt alles andere als ausdruckslos. Die Rempelei hatte ihm erkennbar nicht gefallen. Er sagte etwas in einer fremden Sprache, vielleicht Polnisch oder Russisch, das sehr nach einem Fluch klang, ganz sicher nicht nach einer Entschuldigung.

Der Fremde war ohne Ski oder Schneeschuhe unterwegs gewesen. Er kam nun vollends auf die Beine und machte einen schwerfälligen Schritt auf Max zu. Beim zweiten Schritt knickte er leicht ein und verzog das Gesicht. Anscheinend war der Sturz doch nicht folgenlos geblieben. Das hielt ihn aber nicht davon ab, verbissen weiter die Piste hinaufzustapfen. Dabei ließ er Max nicht aus den Augen.

Irgendetwas stimmte nicht. Max hätte nicht genau angeben können, was, aber er spürte es deutlich. Von dem Fremden ging eindeutig eine Bedrohung aus, und die hatte nichts mit bloßem Ärger über einen Zusammenstoß zu tun, den er noch dazu selbst verursacht hatte. Es ging um mehr. Auf einmal lag Gefahr in der Luft. Alarmiert griff Max nach seinem Skistock, auch wenn der als Waffe wenig taugen würde.

In diesem Moment verharrte der Mann mitten in der Bewegung und sah erschrocken an Max vorbei nach oben. Auch Max hatte den panisch klingenden Ruf hinter seinem Rücken gehört und drehte sich um. Es war Lissy, die gerade gerufen hatte und jetzt auch schon in unfreiwilliger Schussfahrt an ihm vorbeiraste. Offensichtlich hatte sie das Gefälle unterschätzt und die Kontrolle über ihre Ski verloren.

»Bahn frei!«, schrie sie noch einmal, aber es war zu spät. Obwohl der Fremde noch hastig versuchte, einen Schritt zur Seite auszuweichen, hatte er keine Chance. Er konnte nur noch seine Arme schützend nach vorn strecken. Lissy hielt direkt auf ihn zu und räumte ihn sauber ab. Es war ein harter Zusammenstoß. Aneinandergeklammert überschlugen sich die beiden mehrere Male auf ihrem Weg nach unten. Erst ein großer Schneehaufen in der Kehre hielt ihren Sturz auf.

Max rutschte die Piste hinunter. Über sich hörte er aufgeregte Stimmen. Der Rest der Truppe hatte den Unfall mitangesehen und begann nun sehr vorsichtig mit der Abfahrt. Niemand wollte Lissys Beispiel folgen und eine Schussfahrt riskieren.

Einen Augenblick lang blieben Lissy und der Fremde reglos liegen, halb verdeckt vom Schnee. Dann rollte sich der Mann zur Seite und stützte sich auf Hände und Knie. Von seiner Stirn tropfte Blut in den Schnee. Doch es schien sich wohl nur um eine harmlose Platzwunde zu handeln, denn er stand nun überraschend schnell auf. Bevor Max die Kehre erreichte, hatte er schon die Piste in Richtung Wald verlassen, leicht hinkend zwar, aber im Laufschritt.

Auch Lissy rührte sich wieder und setzte sich ächzend auf. »Entschuldigung!«, rief sie dem Mann hinterher, der nicht darauf reagierte und hinter den Bäumen verschwand. Max half ihr vorsichtig auf die Beine. »Nichts passiert!«, versicherte sie und klopfte den Schnee von ihrer Jacke ab. »Ich konnte einfach nicht mehr bremsen. Und dann stand dieser Kerl da, mitten auf der Piste!«

»Ich hatte auch schon das Vergnügen.«

»Was wollte der überhaupt da?«

Das fragte Max sich auch. »Keine Ahnung.«

»Na, ist ja noch mal gut gegangen. Und ihm scheint auch nicht viel passiert zu sein, immerhin kann der Mann noch laufen.«

»Um den würde ich mir keine Sorgen machen«, sagte Max und musterte den Waldrand, doch von dem Fremden war nichts mehr zu sehen. »Er wirkte auf mich, als könnte er etwas vertragen.«

»Stimmt. Anders als manche andere, wenn ich so an den gestrigen Abend denke.« Vergnügt stieß Lissy ihm ihren Ellbogen in die Rippen. Einen kleinen Skiunfall steckte sie doch mit links weg. »Von wegen ›Tiger‹! – Sich einfach so ohne Zugabe zu verabschieden, war wirklich nicht nett, Max. Und meinen BH hätte ich übrigens auch gern wieder, der war nämlich sauteuer.«

»Schade, den wollte ich eigentlich als Trophäe über meinen Kamin hängen. Natürlich auf den Ehrenplatz in der Mitte.«

»Nix da! Das kannst du vergessen.«

Inzwischen waren auch die anderen Singles heil in der Kehre angekommen und wollten Lissy zum Lift eskortieren. Als sie aufbrachen, drehte Lissy sich zu ihm um. »Wir warten unten auf dich, Max! Keine Ausrede!«

Max nickte ergeben, sein ruhiger Vormittag war ohnehin vorbei. Er stieg den Hang wieder hinauf und sammelte seine Ski ein, die ins Gebüsch abseits der Piste gerutscht waren. Er zögerte kurz, steckte beide Bretter aufrecht in den Schnee und ging noch einmal zurück, den Pistenrand entlang. Irgendwo hier musste die Stelle sein.

Bei dem Zusammenprall mit Lissy war dem Fremden etwas aus der Jackentasche gefallen, anscheinend von ihm unbemerkt, und in den tiefen Schnee neben der Piste eingesunken. Nach einigem Suchen fand Max die Stelle. Er ging in die Hocke und räumte den Schnee beiseite. Dann betrachtete er nachdenklich den Fund. Das dumpfe Ziehen in seinem Magen versuchte er zu ignorieren.

Also hatte er sich vorhin nicht getäuscht.

Der Militärring und die A 1 trennten Widdersdorf vom eigentlichen Stadtgebiet Kölns. Bylandt bog vom Zubringer ab in den Freimersdorfer Weg, der durch ein Waldstück an den WDR-Studios vorbei unter der Autobahn hindurch nach Widdersdorf führte. Auf dieser Straße hatte sich Hillerbrocks Unfall ereignet. Es herrschte nicht allzu viel Verkehr, und außerhalb der Pendlerzeiten ging es hier sehr ruhig zu, vor allem nachts. Die ideale Strecke für einen Unfall ohne Zeugen.

Hillerbrock hatte Im Buschfelde gewohnt, einer ruhigen Straße mit lockerer Bebauung, meist frei stehenden Einzel- und Doppelhäusern aus den Sechzigern und Siebzigern. Einige der ehemals großen Gartengrundstücke waren mit den Jahren mehr und mehr zugebaut worden, aber es gab hier immer noch verbreitet Vorgärten, was in Köln durchaus als Luxus gelten konnte.

Der geräumte Schnee türmte sich zu beiden Seiten der Fahrbahn. Bylandt hatte Mühe, einen Parkplatz zu finden. Am Ende verlor er die Geduld, wendete und setzte den Benz halb in eine Garageneinfahrt. Ein weißhaariger Passant war stehen geblieben und hatte das Parkmanöver kopfschüttelnd beobachtet. An einer kurzen Leine führte er einen Dackel bei sich, der ebenfalls *not amused* zu sein schien. Beide waren farblich aufeinander abgestimmt in Tweed gewandet. Der Mann mochte mittlerweile etwas wacklig auf den Beinen sein, gab aber immer noch den Blockwart. Als Bylandt ausstieg, hob er seinen Gehstock und fuchtelte damit wild herum.

»Junger Mann, Sie dürfen hier aber nicht parken!«

Bylandt schlug genervt die Tür des Wagens zu, trat dicht an den Mann heran und zückte seine Karte wie einen Dienstausweis. »Heimische Vogelwelt – Sondereinsatz!«, schnarrte er im besten Feldwebelton. »Sie gehen besser wieder ins Haus und schließen die Tür ab! Hier in der Nachbarschaft will jemand zwei wilde Passeridae gesichtet haben. Waren Sie das etwa?«

»Nein!« Der alte Mann wich eingeschüchtert einen halben Schritt zurück und nahm so etwas wie Haltung an. Selbstverständlich hatte er gedient. »Nein, ich habe nichts gesehen, gar nichts!«

»Na schön.« Bylandt nickte gnädig. »Dann hoffen wir mal, dass es nur ein falscher Alarm ist! Sonst müssen wir hier am Ende noch alles evakuieren. Das fehlte mir gerade noch!«

»Sind die denn so gefährlich, diese … Dings?«

»Würden Ihnen den Kopf abbeißen, Mann. Also passen Sie gut auf Ihren Hund auf! Die *lieben* Dackel.«

Erschrocken zog der Alte seinen Hund näher zu sich heran. Bylandt ließ die beiden stehen und klingelte bei Nummer neunzehn. Die Tür wurde so schnell geöffnet, dass seine Szene durch die Fenstergardine beobachtet worden sein musste. Fast hätte er sich als Dr. Venkman vorgestellt, bekam aber gerade noch die Kurve und riss sich zusammen. Schließlich stattete er eine Art Kondolenzbesuch ab.

Hillerbrocks Großvater bat ihn ins Haus. Er war pensionierter Postbeamter, ein kleiner Mann, vielleicht Mitte siebzig, den der Gram über den Tod seines Enkels jetzt älter wirken ließ, älter und hilflos.

»Es ist nicht richtig, wenn das Enkelkind zuerst stirbt, wissen Sie«, sagte er traurig. »Wir hatten ja nur noch ihn.«

Bylandt erkundigte sich nach den Eltern.

»Unsere Sabine ist schon gestorben, als Marcel noch klein war. Krebs. Und der Vater lebt irgendwo in Südamerika. Nach der Scheidung hat er den Kontakt abgebrochen, auch den zu seinem Sohn. Marcel ist bei uns aufgewachsen.« Es klang beinahe trotzig, als könne ihm wenigstens das niemand mehr nehmen. »Nein, das ist einfach nicht richtig.«

Seine Frau rollte einen Servierwagen ins Wohnzimmer und bot Bylandt Kaffee und Weihnachtsgebäck an. Dann setzte sie sich zu ihrem Mann auf das Sofa und nahm seine Hand. Ihn zu trösten, schien ihren eigenen Kummer zu lindern. Der Besuch war ihr sehr willkommen, stellte Bylandt erleichtert fest. Sie freute sich über sein Interesse an den Arbeiten ihres Enkels.

»Sie wollen wirklich Fotos von Marcel in Ihrer Zeitschrift abdrucken?«, fragte sie. »Das hätte ihm bestimmt gefallen.«

»Vielleicht ließe sich auch noch ein kleines Porträt von ihm anhängen, ein kurzer Lebenslauf. Können Sie mir etwas über ihn erzählen?«

Sie redeten gern über ihren Enkel. Anfangs noch etwas stockend, aber dann blühten sie regelrecht auf und fielen sich gegenseitig ins Wort, um noch eine weitere Anekdote zu berichten. Manchmal lächelten sie sogar. Bylandt hörte zu. Was sie erzählten, bestätigte nur das Bild, das er sich nach den bisherigen Informationen von Marcel Hillerbrock gemacht hatte. Er schien ein netter Kerl gewesen zu sein, der sich liebevoll um seine Großeltern gekümmert hatte. Früher hätte man jemanden wie ihn als verbummelten Studenten bezeichnet. Mit Ende zwanzig immer noch kein Examen. Jemand, der lieber seine Kunst macht, als ernsthaft zu versuchen, im Staatsdienst als angehender Studienrat unterzukommen. Hillerbrock hatte von diversen Aushilfsjobs gelebt, hauptsächlich nebenbei als Fahrradkurier gearbeitet und hin und wieder auch Aufnahmen an Zeitungen und Illustrierte verkauft.

»Einmal sogar an GEO«, erklärte sein Großvater stolz, »und die haben es auch gedruckt. Ein tolles Foto! Marcel hat ja immer gehofft, irgendwann von der Fotografiererei leben zu können. Das ist nicht so einfach.«

»Nein, das ist es nicht«, stimmte Bylandt zu. Er wusste aus eigener Erfahrung, wie schwierig es war, nur von der Kunst zu leben. Die meisten seiner Autoren-Kollegen waren schlicht und ergreifend arm. Trotzdem schrieben sie weiter.

»Aber der Junge war auf einem guten Weg. Im Sommer erst hat er einen richtigen Auftrag bekommen. Für einen Bildband über die Eifel sollte er sämtliche Fotos machen. Er ganz allein, und die haben auch ein ordentliches Honorar bezahlt, zehntausend Euro! Den Scheck hat er uns gezeigt, der war echt. Natürlich hat er sich davon gleich eine neue Kamera gekauft.« Er sah seine Frau an, und beide lächelten versonnen. »So war der Junge eben.«

»Wissen Sie, in welchem Verlag der Bildband erscheinen soll?«

»Ja, wir haben den Vertrag unter Marcels Papieren gefunden.«

Der alte Mann wollte aufstehen, aber seine Frau drückte ihn zurück auf das Polster. »Ich geh schon.« Sie holte aus einer

Schublade in der Schrankwand mehrere zusammengeheftete DIN-A4-Blätter. Bylandt blätterte sie durch, es war ein regulärer Verlagsvertrag. Den Verlag kannte er nicht, aber beide Vertragspartner hatten unterschrieben. Einer von ihnen war Heribert Eschborn.

»Sehen Sie hier«, sagte der Großvater und zeigte auf den betreffenden Paragrafen. »Zehntausend Euro, das vereinbarte Honorar. Im Voraus! Jetzt wissen wir nicht, was mit dem Geld passieren soll. Ob es vielleicht nur ein Vorschuss war, der eventuell zurückgezahlt werden muss? Wo doch die meisten Aufnahmen bei dem Einbruch gestohlen worden sind.«

»Gestohlen?« Bylandt wurde hellhörig. »Welcher Einbruch?«

»Es war kurz nach dem Unfall. Sie sind nachts hier eingebrochen. Also nicht bei uns, sondern bei Marcel, seine Wohnung hat ja einen eigenen Eingang. Wir haben das erst am nächsten Tag gemerkt. Es waren zum Glück keine Vandalen, sondern professionelle Diebe. Sie haben nur alles Wertvolle mitgenommen, was sie auf die Schnelle finden konnten und was sich gut wegtragen lässt. Die Polizisten haben gesagt, dass die das immer so machen, die Rumänen. Es wäre das übliche Vorgehen bei denen.«

»Rumänen?«

»Das haben sie gesagt. In letzter Zeit gab es in der Nachbarschaft schon mehrere Einbrüche. Es wäre wohl eine Bande, die hier in der Gegend aktiv ist. Wir sollten uns keine großen Hoffnungen machen, etwas von den Sachen zurückzubekommen.«

»Wurde denn viel gestohlen?«

»Marcels gesamte Fotoausrüstung, auch die neue Kamera, die so teuer gewesen ist. Und sein Computer eben, auf dem die Fotos gespeichert waren. Sogar die Kopien sind fort. Marcel hatte viele DVDs mit seinen Fotos. Alle weg. Deshalb machen wir uns ja solche Gedanken wegen des Geldes. Wir wissen nämlich nicht, ob der Verlag schon alle Fotos für das Buch von Marcel bekommen hat.«

»An Ihrer Stelle würde ich abwarten«, beruhigte Bylandt ihn. »Der Verlag wird sich schon melden, falls noch etwas fehlen sollte. Und von einem bloßen Vorschuss, der eventuell rückzahlbar wäre, steht hier im Vertrag nichts. Sie brauchen sich deshalb keine Sorgen zu machen.«

Es gab zwar keine digitalen Kopien mehr, aber Hillerbrock hatte für seine Großeltern von vielen Aufnahmen Dias angefertigt. Bylandt wählte ein halbes Dutzend aus und versprach, sich zu melden, sobald er mit der Redaktion gesprochen hätte.

Der Großvater brachte ihn zur Tür. Verwundert betrachtete er den kleinen Menschenauflauf auf der Straße. »Was ist denn da los?«

»Das ist wohl meine Schuld, fürchte ich«, antwortete Bylandt, ebenso erstaunt. Offensichtlich hatte er die Wirkung seines kleinen Scherzes falsch eingeschätzt.

Der Blockwart samt Dackel hatte inzwischen Verstärkung erhalten. Ein Rentnertrupp umstand den Benz und diskutierte lebhaft. Einer der alten Herren hatte tatsächlich ein Jagdgewehr über die Schulter gehängt, registrierte Bylandt amüsiert. Eben ein heißes Pflaster, dieses Widdersdorf. Erst Rumänen und jetzt auch noch wilde Passeridae. Da konnte man nicht vorsichtig genug sein.

Als sie Bylandt aus dem Haus kommen sahen, gingen sie ihm ein Stück entgegen und wollten endlich wissen, was eigentlich los sei. Er hob abwehrend beide Arme. »Falscher Alarm, Angriff abgeblasen! Bitte gehen Sie wieder nach Hause, es gibt hier nichts zu schießen!« Ohne weiter auf ihre aufgeregten Fragen zu antworten, stieg er in den Wagen und startete. Er wollte lieber außer Reichweite sein, bevor jemand von der Bürgerwehr herausfand, dass »Passeridae« nichts anderes als die wissenschaftliche Bezeichnung für Spatzen war. Humor schien nicht ihre Stärke zu sein.

Nachdenklich fuhr er den Weg zurück zur Autobahn. Jetzt stand zweifelsfrei fest, dass Hillerbrock der Fotograf war, den

Eschborn mit einem lukrativen Auftrag gekauft hatte. Und dabei konnte es selbstverständlich nur um die Falkenaufnahmen gegangen sein. Eine andere Erklärung für das aberwitzige »Honorar« gab es nicht. Zehntausend Euro waren zu viel, viel zu viel. Newcomer wie Hillerbrock bekamen kein Geld für ihre Arbeiten, im Gegenteil, in der Regel mussten sie sich sogar noch an den Druckkosten beteiligen. Die zehntausend waren Schweigegeld.

Bylandts Besuch bei den Großeltern hatte insofern nur bestätigt, was er schon vorher als sicher angenommen hatte, trotzdem störte ihn etwas. Er schaltete die Freisprechanlage ein und wählte Herrmanns' Nummer.

Irritiert sah er auf den Bildschirm. Die Ziffern stimmten überein. Herrmanns lehnte sich zurück und verschränkte die Arme. »Das ist ja interessant«, murmelte er. Als sein Handy klingelte, griff er ohne hinzusehen danach und meldete sich.

»Hallo, Paul«, hörte er Bylandts Stimme, unterlegt von Fahrgeräuschen, »wo sind Sie gerade?«

»Auf dem Revier.«

»Gut! Haben Sie irgendwelche Informationen über den Einbruch bei Hillerbrock?«

»Welcher Einbruch? In der Unfallakte stand nichts von einem Einbruch.«

»Vermutlich, weil die Großeltern ihn gemeldet haben und das Haus ihnen gehört. Ich komme gerade von dort. Versuchen Sie es mal mit ›Steinhauer‹.«

»Moment.« Herrmanns gab den Namen in das Suchformular der internen Datenbank ein.

»Übrigens hat Eschborn tatsächlich Hillerbrock mit einem Buchprojekt gekauft«, fuhr Bylandt fort. »Ich habe den Vertrag mit seiner Unterschrift gesehen. Das wäre also geklärt.«

Auf dem Bildschirm wurde eine Akte angezeigt, Herrmanns klickte sie an. »Ich habe jetzt den Einbruch. Hillerbrock wird hier nirgends erwähnt, es gibt auch keinen Verweis auf den

Unfall. Nur die Einbruchsmeldung und den Bericht der Kollegen, die sie aufgenommen haben«, sagte er und überflog den Eintrag. »Viel gestohlen wurde offenbar nicht.«

»Nein, aber gezielt.«

»Hier steht etwas von ›elektronischen Geräten‹.«

»Hillerbrocks Computer und seine Fotoausrüstung«, erklärte Bylandt, »dazu noch alle Datenträger, die sich in der Wohnung befanden. Interessant, nicht wahr?«

Das schien man in Köln nicht so gesehen zu haben, der Einbruch war als Routineangelegenheit behandelt worden. »Hier steht, dass konkrete Hinweise auf Täter fehlen, aber die Vorgehensweise zu einer rumänischen Bande passt, die in der Gegend aktiv ist und der die Tat auch zugeordnet wird. Die Kollegen haben vor Ort ein Protokoll aufgenommen, mehr konnten sie nicht tun. Die Ermittlungen sind vorläufig eingestellt.«

»Klingt für mich eher danach, als wären erst gar keine angestellt worden«, nörgelte Bylandt. »Die Sache einer einschlägigen Bande anzuhängen, ist sehr bequem.«

»Vielleicht *waren* es ja Rumänen.«

»Das glauben Sie doch selbst nicht.«

»Sie denken an Ebers.«

»Sie nicht?«

Herrmanns antwortete nicht sofort. Selbstverständlich hatte auch er schon an Ebers gedacht. Für einen Sicherheitsexperten wie ihn wäre der Einbruch leicht auszuführen gewesen, da hatte Bylandt recht. Aber ein überzeugendes Motiv konnte Herrmanns nicht erkennen. »Warum sollte er das getan haben?«

»Wegen Eschborn.«

Natürlich, das war ja klar. Herrmanns seufzte. »Eschborn soll ihn beauftragt haben, meinen Sie? Weil nach Hillerbrocks Unfall das Risiko bestand, dass die Fotos mit den Falken vorzeitig publik gemacht werden könnten?«

»Was ja auch dank seiner Freundin passiert ist.«

»Und um das zu verhindern, sollte Ebers bei ihm einsteigen und die Aufnahmen quasi sicherstellen?«

»Wäre eine Möglichkeit.«

»Nur dass es so etwas wie Negative nicht mehr gibt, die man vernichten könnte. Es bringt nichts, irgendwelche Datenträger mit bestimmten Dateien zu stehlen, die beliebig oft multipliziert werden können und offenbar auch schon wurden. Denken Sie nur an den USB-Stick. Warum sollte es nur den einen gegeben haben? Die Aktion wäre sinnlos. Man kann einfach nicht sicher sein, dabei alle existierenden Dateien zu erwischen.«

»Richtig«, gab Bylandt unbeeindruckt zu, »das hat mich zuerst auch gestört. Ganz abgesehen davon, dass Ebers' Tod schlecht in dieses Szenario hineinpasst.«

»Und?«, half Herrmanns nach, da Bylandt offensichtlich gebeten werden wollte.

»Nun, trotzdem liegt es nahe, dass der Einbruch diesen Aufnahmen gegolten hat. Immerhin ist alles, was mit ihnen zu tun haben könnte, gestohlen worden und sonst nichts. Nur ging es dabei vielleicht gar nicht darum, möglichst alle Fotodateien zu erbeuten. Was in der Tat ziemlich aussichtslos gewesen wäre.«

»Sondern?«

»Vielleicht wollte jemand bei dem Einbruch nicht alle, sondern nur überhaupt irgendwelche Aufnahmen in die Finger bekommen. Aufnahmen, auf denen Falken in Eschborns Steinbruch zu sehen sind.«

Herrmanns verstand, worauf Bylandt hinauswollte. »Aber nicht, um sie anschließend zu vernichten«, führte er den Gedanken fort, »und auch nicht in Eschborns Auftrag.«

»Ganz recht, da hat jemand auf eigene Faust gearbeitet. Nicht für, sondern gegen Eschborn. Und wenn Ebers dieser Jemand war, könnte das auch die wundersame Gesundung seines Kontostandes erklären.«

»Sie reden von Erpressung.«

»Das tue ich. Bei den Summen, die für Eschborn bei dem

Projekt auf dem Spiel stehen, sind die zehntausend Euro nur Peanuts. Die dürfte er locker aus der Portokasse bezahlt haben.«

»Das müsste dann aber eine verdammt große Portokasse sein«, erwiderte Herrmanns bedächtig und öffnete das vorherige Fenster auf seinem Bildschirm. »Es geht nämlich um mehr als nur um zehntausend.«

»Mit anderen Worten, Sie haben das Konto auf Malta identifizieren können?«

»Habe ich. Es ist zwar auf eine maltesische Firma eingetragen, aber der einzige Zugangsberechtigte saß in Köln und hieß Mario Ebers.«

»Sieh an! – Wie haben Sie denn das herausgefunden?«, fragte Bylandt und klang beeindruckt.

»Das war gar nicht so schwierig«, gab sich Herrmanns bescheiden. »Ebers hat wohl hauptsächlich Alarmanlagen installiert, IT-Sicherheit gehörte offenbar nicht zu seinem Spezialgebiet. Oder wenn doch, dann hat er seine Fähigkeiten maßlos überschätzt. Das würde zu ihm passen.«

»Sie mögen ihn also immer noch nicht.« Bylandts Grinsen konnte man förmlich hören.

»Das Konto wird erst seit Kurzem geführt, es gibt nicht viele Bewegungen, aber die sind interessant. Wir haben nur einen einzigen Eingang, eine Überweisung über hundertfünfzigtausend Euro, und auch nur einen Abgang, die zehntausend, die auf seinem eigenen Konto gelandet sind. Ich nehme an, Ebers wollte auch den Rest nach und nach transferieren, gestückelt in kleine Tranchen, die nicht meldepflichtig sind.«

»Hundertfünfzigtausend«, wiederholte Bylandt gedehnt. »Von wem stammen die?«

»Die Überweisung kommt von einem anderen Offshore-Konto, diesmal auf den Caymans. Es dürfte schwierig sein, den Besitzer auszumachen, vielleicht sogar unmöglich.«

»Mir würde da spontan ein passender Kandidat einfallen.«

»Mir auch.« Ein Offshore-Konto traute Herrmanns

Eschborn durchaus zu. Auch mehrere. »Aber das ist reine Spekulation, das wissen Sie hoffentlich!«

»Es würde aber einiges erklären. Zum Beispiel, dass Ebers jetzt tot ist. Wenn er Eschborn erpresst hat, und nicht nur um ein Taschengeld, ist das ein Motiv.«

»Nein, es wäre möglicherweise ein Motiv, falls Ebers Eschborn erpresst hat. Wohlgemerkt: falls. – Was aber noch gar nicht feststeht. Wir wissen weder, ob die Überweisung tatsächlich von Eschborn stammt, noch, ob es sich überhaupt um Erpressungsgeld handelt.«

»Was sollte es denn sonst sein?«

»Das muss eben untersucht werden.«

»Gut, in der Zwischenzeit kümmere ich mich um Eschborns Alibi.«

»Nein, Sie halten sich da raus! Das werde ich selbst übernehmen, und zwar mit der gebotenen Diskretion. Oder haben Sie seinen Anwalt schon vergessen?« Herrmanns richtete sich in seinem Stuhl auf und atmete einmal tief durch. »Hören Sie, Harry, auch wenn es Ihnen nicht gefällt: Bis jetzt gibt es nicht die Spur eines Beweises, dass Eschborn irgendetwas mit Ebers' Tod zu tun hat. Er mag ja Hillerbrock und dessen Fotos gekauft haben, vielleicht hat er sogar Schweigegeld an Ebers gezahlt, nehmen wir das ruhig einmal an, aber daraus folgt noch gar nichts. Glauben Sie denn ernsthaft, dass Eschborn deshalb jemanden umbringen würde? Auch hundertfünfzigtausend sind für ihn doch kein Geld.«

»Mag sein. Aber er hat Partner, die das vielleicht anders sehen.«

Da war etwas dran. Herrmanns musste an die beiden Fremden in der Hotelbar denken, die anscheinend für Eschborns Anwalt arbeiteten. »Vielleicht«, räumte er ein. »Ein Grund mehr, um vorsichtig zu sein, meinen Sie nicht? Und da ist noch etwas. Eschborn weiß jetzt, dass Sie von den Aufnahmen wissen und auch, was sie für sein Projekt bedeuten. Also passen Sie gut auf sich auf! Wenn Ihre Theorie nämlich stimmen sollte, könnte Eschborn auch in Ihnen eine Bedrohung sehen und etwas unternehmen.«

»Nein, glaube ich nicht«, antwortete Bylandt unbekümmert. »Die Katze ist doch längst aus dem Sack. Und selbst wenn – was sollte er denn jetzt noch tun?«

Der große Audi hielt unten in der Einfahrt. Nach ein paar Sekunden wurde die Fahrertür geöffnet, und ein Mann stieg aus. Er sah hoch zum »Haus Bellevue«, während er umständlich seinen langen Wintermantel zuknöpfte. Dann ging er langsam die Einfahrt hinauf. Oskar blieb hinter dem Fenster stehen und sah ihm dabei zu. Als der Mann das Haus schon fast erreicht hatte, ging Oskar zur Tür, zog sie auf und stellte sich in den Eingang. Der Mann kam heran und blieb vor ihm stehen.

Oskar verschränkte die Arme. »Was willst du?«

»Mit dir reden, Oskar«, sagte Eschborn.

ACHT

Als Lissy ansetzte, die Geschichte ihrer Karambolage zum vierten Mal zu erzählen, wurde es Max zu viel. Mit jeder Version nahm ihr Abenteuer dramatischere Züge an. Lissy genoss ihren Auftritt, das war unverkennbar, und sie konnte nicht nur fesselnd erzählen, sondern legte auch noch ein beachtliches mimisches Talent an den Tag. Es gelang ihr mühelos, dem Publikum einen lebhaften Eindruck davon zu vermitteln, was es bedeuten musste, einer in Schussfahrt heranrasenden Lissy Möller im Wege zu stehen. Harry hätte es nicht besser machen können.

Max verdrückte sich aus der Hotelbar in die Lobby. Dort setzte er sich in einen der Sessel und versuchte noch einmal, Harry zu erreichen. Vorhin auf der Piste hatte er kein Signal empfangen können. Jetzt kam er zwar durch, doch der Anschluss war besetzt, immer noch. Harry telefonierte, und das konnte dauern. Widerstrebend legte Max sein Smartphone auf die Armlehne. Er musste sich in Geduld üben und fühlte sich alles andere als wohl dabei. Ihm war nicht klar, was er von dem Vorfall auf der Piste halten sollte. Nur dass die Sache noch nicht vorbei war, fühlte er deutlich. Bisher hatte sich der Fremde nicht wieder blicken lassen, aber das konnte sich jederzeit ändern. Der Mann wohnte schließlich hier im Hotel, es war also nur eine Frage der Zeit. Und vor einer weiteren Begegnung mit ihm hätte Max gern von Harry erfahren, worauf er sich da eigentlich eingelassen hatte. Nach einem kurzen Zögern tippte er auf Wahlwiederholung, doch die Leitung war immer noch besetzt.

Gleich nach seiner Rückkehr ins Hotel hatte er sich an der Rezeption nach dem Fremden erkundigt. Lena hatte ihm nicht viel über ihn sagen können, außer dass er Oleg Karpow hieß und Russe war, wie Max schon vermutet hatte. Zusammen mit einem anderen Gast bewohnte er eine Suite, die von einer Firma für ihre Angestellten fest angemietet war. Zu hören, dass es sich dabei um Eschborns Projektentwicklungsgesellschaft handelte, hatte Max nicht mehr sonderlich überrascht. Der Kollege arbeitete anscheinend als Chauffeur, hatte Lena berichtet. Welchen Posten der Russe in der Firma einnahm, wusste sie nicht. Aber darauf kam es auch nicht an. Max musste daran denken, wie der Mann durch den Schnee auf ihn zugestapft war, verbissen, zielstrebig und bedrohlich. Was auch immer jemand wie Karpow für Eschborn erledigen mochte, es würde Max kaum gefallen. In dem Punkt war er sich sicher.

Aus der Bar klang lautes Lachen herüber. Max rutschte tiefer in seinen Sessel, er verspürte wenig Lust, sich der Truppe wieder anzuschließen. Außerdem saß er hier strategisch günstig. Von seinem Posten aus hatte er den Eingang im Blick. Falls Karpow auftauchte, würde Max das als Erster bemerken.

Erst jetzt nahm er bewusst wahr, dass sich noch ein weiterer Gast in der Lobby aufhielt. Vor der Rezeption stand eine blonde Frau und sprach mit Lena. Sie trug Jeans und eine leuchtend rote Daunenjacke über einem knapp sitzenden Fleecepulli, der ihre Figur betonte. In der Hand hielt sie einen kleinen Blumenstrauß, auf den sie öfter hinuntersah. Sie war noch jung, ungefähr in Lenas Alter. Vielleicht eine Freundin von ihr, nahm Max zunächst an, denn offensichtlich führten die beiden keine gewöhnliche Unterredung zwischen Gast und Rezeptionistin. Schon nach kurzer Zeit bemerkte er seinen Irrtum. Lena beugte sich einige Male über die Theke und berührte den Arm der jungen Frau, doch es war weniger eine vertrauliche Geste als eine fürsorgliche. Es hatte den Anschein, als wollte Lena sie trösten.

Ihre Stimmen drangen nur gedämpft herüber. Die Entfernung war zu groß, um im Einzelnen verstehen zu können, worüber die Frauen redeten. Doch die Fremde schien aufgewühlt zu sein. Ihre Schultern bebten, als hätte sie Mühe, ein Schluchzen zu unterdrücken. Dann fiel der Name »Mario«.

Max stand auf und schlenderte hinüber, als wollte er sich Hillerbrocks neben der Rezeption ausgestellte Fotografien noch einmal anschauen. Lena nickte ihm mit einem halben Lächeln zu, ohne das Gespräch mit der jungen Frau zu unterbrechen. Wie er vermutet hatte, drehte es sich um Mario Ebers. Bei der Fremden handelte es sich offenbar um seine Freundin.

Diskret musterte Max sie. Sie war auf eine puppenhafte Art hübsch, mit großen blauen, jetzt leicht verweinten Augen, glatten Zügen, einer kleinen Nase und großzügig aufgespritzten Lippen. Das starke Make-up und der Eingriff ließen sie fast schon künstlich aussehen, aber der Ausdruck von tiefer Traurigkeit auf ihrem Gesicht war zweifellos echt. Sie wollte die Stelle sehen, wo man den Toten gefunden hatte, und dort die Blumen ablegen. Deshalb war sie gekommen.

Lena konnte ihr nicht weiterhelfen, sie wusste nur, dass Ebers tot unter dem Lift gelegen hatte, irgendwo auf dem Wolfsfelsen. Hilfesuchend sah sie Max an.

Der Gedanke an Karpow ließ ihn zögern, der Russe wartete womöglich da draußen auf eine zweite Gelegenheit. Max wollte ihm lieber nicht noch einmal auf einer menschenleeren Piste begegnen, egal was Harry dazu sagen würde. Doch auch ihm tat das Mädchen leid. Also trat er zu ihr an die Theke und bot an, sie zu der Stelle zu führen. »Dort hinzukommen, ist allerdings etwas beschwerlich«, warnte er, »am besten nehmen wir den Lift. Können Sie Ski fahren?«

Natürlich musste ausgerechnet in diesem Moment Lissy in der Tür zur Bar auftauchen und sehr interessiert zu ihnen herüberschauen. Max begann, sich um seinen Ruf zu sorgen.

Schon auf dem Weg zu Oskars Lift bereute Max sein Angebot. Er hing in einer mehr als unbequemen Haltung auf dem Beifahrersitz und wusste nicht, wohin mit seinen Beinen. Die Jacke hatte er bis zum Hals zugeknöpft. Trotzdem fror er, weil das Seitenfenster heruntergekurbelt war. Das ließ sich nicht ändern, denn sonst hätten selbst die ausgesucht kurzen Skibretter nicht in den Smart gepasst. Die junge Frau hatte sich bei Max für seine Hilfe bedankt und sich als Caro Abels vorgestellt, ansonsten war sie einsilbig geblieben. Bestimmt hätte Harry sie im Handumdrehen in ein Gespräch verwickelt und von ihr alles über sie und Mario Ebers erfahren, aber nicht Max. Er versuchte es erst gar nicht. Nicht nur aus Mitgefühl und Respekt vor ihrer Trauer. Es hatte auch etwas mit dem zu tun, was er vorhin im Schnee gefunden hatte und nun in seinem Tagesrucksack mit sich herumtrug.

Zum Glück dauerte die Fahrt nicht lange. Sie durchquerten Schwarzenbach und bogen dann in die Einfahrt zur Talstation ein. Auf dem Parkplatz dort stand immer noch der große BMW von Ebers, mittlerweile mit einer dicken Schneeschicht bedeckt. Als seine Freundin den Wagen erkannte, schien sie zu erstarren. Ohne etwas zu sagen, parkte sie den Smart daneben und blieb einen Augenblick hinter dem Steuer sitzen, um sich zu sammeln und die Tränen aus ihrem Gesicht zu wischen. Max stieg aus.

Außer ihnen beiden war sonst niemand mehr hier. Gerbers hatte sich bereits in den Feierabend verabschiedet und die kleine Blockhütte abgeschlossen. Der Lift stand still. Da Lena ihm vorsorglich einen Schlüssel für die Anlage mitgegeben hatte, war das kein Problem. Etwas anderes bereitete Max mehr Sorgen. Das Wetter gefiel ihm nicht. Der strahlend blaue Himmel vom Vormittag hatte sich verflüchtigt. Stattdessen waren schwere Wolken aufgezogen, die wie angekündigt reichlich Schnee mit sich führten. Schon während der Autofahrt waren erste Flocken gefallen, die nun zusehends dichter wurden. Zu allem Überfluss dunkelte es bereits leicht. Sie mussten sich beeilen.

Die Stelle, an der man Ebers' Leiche gefunden hatte, lag weit oben, knapp unterhalb der Endstation. Von dort aus war sie am besten zu erreichen, die Abfahrt den Wolfsfelsen hinunter führte dicht daran vorbei. Max holte die Skibretter und -stöcke aus dem Wagen und trug sie zur Einstiegsrampe. Dann ging er in das Blockhaus, um die Anlage zu starten. Der Lift setzte sich mit einem Ruck in Bewegung. Durch das Fenster konnte er sehen, wie die Zwillingssessel um den letzten Mast herumgeführt wurden. Als er die Station wieder verließ, wartete Caro schon auf der Rampe. Max stieg ebenfalls auf seine Bretter. Sie mussten zwei beschädigte Gondeln vorbeilassen, erst bei der dritten war der Sicherungsbügel noch intakt.

Gemächlich schwebten sie in die Höhe. Caro hatte die Kapuze ihrer Jacke übergezogen und sich einen dicken Schal umgebunden, der die untere Gesichtshälfte vollständig verdeckte. Sie sah starr geradeaus, offensichtlich legte sie immer noch keinen Wert auf ein Gespräch. Bis auf das leise Rumpeln des Lifts war es still, der Schnee dämpfte jedes Geräusch. Die Flocken wurden schnell immer dichter, so dicht, dass Max bald kaum noch den Boden unter ihnen sehen konnte. Sie schienen mit ihrer Gondel durch ein uferloses weißes Nichts zu gleiten, ebenso schön wie beunruhigend. Vielleicht war es keine so gute Idee gewesen, trotz des schlechten Wetters doch noch den Lift zu nehmen, anstatt alles abzubrechen.

Max hatte am Vormittag zusammen mit den anderen schon mehrmals die Piste befahren, weil Lissy natürlich unbedingt die Unfallstelle hatte sehen wollen. Es war keine schwierige Abfahrt. Nicht bei guter Sicht, hieß das. Wenn aber der Schneefall weiter so zunahm, konnte es womöglich schwer werden, die Piste überhaupt zu erkennen. Zum Glück ließ das Schneetreiben jetzt etwas nach. Die Sicht wurde für einen Augenblick wenigstens so weit besser, dass Max sich orientieren konnte. Sie hatten die Bergstation fast erreicht. Nicht weit entfernt von ihrer Position war der Tote gefunden worden. Er wollte gerade Caro auf die Stelle hinweisen, als der Lift plötzlich anhielt. Ihre Gondel schaukelte ein paarmal heftig, bevor sie sich einpendelte und zum Stillstand kam.

»Was ist passiert?«, fragte Caro aufgeschreckt.

Das hätte Max auch gern gewusst. »Vielleicht stimmt etwas

mit der Zeitschaltung nicht«, antwortete er ausweichend. »Es geht bestimmt gleich weiter.«

Doch es tat sich nichts, auch nicht nach fünf Minuten. Der Lift bewegte sich keinen Zentimeter vorwärts. Seine ohnehin nur schwache Hoffnung auf eine kurze Störung, die sich schon irgendwie von selbst erledigen würde, erfüllte sich nicht. Anscheinend war die Anlage abgestellt worden, und Max hatte einen bestimmten Verdacht, wer dahinterstecken konnte. Einen Verdacht, den er für sich behielt, die Situation war auch so schon ungemütlich genug.

Caro versuchte vergeblich, das Hotel anzurufen. »Ich bekomme kein Signal«, sagte sie und verstaute ihr Handy wieder in der Jacke. Fragend sah sie Max an. »Und jetzt?«

»Ich fürchte, wir hängen hier fest«, konstatierte er das Offensichtliche. Er beugte sich vor und sah hinunter. Die Sichtweite war sehr gering, Max konnte gerade noch den Boden unter ihnen ausmachen, der ausgerechnet hier aus lauter spitzen Felsen bestand. Das Schneetreiben war wieder dichter geworden und immer eisiger. Es würde so schnell nicht aufhören. Horrorgeschichten über Leute, die genau auf diese Art erfroren waren, fielen ihm ein. Skifahrer, die man einfach über Nacht in ihren Gondeln vergessen hatte. Gut, das hatte sich meist in den Alpen zugetragen, aber auch in der Eifel konnte es sehr kalt werden, vor allem nachts. Sie mussten handeln, bevor es zu spät war.

Caro wartete immer noch auf eine Antwort. »Also, was sollen wir jetzt machen?«, wiederholte sie. Ihre Stimme klang beunruhigt, aber nicht panisch.

Er wandte sich zu ihr. »Hören Sie, wir können nicht einfach hier oben sitzen bleiben und auf Hilfe warten. Die wird nämlich nicht kommen. Es gibt hier kein Netz, wir erreichen niemanden. Die Chancen, dass uns zufällig irgendjemand bemerkt, stehen bei diesen Sichtverhältnissen nicht besonders gut. Sie sind gleich null, würde ich sagen. Außerdem ist es spätestens in einer halben Stunde dunkel, was die Sache nicht besser macht. Also sind wir auf uns allein gestellt. Und wenn wir hier nicht die Nacht verbringen wollen –«

»Natürlich nicht!«

»Dann bleibt uns wohl nur eine Möglichkeit: Wir müssen raus aus dieser Gondel und da runter.«

»Abspringen, meinen Sie?«, fragte sie ungläubig. »Etwa so wie Mario?«

»Keine Angst, das wird uns nicht passieren. Wir sind zu zweit, das ist schon mal ein gewaltiger Vorteil.«

»Wieso Vorteil? Wir brechen uns höchstens beide den Hals.« Sie sah abschätzend hinunter auf den Boden. »Das sind doch bestimmt zehn Meter, und da unten besteht alles aus Felsen! Wenn wir da aufschlagen, sind wir tot. Oder gelähmt.«

»Richtig. Deshalb werden wir auch nicht da aufschlagen. Sehen Sie die große Schneewehe? Unten rechts, direkt am Pistenrand? Wenn wir da landen, wird sie den Aufprall dämpfen.«

»Aber nicht genug! Dafür hängen wir zu hoch.«

»Die Höhe müssen wir eben vorher reduzieren.«

»Wie denn? Und selbst wenn, dann ist diese Schneewehe da immer noch viel zu weit weg! Wie sollen wir denn bis dahin springen können? Die Distanz ist einfach zu groß, das schaffen wir nie!«

»Wir nicht, das stimmt, aber Sie! Sie können so weit springen.«

»Nein, kann ich nicht!«, protestierte sie. »Und ich werde es auch gar nicht erst versuchen, das ist viel zu riskant!«

»Ist es nicht. Nicht, wenn ich Ihnen dabei helfe«, widersprach Max und musterte die junge Frau. »Wie schwer sind Sie? Fünfundfünfzig, sechzig Kilo?«

»Ungefähr«, antwortete sie nach einer winzigen Pause. Beinahe hätte er gegrinst. Frauen und ihr Gewicht.

»Gut, das wird gehen. Geben Sie mir Ihre Stöcke, wir brauchen beide Paare.«

Max erklärte ihr seinen Plan. Sie hörte zu, erst skeptisch bis ungläubig, dann nachdenklich. Schließlich nickte sie. Unter all der Schminke und puppenhaften Aufmachung steckte offensichtlich eine energische junge Frau, die nüchtern ihre Lage betrachtet hatte und zu einem Entschluss gekommen war. Besonders beunruhigt oder gar ängstlich wirkte sie jetzt nicht mehr. Zumindest versuchte sie es. »Was ist mit Ihnen?«, fragte sie, als er fertig war.

»Was soll mit mir sein? Ich bleibe hier oben sitzen und mache es mir gemütlich.«

Caro verzog das Gesicht zu einem winzigen Lächeln. Es war vielleicht ihr erstes überhaupt nach Marios Tod, kam Max in den Sinn. »Also los!«, sagte sie und löste die Bindung ihrer Ski. Mit einem kräftigen Schwung warf sie die Bretter seitlich ab, damit sie nicht auf dem felsigen Grund aufkamen. Sie blieben am Fuß der Schneewehe stecken.

Max zog seine Handschuhe aus und überprüfte die Skistöcke. Der häufige und nicht sonderlich pflegliche Gebrauch hatte sie stark abgenutzt, was sich nun als glücklicher Umstand erwies, denn die Befestigung der Handschlaufen an den Griffen war durch kräftige Nieten verstärkt worden. Er hielt zwei Stöcke nebeneinander und knotete eine möglichst enge Schlinge aus dem soliden Nylongewebe der Schlaufen, in die er anschließend die beiden anderen Stöcke einführte und nach oben durchzog. An den tellerförmigen Schneefängern, die sich am unteren Ende der Stöcke befanden, blieb die Schlinge hängen. So miteinander verbunden, hatten die beiden Stockpaare eine Länge von gut zwei Metern. Max versuchte mit aller Kraft, sie auseinanderzuziehen, doch die Verbindung löste sich nicht. Ungefähr sechzig Kilo würde sie schon aushalten. Musste sie aushalten. Wenigstens eine Zeit lang. Um sich besser abstützen zu können, stieg auch Max aus seinen Skibrettern und warf sie ab. Es konnte losgehen.

Der hochklappbare Sicherungsbügel der Gondel bestand aus einer senkrechten Eisenstange, die mittig angebracht war und zu beiden Seiten Querholme aufwies. Zwei kürzere als Fußstützen, und zwei längere, zum Ende hin leicht einwärts gebogene in Bauchhöhe, die ein Herausfallen verhindern sollten. Caro packte mit beiden Händen die Mittelstange, kletterte aus ihrem Sitz und schwang sich über den oberen Holm. Das Gesicht ihm zugewandt, stellte sie sich von außen auf die beiden Fußstützen. Wegen der Gewichtsverlagerung geriet die Gondel dabei leicht in Schieflage, sodass Caro nun nach hinten geneigt war und ihr Gewicht hauptsächlich von ihren Armen gehalten werden musste. Max rückte in die Mitte, stemmte seine Füße rechts und links auf die unteren Holme und lehnte sich mit der Brust gegen die Stange, um genügend Halt zu haben. Er griff um sie herum und führte die Skistöcke vorsichtig zwischen ihm und Caro nach unten. Jetzt kam der schwierige Teil.

»Bereit?«, fragte er.

Caro nickte nur und ging in die Hocke. Sie angelte mit einem Fuß nach den Stöcken und klemmte sie zwischen ihre Schenkel. So frei in der Luft hängend, ließ sie sich vorsichtig Handbreit für Handbreit weiter hinunter, bis sie das untere Ende der Stange erreicht hatte. Sie hielt sich einen Augenblick lang mit beiden Händen am unteren Holm fest, dann ließ sie erst die eine Hand los, um damit die Stöcke zu packen, dann auch die andere. Max hatte alle Muskeln angespannt und unwillkürlich den Atem angehalten. Als nun ihr gesamtes Gewicht an seinen Armen zog, atmete er langsam aus. Sie war leichter, als er befürchtet hatte. Caro rutschte tiefer, bis ihre Füße auf den stabilen Schneefängern der beiden unteren Stöcke Halt fanden, gut zwei Meter unterhalb der Gondel.

So weit verlief alles nach Plan. Sie hatten die Fallhöhe um ein ordentliches Stück verkürzt. Allerdings war sie immer noch hoch, registrierte Max jetzt mit einem Anflug von Panik, sogar verdammt hoch. Er wurde plötzlich unsicher. Was, wenn das Mädchen den Absprung nicht heil überstand?

»Halt«, sagte er, »so geht es doch nicht, das ist zu gefährlich! Kommen Sie zurück!«

»Nein, warten Sie!« Anstatt wieder nach oben zu klettern,

bewegte sich Caro in die entgegengesetzte Richtung. Sie löste die Umklammerung ihrer Beine und rutschte auch das untere Stockpaar immer tiefer hinunter, bis sie mit über den Kopf gestreckten Armen frei in der Luft hing und sich nur an den unteren Enden der Stöcke festhielt. Die Anstrengung, die das kosten musste, war ihr nicht anzumerken. Sie mochte sich vor dem Sportunterricht in der Schule gedrückt haben, hätte Max gewettet, doch ihr Fitness-Studio besuchte sie mindestens dreimal in der Woche.

Jetzt gab es kein Zurück mehr. Die Schlinge hielt zwar Caros Gewicht aus, aber niemand konnte wissen, wie lange. »Festhalten!«, rief er und merkte sofort selbst, wie absurd und überflüssig dieser Befehl war. Aber schaden konnte er auch nicht.

Max begann erst vorsichtig, dann mit mehr Schwung die Stöcke hin- und herzupendeln, in immer größer werdenden Bogen. Jedes Mal kam Caro etwas näher an die Schneewehe heran. Er spürte, wie ihm der Schweiß den Rücken hinunterlief, vor lauter Anspannung und weniger wegen der körperlichen Anstrengung. Auch Caro schien sich noch ohne Schwierigkeiten weiter festhalten zu können. Mehr Sorge bereitete ihm die Verbindung der Stöcke, die jederzeit reißen konnte. Zum Glück schien der Bogen bald weit genug zu sein.

»Auf drei!«, kommandierte er und begann laut mit dem Zählen, während er Caro nun mit aller Kraft hin- und herschwang. Am äußersten Punkt des letzten und größten Bogens ließ sie die Stöcke los und fiel. Sie ruderte wild mit den Armen und stieß einen unartikulierten Schrei aus, doch der Schwung trug sie weit genug über die Felsen hinaus. Caro landete mitten in der Wehe und sank tief in den Schnee ein, fast bis zur Hüfte. Mühsam kämpfte sie sich wieder frei, klopfte den Schnee von ihren Beinen und winkte Max zu. Es war alles gut gegangen.

Er warf ihr die Stöcke hinunter. Sie nahm sie auf und sammelte auch ihre Skibretter ein. »Bis später!«, rief sie, winkte ein letztes Mal, dann schulterte sie ihre Ski und stapfte los. Schon nach wenigen Schritten verlor Max sie aus den Augen, so dicht fiel der Schnee inzwischen wieder. Er hatte ihr den Schlüssel mitgegeben und den Weg hinunter zur Talstation ausführlich beschrieben. Die Abfahrt war relativ kurz, und sie lag nicht in den Alpen. Trotz der zunehmenden Dunkelheit und des Schneetreibens konnte Caro die Piste eigentlich nicht verfehlen. Ihm blieb nur übrig zu warten.

Max zog seine Handschuhe wieder an und schlang die Arme fest um seinen Oberkörper. Obwohl er schwitzte, fror er mittlerweile erbärmlich. Harry an seiner Stelle hätte natürlich einen Flachmann dabeigehabt, überlegte er. Andererseits kam Harry erst gar nicht in solche Situationen, dafür hatte er ja Trottel wie Max, die für ihn die Kastanien aus dem Feuer holen durften. Was unter Umständen eben auch bedeuten konnte, dass man sich wie jetzt den Arsch abfror.

Das Warten zog sich hin, und je länger er so bewegungslos in seinem Sessel saß, frei schwebend im Nichts, desto kälter wurde ihm. Sehen konnte er nicht mehr viel, die Dämmerung hatte eingesetzt, und es wurde schnell dunkel, ohne dass der Schneefall aufgehört hätte. Kein Szenario, das ihm gefiel. Was, wenn Caro den Weg doch nicht gefunden hatte und nun irgendwo im Wald herumirrte? Das konnte für sie beide übel ausgehen. Er überlegte schon, welche Möglichkeiten ihm noch blieben, als endlich ein Ruck durch die Gondel ging. Der Lift bewegte sich wieder. Das Mädchen hatte es geschafft.

Es schien, als brauchte der Lift eine Ewigkeit für seine Runde. Als Max unten an der Station ankam, hatte er Mühe, schnell genug aus dem Sessel zu steigen, so steif und verfroren war er. Caro stellte den Lift ab und verschloss die Blockhütte.

»Sie sehen aus wie ein Schneemann«, kommentierte sie seine Erscheinung. Womöglich mit einem zweiten Lächeln, aber Max konnte sich auch täuschen.

»So fühle ich mich auch«, sagte er und klopfte den Schnee

von seiner Kleidung. »Ich brauche jetzt unbedingt etwas Warmes!«

Das »Haus Bellevue« lag am nächsten. Max dirigierte sie dorthin, diesmal bei geschlossenem Fenster. Sie trafen nur Harry an, der selbst gerade erst aus Köln zurückgekommen war.

»Keine Ahnung, wo Oskar sich herumtreibt«, erklärte er und führte sie in die Küche. Dass Max so unvermittelt in Begleitung einer jungen Blondine aufkreuzte, schien er mit mildem Erstaunen zu registrieren, hielt sich aber mit einem Kommentar zurück. Es bestand wenig Hoffnung, dass auch Lissy in der Bar nach seinem Aufbruch mit Caro derart diskret geblieben war.

Max berichtete von ihrem Abenteuer, vom plötzlichen Ausfall der Liftanlage und ihrer Befreiungsaktion, die ihm selbst nun im Nachhinein ziemlich spektakulär vorkam. Auch Harry wirkte angemessen beeindruckt, wenn nicht sogar etwas neidisch. Ohne dass er es offen aussprach, war klar, dass Harry nicht einen Augenblick an eine bloße Panne glaubte. Das tat Max auch nicht, wollte damit aber Caro nicht unnötig beunruhigen.

Harry hatte einen Topf mit Milch auf die Herdplatte gesetzt und sorgfältig Kakaopulver hineingerührt. Es sei zwar nur Fertigkakao anstelle von richtiger Schokolade, entschuldigte er sich mit einem deutlich hörbaren Naserümpfen, während er darauf wartete, dass die Milch aufkochte. »Aber das ist immer noch besser als nichts bei diesem Wetter. Und der Myers's hier ist durchaus trinkbar.«

Max griff nach der Rumflasche. »Für mich nur wenig Kakao, bitte.«

»War mir klar.« Harry stellte drei hübsche, angemessen große Becher auf den Tisch und schenkte den heißen Kakao ein. »Der arme Oskar. Das wird seinen Lift wohl vollends in Verruf bringen.«

»Nicht unverdient, wenn du mich fragst!« Max füllte die Becher mit Jamaica-Rum auf. Sofort stieg ihm das starke Aroma in die Nase. »Caro war übrigens eine Freundin von Mario Ebers. Ich meine, *die* Freundin.« Er schloss die Augen, nahm einen großen Schluck und genoss die angenehme Wärme, die sich dank der Mischung aus heißem Kakao und Rum in seinem Magen ausbreitete.

»Wir waren verlobt«, stellte Caro klar. Darauf schien sie Wert zu legen.

»Verlobt?«, wiederholte Harry verblüfft.

»Ein gegenseitiges Eheversprechen zwischen Braut und Bräutigam«, half Max bereitwillig aus. »Das machen die jungen Leute heute ja wieder. Du weißt schon: zurück in die gute alte Zeit.«

»Ich kann mich erinnern, danke.« Harry zog einen Stuhl heran und setzte sich Caro gegenüber an den Tisch. »Weiß Eschborn denn von dieser Verlobung?«

Caro schwieg und sah ihn nur aus großen Augen unsicher an. »Sie waren auf der Veranstaltung«, sagte sie dann zögernd. »In Hillesheim.«

Harry nickte. »War ich.«

»Moment mal, was hat Eschborn damit zu tun?«, fragte Max dazwischen.

Harry lehnte sich zurück. »Nun, wenn ich seine Noch-Ehefrau Andrea richtig verstanden habe, so stellt diese junge Dame hier einen, wenn nicht sogar den wichtigsten Scheidungsgrund dar.«

»Unsinn!«, kanzelte Caro ihn ab. »Heriberts Ehe mit dieser Frau war schon lange vor mir kaputt! Das ist nicht meine Schuld! Ganz gleich, was die Alte jetzt behauptet.«

»Also *haben* Sie eine Beziehung mit Eschborn«, stellte Harry zufrieden fest und schlug die Beine übereinander. »Was mich zu meiner Frage zurückbringt. Weiß er von Ihrer Verlobung mit Mario Ebers? Oder dass Sie beide sich überhaupt näherstanden?«

»Nein, natürlich nicht. Niemand wusste davon. Mario und

ich haben uns erst vor Kurzem kennengelernt, aber es hat sofort zwischen uns beiden gefunkt. Es war etwas Ernstes. Für uns beide.«

»Die große Liebe. Und was ist mit Eschborn?«

»Ich wollte ja weg von ihm!«

Harry sah sie nur fragend an.

»Das ist nicht so einfach. Leute wie Sie können das natürlich nicht verstehen.«

»Leute wie ich?«

»Leute mit Geld eben. Wenn Heribert davon erfahren hätte, hätte ich sofort auf der Straße gestanden. Ich bin auf mein Gehalt angewiesen, und Mario hatte in letzter Zeit beruflich viel Pech. Also mussten wir vorerst unsere Beziehung noch für uns behalten. Aber das wäre bald vorbei gewesen, Mario hatte nämlich einen großen Auftrag in Aussicht. Das hätte alles geändert. Vielleicht wäre ich sogar wieder zurück an die Uni gegangen, um meinen Master in BWL zu machen.«

»Welcher Auftrag?«

»Das weiß ich nicht. Mario wollte mir nichts darüber erzählen, sondern warten, bis alles endgültig unter Dach und Fach wäre, nach Weihnachten. Dann könnten wir endlich mit der Heimlichtuerei aufhören, hat er versprochen. Und ich hätte sofort mit Heribert Schluss gemacht. Aber dann ist ja dieser Unfall passiert, und Mario –« Sie brach ab und kämpfte erfolglos mit den Tränen.

Harry reichte ihr ein Taschentuch. »Haben Sie ihm von den Fotos erzählt?«

Caro fasste sich schnell wieder und tupfte mit dem Tuch die Tränen aus ihren Augenwinkeln fort. »Von welchen Fotos?«

»Fotos von Wanderfalken, die Eschborn sehr ungelegen kommen. Fotos, die sein gesamtes ›Schneeparadies‹ gefährden könnten, sollten sie vorzeitig veröffentlicht werden. Kurz: Fotos, für die Eschborn viel Geld zu zahlen bereit ist, um genau das zu verhindern«, antwortete Harry leicht ungeduldig. »Kommen Sie – Sie wissen genau, wovon ich rede!

Als Assistentin der Geschäftsführung müssen Sie eingeweiht sein. Ich nehme an, dass der Scheck für den Fotografen über Ihren Schreibtisch gegangen ist, selbstverständlich ordentlich verbucht als Honorar für einen Eifel-Fotoband zu Werbezwecken. Der Name war Hillerbrock, Marcel Hillerbrock.«

»Das war ein ganz normaler Geschäftsvorgang«, antwortete sie reserviert. »Vielleicht besser bezahlt als üblich, aber weiter nichts. Heribert wollte einfach auf Nummer sicher gehen. Sie haben ja völlig recht, es steht bei dem Projekt viel auf dem Spiel.«

»Und davon haben Sie Mario erzählt.«

»Das kann schon sein, nur verstehe ich nicht, warum das so wichtig sein soll.«

»Wussten Sie eigentlich, dass er ein anonymes Konto auf Malta hatte?«

»Mario?«, wiederholte sie erstaunt. »Nein, davon weiß ich nichts. Sind Sie denn sicher?«

»Polizeihauptmeister Herrmanns scheint diesbezüglich keine Zweifel zu hegen. Der Kontostand ist übrigens recht ordentlich.«

»Ich habe Ihnen ja erzählt, dass Mario einen sehr guten Auftrag bekommen sollte.«

»Nach einem gewöhnlichen Auftrag sieht es nicht aus. Es gibt eine anonyme Überweisung von hundertfünfzigtausend Euro auf ein ebenfalls anonymes Konto, das vermutlich nur zu diesem einzigen Zweck von Ebers eingerichtet worden ist. Klingt jetzt nicht nach einem ganz normalen Geschäftsvorgang, nicht wahr? Etwas schwierig, ihn korrekt zu verbuchen, könnte ich mir vorstellen. Aber das hatte er auch gar nicht vor.«

Bedächtig und in aller Ruhe trank Harry seinen Becher leer. »Es gab nämlich keinen lukrativen Auftrag«, fuhr er dann fort, »sondern Ebers hat einen anderen Weg gefunden, um zu Geld zu kommen, und ich denke, dieser Weg hat etwas mit den Fotos zu tun. Ihr Mario hat sich als Erpresser versucht.«

»Das ist nicht wahr! Wie können Sie das einfach so behaupten?«

»Weil er jetzt tot ist. Und sein Tod kein Unfall war.«

Caro schüttelte ungläubig den Kopf. »Das haben Sie schon in Hillesheim gesagt. Aber das stimmt doch nicht, oder?«

»Ich fürchte, doch. Mario Ebers ist nicht aus dem Lift abgestürzt, wie es zuerst hieß. Seine Leiche wurde nur dorthin transportiert und abgelegt. Es ist noch nicht offiziell, aber auch die Polizei geht inzwischen von einem Verbrechen aus. Jemand hat Ebers umgebracht und dann versucht, es wie einen Unfall aussehen zu lassen.«

»Aber warum denn? Nein, das kann nicht sein! Sie müssen sich irren!«

»Wenn man an den Falschen gerät, kann eine Erpressung schnell gefährlich werden. Offenbar hat Ebers das Risiko zu niedrig eingeschätzt.«

»Sie meinen, Mario hat Heribert erpresst?«, fragte Caro. »Und Heribert soll ihn deswegen umgebracht haben? Das ist doch verrückt!«

»Zugegeben, das Motiv hat mir anfangs auch Kopfzerbrechen bereitet. Es kam mir ein wenig schwach vor, denn so viel Geld ist es nun auch wieder nicht. Nicht für jemanden wie Eschborn. Aber Ihre Verlobung mit Mario macht dieses Szenario ausgesprochen plausibel. Denn wie wir nun wissen, geht es in diesem Fall nicht nur um Erpressung, sondern auch um Betrug. Vielleicht war Eschborn ja bereit, hundertfünfzigtausend für das Zurückhalten der Fotos zu zahlen, aber nicht, auch noch seine Geliebte draufzulegen.«

»Aber er wusste doch gar nichts von Mario und mir!«

»Wie können Sie da so sicher sein?«

»Heribert würde doch niemanden umbringen!«

»Vielleicht nicht persönlich, mag sein. Aber das wäre auch gar nicht nötig. Eschborn hat Geschäftspartner, und die wiederum haben merkwürdige Angestellte.«

Caro sagte nichts, wirkte aber verunsichert.

»Und da ist noch etwas.« Harry beugte sich vor und sah sie eindringlich an. »Sie wissen von den Fotos, kennen deren Brisanz und waren mit dem Erpresser liiert. Ihnen ist wohl klar, wie das aussehen muss?«

»Aber das ist doch absurd!«

»Keineswegs. Wenn ich diesen Schluss ziehe, könnte jemand anderes das ebenfalls tun und entsprechend handeln. Vielleicht ist das sogar schon passiert. Sie hätten sich vorhin leicht den Hals brechen können oder wahlweise auch erfrieren. Der Lift hatte keine Panne, das war ein Anschlag. Und er galt bestimmt nicht Max. Darüber sollten Sie mal nachdenken.«

Caro war blass geworden. Sie murmelte eine Entschuldigung und stand auf. Ihre dicke Jacke hatte sie abgelegt, darunter trug sie einen eng anliegenden Pullover, der sehr betonte, dass sie nicht nur bei ihren Lippen nachgeholfen hatte. Sie verschwand Richtung Badezimmer.

Harry sah ihr nach und seufzte. »Warum machen junge Frauen so etwas?«

»Sich verloben?«

»Nein, ich meine das mit dem Plastik.«

»Keine Ahnung. – Steht wirklich fest, dass Ebers Eschborn erpresst hat?«

»Sieht ganz danach aus.«

»Also hätte der ein Motiv gehabt.«

Harry nickte. »Erst recht nach dieser Verlobungsgeschichte, die uns deine werte Caro vorhin aufgetischt hat.«

»Sie ist nicht ›meine werte Caro‹. Und sie hat gerade ihren Verlobten verloren. Du hättest sie ruhig etwas taktvoller behandeln können.«

»Kann schon sein, aber irgendwie musste ich sie ja aus der Reserve locken, nicht wahr? Außerdem kommt sie mir nicht besonders zerbrechlich vor. Sie trauert um ihren Lover, sicher, aber ansonsten ist das Mädel ganz schön tough.«

»Du glaubst doch nicht ernsthaft, dass sie mit drinhängt, oder?«

»Irgendjemand scheint es zu glauben. Die Sache mit dem Lift hätte leicht böse enden können.«

»Das brauchst du mir nicht zu erzählen! Ich saß neben ihr, schon vergessen?«

»Nein, habe ich nicht. Das mit den Stöcken war übrigens eine gute Idee, gratuliere!«

»Hör zu, ich will dir ja nicht die Show stehlen, aber ich glaube eher nicht, dass der Anschlag Caro galt.«

»Wem denn sonst?«, fragte Harry leicht erstaunt. »Etwa dir?«

»Warum nicht? Es wäre ja nicht das erste Mal heute.«

»Wovon zum Teufel redest du?«

Max berichtete von der Rempelei auf der Piste, die sich im Nachhinein wie ein Vorspiel ausnahm und Harry auch nicht sonderlich beeindruckte. Der Name des Russen schien ihn sogar zu amüsieren.

»Karpow heißt der Mann? Passt eigentlich nicht zu ihm. Der Typ sah mir nicht nach einem Schachspieler aus.«

»Soll das etwa heißen, du kennst ihn?«

»Kennen wäre zu viel gesagt. Der Mann ist mir nur schon in der Hotelbar aufgefallen. Er und sein Kumpel, ein jüngerer Typ mit Pferdeschwanz. Der Chauffeur von Eschborns Rechtsanwalt, wie sich später herausgestellt hat. Karpow dürfte somit auch für ihn arbeiten. Oder für dessen Auftraggeber, es sollen ja ebenfalls Osteuropäer sein. Russen, wie ich gehört habe.«

»Das hättest du ruhig mal erwähnen können, findest du nicht? Dass solche Leute mitmischen, meine ich.«

»Das habe ich ja selbst erst später erfahren«, tat Harry die Sache mit einem Achselzucken ab. Wozu die Aufregung, wenn doch nichts passiert war? »Könnte der Zusammenstoß auf der Piste nicht auch Zufall gewesen sein, ein einfacher Unfall? Nur ein Trottel, der nicht aufgepasst hat?«

»Nein. Der Mann hat mich abgepasst und wollte auf mich los, das war eindeutig. Außerdem hat er dabei das hier verloren.« Max langte nach seinem kleinen Rucksack, holte den in ein T-Shirt eingewickelten Fund heraus und legte ihn auf den Tisch. Dann schlug er das Shirt auseinander. Sie schimmerte matt schwarz und wirkte schlicht, fast elegant, trotz der kleinen Kratzer hier und da. Übliche Gebrauchsspuren halt. Das machte es aber nicht besser.

Harry sah auf die Pistole hinunter und sagte erst einmal nichts. »Interessant«, murmelte er nach eine Weile. »Eine Glock 17. Gute Waffe.«

»Wenn du es sagst.«

»Sie ist nicht geladen.«

»War sie aber. Das Magazin habe ich vorsichtshalber herausgenommen, es ist halb voll.«

»Interessant«, wiederholte Harry. »Allerdings verstehe ich nicht ganz, warum es jemand auf dich abgesehen haben sollte.«

»Vielleicht deshalb.« Max griff noch einmal in seinen Rucksack. »Auf dem Stick hier sind Hillerbrocks Fotos. Ich habe ihn heute Morgen von seiner Freundin bekommen. Karpow war in der Nähe, als Lena ihn mir gegeben hat. Gut möglich, dass er es beobachtet hat.«

Harry nahm den USB-Stick und musterte ihn nachdenklich. »Diese Fotos sind ja wirklich heiß begehrt. Wir haben bei Ebers auch einen Stick mit den Aufnahmen gefunden, wahrscheinlich sogar das Original. Er muss ihn von Hillerbrocks Freundin geklaut haben.«

»Den hier haben wir wenigstens noch. Falls Karpow es darauf abgesehen hatte, dann ohne Erfolg.«

»Richtig«, stimmte Harry zu. »Falls. Das wäre dann die harmlosere Variante.«

Damit hatte er natürlich recht. Karpow hätte Max den Stick auf der Piste vielleicht abnehmen können, aber nicht im Sessellift. Für diese Aktion musste es ein anderes Motiv geben. Die Auswahl war klein und hässlich. »Du meinst, er könnte mich für einen Komplizen von Ebers halten.«

»Oder für einen Trittbrettfahrer. Was so ziemlich auf das Gleiche herauskommt.«

»Na toll!« Max betrachtete die Glock. Sie gefiel ihm immer weniger.

Harry schien es ähnlich zu gehen. »Herrmanns hat mich noch gewarnt, dass so etwas passieren könnte. War wohl etwas leichtsinnig von mir, das einfach zu ignorieren«, gab er ungewohnt selbstkritisch zu. »Wir müssen unbedingt mit Eschborn reden, damit er diesen Karpow zurückpfeift. So schnell wie möglich.«

»Heribert ist jetzt zu Hause und wartet auf mich.«

Caro stand in der Tür. Offenbar hatte sie die letzten Sätze mitgehört und auch die Glock bemerkt. Eine Pistole auf dem Küchentisch war schlecht zu übersehen. Sie wirkte gefasst, aber besorgt. So, als hätte sie über Harrys Theorie nachgedacht und sie sehr einleuchtend gefunden. »Ich habe Angst«, sagte sie schlicht. »Wenn es stimmt, was Sie sagen, dass Mario versucht hat, Heribert zu erpressen, könnte es tatsächlich so aussehen, als wäre ich daran beteiligt gewesen.«

Harry nickte. »An Ihrer Stelle hätte ich auch Angst. Eifersüchtige sind zu allem fähig.«

»Nein, das verstehen Sie falsch. Es geht nicht um Eifersucht, und es ist auch nicht Heribert, vor dem ich Angst habe.«

NEUN

Der Dom leuchtete. Angestrahlt von Scheinwerfern, hob er sich hell vor dem nächtlichen Himmel ab. Die gesamte Stadt unter ihr erschien festlich illuminiert, und der viele Schnee überall gab dem Ganzen einen passenden weihnachtlichen Anstrich. Nur der Fluss zog sich als schwarzes Band hindurch, unterbrochen von den beleuchteten Brücken, auf denen sich die weißen und roten Lichter der Autoscheinwerfer bewegten. Hören konnte man hier oben nichts von dem Verkehr. Es war, als schwebte man über allem. Sie hatte die Hände in die Manteltaschen gesteckt und sah hinaus. Flüchtig fragte sie sich, wie es sich wohl anfühlen mochte, hier zu leben und dabei ständig dieses spektakuläre Panorama vor Augen zu haben. Der Ausblick war einer der teuersten in Köln, vermutete sie, und vielleicht sogar sein Geld wert, aber geholfen hatte er letztendlich doch nicht.

Die riesige Fensterwand spiegelte Baumann, der jetzt in der gegenüberliegenden Tür auftauchte und mit seinem Smartphone winkte. »Die Spurensicherung ist unterwegs.«

Sie nickte und drehte sich um. »Gut. Dann wollen wir mal.« Bevor sie Baumann nach nebenan folgte, warf sie noch einen letzten Blick auf die Leiche.

Der Tote saß hinter dem Schreibtisch auf einem avantgardistisch anmutenden Stuhl aus Chrom und Leder. Sein Körper war weit zur Seite geneigt, nur die Armlehne verhinderte, dass er zu Boden rutschte. Sein Kopf hing ebenfalls zur linken Seite und war dabei leicht nach vorn gebeugt. Das unspektakuläre Einschussloch befand sich in der rechten Schläfe, auf der anderen Kopfseite gab es eine hässliche Austrittswunde. Es hatte viel Blut gegeben, eine große dunkle Lache auf dem Boden, Spritzer auf Möbeln und Wänden. Beide Arme hingen schlaff nach unten, die linke Hand berührte fast den Boden. Die Leichenstarre hatte noch nicht eingesetzt, nach ihrer Schätzung musste der Tod irgendwann am späten Nachmittag eingetreten sein.

Neben ihm auf der rechten Seite lag die Pistole. Eine Luger 08 mit langem Lauf, eher ungewöhnlich, ein typisches Sammlerstück, fast eine Antiquität, aber offensichtlich die Tatwaffe. Zumindest war mit ihr vor Kurzem geschossen worden. Laut Aussage des Mädchens hatte sie wohl dem Toten selbst gehört. Das passte.

Das große Wohnzimmer sah aus, als hätte es ein Innenarchitekt eigens für eine Möbelausstellung entworfen. Abgesehen von der Flaschensammlung auf dem polierten Sideboard erinnerte es Max an das Wartezimmer einer Arztpraxis, die keine Kassenpatienten annahm. Immerhin hatte sich die Sitzlandschaft in gewagtem Grau als solide gepolstert erwiesen, und angesichts der beiden Panoramafenster mit Blick auf den Rhein spielte die restliche Einrichtung sowieso keine große Rolle. Viel falsch machen konnte man da nicht mehr.

Caro hockte zusammengekauert in einer Ecke des riesigen Sofas, als wollte sie sich so klein wie möglich machen. Ihr Gesicht war immer noch kreidebleich. Harry hatte unter Eschborns Vorräten einen Selbstgebrannten aus der Eifel entdeckt, ihr ein großes Glas eingeschenkt und darauf bestanden, dass sie davon trank. Ohne Widerspruch war sie der Aufforderung gefolgt, doch der Alkohol zeigte keinerlei sichtbare Wirkung. Sie blieb weiterhin stumm und in sich gekehrt. Der Schock saß zu tief. Der Anblick einer Leiche, bei der die Hälfte des Kopfes fehlte, war nichts, was sich mit einem doppelten Schnaps so einfach hinunterspülen ließ. Auch nicht, wenn man zweiundzwanzig war und ziemlich tough. Sie mochte Eschborn nicht geliebt haben, aber sie hatte mit ihm zusammengelebt, und sein Tod hatte sie völlig unvorbereitet getroffen.

Nicht anders als Harry und Max. Niemand von ihnen war auf so etwas vorbereitet gewesen.

Sie hatten Caro zurück nach Köln begleitet. Je eher sie mit Eschborn reden konnten, desto besser. Karpow musste gestoppt werden. Auch wenn Max nicht ganz klar gewesen war, wie Harry Eschborn dazu bringen wollte, war es einen Versuch wert. Er verspürte wenig Lust auf eine neuerliche Begegnung mit jemandem, der eine Glock mit sich herumtrug und sie womöglich auch benutzen würde. Etwa, um sich oder seine Auftraggeber vor einem Erpresser zu schützen. Immer vorausgesetzt, Harry lag mit seiner Theorie richtig, was aber inzwischen sogar Caro für möglich zu halten schien. Jedenfalls wollte sie Eschborn deshalb zur Rede stellen, ihre Sachen packen und sofort aus der gemeinsamen Wohnung in den Kranhäusern ausziehen. Offenbar war sie froh, dass sie dabei nicht allein mit ihm sein musste.

Nur war es zu diesem Gespräch nicht mehr gekommen. Sie hatten Eschborn nur noch tot in seinem Arbeitszimmer angetroffen, erschossen mit seiner eigenen Pistole. Caro war bei seinem Anblick beinahe zusammengeklappt. Sie hatte sich schnell wieder gefangen und wirkte seitdem zwar verstört, aber gefasst. Harry hatte als Erstes die Polizei verständigt, genauer gesagt, er hatte Miriam angerufen, die hier zuständig war, und dann auch noch Herrmanns, den Ortspolizisten von Schwarzenbach, um ihn über Eschborns Suizid zu informieren. Wenn es denn einer war. Auch wenn auf den ersten Blick alles danach aussah, schien Harry Zweifel zu haben. Es passte schlecht in sein Szenario.

Anschließend hatte er das Arbeitszimmer verschlossen, allerdings nicht, ohne es vorher noch ebenso behutsam wie gründlich inspiziert zu haben. Danach war er wortkarg geblieben. Er hatte sich an eins der Fenster gestellt, ihnen den Rücken zugekehrt und nachdenklich auf den Rhein hinuntergesehen. Mit Eschborns Tat hatte er nicht gerechnet, und sie gefiel ihm nicht, das war nicht zu übersehen. Max gefiel sie genauso wenig. Er glaubte keine Sekunde daran, dass sich damit das Problem Karpow schon in Luft aufgelöst hatte. Nicht nach dem, was Caro während der Fahrt über Eschborns Geschäfte und dessen Partner erzählt hatte. Die Geschichte war noch nicht vorbei.

Max sah hoch, als die beiden Polizisten nun aus Eschborns Arbeitszimmer zurückkehrten. Bei der Begrüßung vorhin hatte ihn der jüngere, Kommissar Baumann, nach einem kurzen Stutzen sogar wiedererkannt. Falls er sich daran störte, Max erneut im Zusammenhang mit einem gewaltsamen Todesfall anzutreffen, ließ er sich das nicht anmerken. Max konnte sich noch gut an das forsche Auftreten des Kommissars im Sommer erinnern, davon war im Moment nicht viel zu sehen. Im Gegenteil, Baumann nahm sich auffallend zurück, was bestimmt nicht an der Leiche nebenan lag. Wohl eher an Harry. Offensichtlich wusste Baumann von der privaten Liaison seiner Chefin mit ihm, schien sich aber über deren aktuellen Status nicht ganz im Klaren zu sein und lieber auf Nummer sicher gehen zu wollen, als irgendwo anzuecken. So, wie Max Hauptkommissarin Miriam Keller einschätzte, war das vermutlich keine schlechte Idee.

Bei ihrem Eintritt hatte Harry sich umgedreht und sah sie abwartend an, ohne ein Wort zu sagen.

Miriam blieb in der Nähe der Tür stehen. Gelassen betrachtete sie den großen Raum und nacheinander jeden der Anwesenden. Sie trug einen schlichten, gut sitzenden Wintermantel, darunter Jeans und einen dunklen Rollkragenpullover. Eine schmale, attraktive Frau in den Vierzigern, die ernst und zurückhaltend wirkte und vor allem klug. Wenn man länger mit ihr sprach, blitzte zuweilen ein ironischer Humor auf, der sie sehr anziehend machte, nicht nur für Harry. Die beiden hätten gut zueinander gepasst, fand Max, aber nach ein paar Monaten war die Beziehung dann doch in die Brüche gegangen. Über die näheren Umstände hatte Harry sich ausgeschwiegen, was ihm gar nicht ähnlich sah und nur zeigte, wie ernst die Affäre für ihn gewesen sein musste und vielleicht immer noch war. Miriam war öfter mit Harry in den »Geiger« gekommen, so hatte auch Max sie nach und nach näher kennengelernt. Am Ende waren sie sogar bei einem leicht reservierten Du gelandet.

Doch jetzt handelte es sich um eine offizielle Angelegenheit. Es ging um einen Toten, wieder einmal, und an die Stelle von Miriam war wieder die Hauptkommissarin Keller getreten. Sie nickte ihrem Kollegen kaum merklich zu.

Der räusperte sich und trat einen Schritt vor. »Wissen Sie, ob der Tote psychische Probleme hatte? Oder geschäftliche?«, fragte er in die Runde. Baumann trug ebenfalls Jeans und trotz des kalten Wetters nur eine kurze schwarze Lederjacke mit einem Hoodie darunter. Natürlich war er zu alt und zu verbeamtet für diese Aufmachung, aber noch jung genug, um das nicht zu merken. Wenigstens hatte er die Kapuze nicht übergezogen.

»Sie gehen also von einem Selbstmord aus«, sagte Harry.

Baumann warf einen schnellen Seitenblick auf die Kommissarin, die darauf nicht reagierte, sondern Harry nur ansah. »Selbstverständlich müssen wir das Ergebnis der forensischen Untersuchungen abwarten«, antwortete er, »aber vorläufig deutet nichts auf Fremdeinwirkung hin. Es gibt keine Kampf- oder Einbruchsspuren. Gestohlen wurde anscheinend nichts, auch der Wandtresor im Büro ist noch verschlossen und unbeschädigt. Die mutmaßliche Tatwaffe gehörte dem Toten, und seine Position sowie die Lage der Waffe legen nahe, dass er selbst damit geschossen hat. Unter Vorbehalt, wie gesagt, aber das alles deutet auf einen Suizid hin. Vielleicht eine verspätete Weihnachtsdepression, die sind gar nicht so selten. Es sei denn, Sie haben eine andere Erklärung.«

»Eschborn war nicht der Typ für einen Selbstmord«, erklärte Harry. »Auf mich wirkte er kein bisschen suizidgefährdet.«

»Wie gut kannten Sie ihn denn?«

»Ich habe einmal mit ihm gesprochen.«

»Aber Sie sind kein Experte, oder? Kein Psychologe?«

»Nein, darum geht es auch nicht. Es passt einfach nicht zusammen.«

»Was macht ihr eigentlich hier, Harry?«, schaltete sich die Kommissarin ein. »Du und Max?«

»Wir wollten mit ihm reden. Mit Eschborn.«

»Und verraten Sie uns auch, worüber?«, verschärfte Baumann seinen Ton.

»Sicher. Über den Tod von Mario Ebers.«

»Es gibt noch einen Toten?«

»Sogar zwei, fürchte ich.«

Miriam seufzte leicht. »Nein, tust du nicht.« Sie nahm ihre Baskenmütze ab, stopfte sie achtlos in eine der Manteltaschen und setzte sich ihm gegenüber in einen Sessel. »Dann lass mal hören!«

Harry holte aus und berichtete über Eschborns groß angelegtes Immobilienprojekt in der Eifel. Über Hillerbrocks Aufnahmen, die dieses Projekt gefährden konnten und bei Mario Ebers aufgetaucht waren, bis hin zu den mysteriösen hundertfünfzigtausend Euro auf dessen maltesischem Konto.

»Habe ich das richtig verstanden?«, fragte Baumann verwundert. »Sie behaupten, Eschborn wurde von diesem Mario Ebers mit Fotos erpresst und hat deshalb nicht nur ihn umgebracht, sondern auch noch den Fotografen dazu?«

»Darauf läuft es hinaus, ja.«

»Und das alles wegen ein paar Aufnahmen von irgendwelchen seltenen Vögeln?«

»Von Wanderfalken, richtig. Aber in erster Linie geht es um sehr viel Geld.«

»Eine ziemlich abenteuerliche Theorie, wenn Sie mich fragen. Vor allem fehlen die Beweise.«

»Zugegeben, es handelt sich bis jetzt nur um eine Theorie, aber sie ist die beste Erklärung für Ebers' Ermordung«, beharrte Harry unbeeindruckt.

»Schön«, sagte Miriam, »nehmen wir ruhig einmal an, dass du recht hast und sich tatsächlich alles um diese Fotos dreht.

Dann hätte Eschborn aber doch ein gutes Motiv für einen Selbstmord, meinst du nicht? Er hätte demnach zwei Morde auf dem Gewissen und musste dann erkennen, dass sie vollkommen sinnlos waren, weil die Fotos ja nun doch bekannt geworden sind, mit allen möglichen Folgen, die er verhindern wollte.« Sie streifte Caro mit einem Blick. »Und obendrein hat er auch noch seine Geliebte verloren. Menschen haben sich schon aus viel schwächeren Motiven das Leben genommen.«

»Es gibt keinen Abschiedsbrief.«

»Das kommt vor.«

»Ist aber auffallend. Jemand wie Eschborn hätte bestimmt noch ein letztes Statement abgegeben, bevor er sich erschießt. Vielleicht wurde alles nur so arrangiert, um einen weiteren Mord zu vertuschen.«

»Das werden Spurensicherung und Rechtsmedizin hoffentlich noch eindeutig klären können. Aber wie steht es mit dem Motiv? Wer hätte denn ein Interesse an einer solchen Inszenierung? Wer sollte Eschborn umbringen wollen und warum?«

»Van der Bock«, sagte Caro leise, »seine Leute könnten das getan haben.«

Miriam sah zu Harry hinüber, der ihre unausgesprochene Frage beantwortete. »Eschborns Anwalt.«

»Nein, er war nicht Heriberts Anwalt«, widersprach Caro. »Offiziell ist van der Bock zwar der Syndikus der Projektentwicklungsgesellschaft, das stimmt, aber eigentlich passt er nur auf das Geld der Russen auf.«

»Russen.« Baumann klang skeptisch.

»Unser Hauptinvestor ist eine Finanzgesellschaft aus Moskau. Die haben fast zwanzig Millionen in Aussicht gestellt, und ein Teil ist auch schon geflossen. Van der Bock vertritt deren Interessen.«

»Welche Moskauer Finanziers investieren denn zwanzig Millionen in der Eifel?«, wunderte sich Baumann.

»Das weiß ich nicht. Ich hatte nie direkt mit den Leuten zu tun, alles läuft über van der Bock. Aber ich weiß, dass Heribert Angst vor ihnen hatte. Vor ein paar Wochen gab es eine Auseinandersetzung zwischen ihm und van der Bock. Seitdem war Heribert verändert, sehr nervös und leicht reizbar, und in letzter Zeit ist es noch schlimmer geworden. Er hat immer mehr getrunken.«

»Worum ging es bei diesem Streit?«

»Das hat er nicht gesagt, aber ich glaube, dass Geld verschwunden ist, eine größere Summe, und dass Heribert daran schuld ist.«

»Sie meinen, er hat das Geld seiner Investoren unterschlagen?«

»Das war bestimmt nicht seine Absicht, auch wenn es natürlich für die so aussehen muss. Heribert hat einfach das Risiko falsch eingeschätzt und Pech gehabt.«

»Soll heißen?«

»Dass er sich an der Börse verspekuliert hat. Seine letzten Geschäfte mit Derivaten sind geplatzt, und er hat dabei sehr viel Geld verloren. Wie viel genau, weiß ich nicht, aber er war danach völlig fertig und hat den ganzen Abend über nur getrunken. Am nächsten Tag hat er sich dann mit van der Bock getroffen. Seitdem hatte er Angst. Ich glaube, er hat nicht nur sein eigenes Geld verspielt, sondern auch noch das der Russen und hatte nun Probleme mit der Rückzahlung.«

»Wollen Sie damit sagen, dass Eschborn bankrott war?«, fragte Harry.

»Nein, so weit würde ich nicht gehen. Allein mit dem Schwarzenbach-Projekt hätte er mehr als genug verdient, um alles wieder in Ordnung zu bringen.«

»Vorausgesetzt, es wird realisiert. Was jetzt, wo Hillerbrocks Aufnahmen nicht mehr unter Verschluss gehalten werden können, durchaus fraglich sein dürfte.«

Caro nickte. »Dann wäre es schwierig geworden.«

»Und das Geld der Investoren endgültig verloren.« Harry

setzte sich in einen der Sessel und lehnte sich zurück in das Polster. »Ich kann mir nur schwer vorstellen, dass die das so einfach hinnehmen. Für mich sieht das nach einem Motiv aus.«

»Klar, weil es Russen sind«, stimmte Baumann ironisch zu, »und denen bekanntlich ja alles zuzutrauen ist!«

»Nein, weil ich van der Bock einiges zutraue.«

»Du kennst ihn?«, fragte Miriam.

»Flüchtig. Aber einer seiner Männer ist heute schon auf Max losgegangen und hat anschließend einen Lift sabotiert, in dem Max und Caro unterwegs waren. Die beiden hätten leicht dabei erfrieren können, und ich glaube, genau das war auch beabsichtigt. Sein Name ist Karpow.«

Max berichtete von seiner Begegnung mit dem Russen auf der Piste, die nur dank Lissys unfreiwilligen Eingreifens nicht weiter eskaliert war.

»Und du bist dir sicher, dass der Mann dich angreifen wollte?«, fragte Miriam.

»Karpow hatte eine Pistole.« Dass die jetzt in seinem Rucksack steckte, behielt Max für sich, ohne genau zu wissen, warum.

Miriam sah ihn nachdenklich an. »Eine Pistole«, wiederholte sie langsam. Max begann, sich unter dem forschenden Blick unbehaglich zu fühlen, und war erleichtert, als es jetzt an der Wohnungstür klingelte.

»Muss das Team sein«, sagte Baumann und ging in den Flur, um die Spurensicherung hereinzulassen.

»Warum wundert mich das nicht? Ein einfacher Suizid wäre ja auch zu schön gewesen.« Miriam sah von Max zu Harry und stand dann mit einem Seufzen auf. »Ich werde mir die Akten über die beiden anderen Todesfälle kommen lassen und auch mit diesem Kollegen aus Schwarzenbach reden.«

»Herrmanns«, half Harry aus. »Polizeihauptmeister Paul Herrmanns. Er wirkt vielleicht etwas träge, aber das täuscht. Er ist ziemlich helle.«

Caro hatte ein paar Sachen gepackt und war dann von einer Freundin abgeholt worden, bei der sie vorübergehend wohnen konnte. Auch Harry und Max waren von Baumann hinauskomplimentiert worden. Der Kommissar schien über die zu erwartende Mehrarbeit wenig erfreut zu sein und machte dafür offenbar Harry persönlich verantwortlich. Nicht ganz zu Unrecht.

Inzwischen war es spät geworden. Harry schlug vor, die Rückfahrt in die Eifel auf den nächsten Tag zu verschieben. Max stimmte zu. Dass er so das für den Abend im »Sporthotel« angesetzte Kegelturnier verpassen würde, konnte er gut verschmerzen. Eine ruhige Nacht in den eigenen vier Wänden zog er bei Weitem vor, vor allem, wenn Karpow weit weg war. Falls Karpow weit weg war. Da lag das Problem. Vielleicht hatte der ja am Nachmittag auch schon in Köln zu tun gehabt. Van der Bocks Mann fürs Grobe.

»Glaubst du wirklich ernsthaft, dass jemand bei Eschborn nachgeholfen hat?«, fragte er.

Harry zuckte mit den Achseln. »Sagen wir es so: Ich kann mir nur schlecht vorstellen, dass Eschborn sich selbst erschossen haben soll, und bei *den* Geschäftspartnern würde mich nichts wundern.«

Das ging Max ähnlich. »Moskauer Investmentgesellschaft« klang ungefähr so seriös wie »altes sizilianisches Familienunternehmen«. Dass sie jemanden wie Karpow beschäftigten, passte ins Bild.

»Wie kann man sich nur mit solchen Leuten einlassen?«, wunderte sich Harry. »Und dann auch noch deren Geld verzocken? Ich weiß nicht, was verrückter ist: dass Eschborn offenbar mit der russischen Mafia Geschäfte gemacht hat oder dass die russische Mafia in der Eifel eine Skianlage baut.«

»Jetzt ja wohl nicht mehr.«

»Nein«, stimmte Harry zu. »Egal ob Mord oder Selbstmord, mit Eschborns Tod ist das Skiprojekt wohl begraben. Die Fotos sind jetzt öffentlich und müssen in dem Genehmigungsverfahren berücksichtigt werden, dafür wird Oskar schon sorgen. Das lässt sich nicht mehr verhindern, und offensichtlich wissen van der Bock und seine Investoren das. Das Gute daran ist, dass sich damit auch die Jagd nach den Fotos erledigt hat.«

»Nach den Fotos vielleicht, aber was ist mit der Jagd auf Erpresser? Oder auf Leute, die sie dafür halten könnten? Mich zum Beispiel. Karpow könnte es noch mal versuchen.«

»Unwahrscheinlich. Inzwischen muss van der Bock klar sein, dass wir nichts mit der Erpressung zu tun haben, sondern uns aus einem ganz anderen Motiv für die Fotos interessieren. Das wird ihm zwar auch nicht gefallen, aber der Schaden ist bereits angerichtet und lässt sich nicht mehr rückgängig machen. Eine weitere Aktion gegen uns wäre sinnlos. Wahrscheinlich ist Karpow schon längst auf dem Heimweg nach Mütterchen Russland.«

»Dein Wort in Gottes Ohr!«

»Außerdem dürfte van der Bock jetzt ganz andere Probleme haben. Spätestens, wenn er es mit Miriam zu tun bekommt.«

Der Benz hielt vor seiner Haustür. Als Max aussteigen wollte, klingelte Harrys Handy. »Das ist Herrmanns«, sagte Harry nach einem Blick auf das Display und schaltete den Lautsprecher ein. »Hallo, Paul, was gibt es?«

»Leider schlechte Nachrichten. Ich komme gerade aus dem Krankenhaus. Lena Könneke ist übel zugerichtet worden, die Freundin von Hillerbrock.«

»Wie schlimm ist es?«, fragte Harry und wechselte einen besorgten Blick mit Max.

»Ihr Kiefer ist angebrochen und ein Auge zugeschwollen. Aber sie hält sich gut. Wenn nicht ein Nachbar dazwischengegangen wäre, hätte es leicht noch schlimmer kommen können.«

»Was ist denn überhaupt passiert?«

»Sie wurde überfallen, als sie von der Arbeit nach Hause kam und gerade aus ihrem Wagen steigen wollte. Der Täter hatte es auf ihr Smartphone und einen Tablet-PC abgesehen, den sie mit ins Hotel genommen hatte. Sie hat sich gewehrt, und da ist es zu den Tätlichkeiten gekommen, der Kerl hat einfach zugeschlagen. Er trug eine Sturmhaube, die sein Gesicht verdeckte, aber Lena hat ihn trotzdem erkannt, sie ist sich absolut sicher. Der Mann wohnt nämlich seit ein paar Tagen im Hotel. Deshalb rufe ich auch an. Es handelt sich um einen der beiden Typen, die wir in der Bar gesehen haben. Nicht der Chauffeur mit dem Pferdeschwanz, sondern sein Kumpel, und er arbeitet ebenfalls für Eschborns Rechtsanwalt. Ein Russe, sein Name ist Oleg Karpow.«

»Ja, ich erinnere mich an den Mann«, sagte Harry und vermied es, Max dabei anzusehen. Er schien ein schlechtes Gewissen zu haben. Dabei war es gar nicht seine Schuld. Nicht er hatte Lena in Gefahr gebracht, sondern Max selbst. Und das hätte er wissen müssen.

»Luttke, der Nachbar, hat zufällig aus dem Fenster geschaut, als der Überfall stattfand, und ist ihr zu Hilfe geeilt«, berichtete Herrmanns weiter. »Keine Sekunde zu früh, würde ich sagen.«

»Der Mann hat sich mit diesem Karpow angelegt?«, fragte Harry mit deutlichem Respekt in der Stimme.

»Luttke legt sich mit jedem an, wenn es sein muss, auch wenn es ihn zwei gebrochene Rippen und ein blaues Auge kostet. Allerdings scheint er auch selbst ordentlich ausgeteilt zu haben. Luttke behauptet, dass er Karpows Nase mindestens ein Mal gebrochen hat. So, wie ich ihn kenne, stimmt das auch. Auf jeden Fall ist der Russe geflohen, mit den Geräten. Die Fahndung läuft.«

»Wann war das?«

»Vor einer knappen Stunde.«

Harry runzelte die Stirn. »Das verstehe ich nicht ganz«, sagte er.

»Hören Sie, Harry!«, mahnte Herrmanns eindringlich. »Es sieht so aus, als hätten Sie recht mit Ihrer Theorie: Es geht um die Aufnahmen des Fotografen. Lena sagt, dass auf ihrem Tablet die Fotodateien von Hillerbrock gespeichert waren und Karpow es darauf abgesehen hatte. Sie sagt außerdem, dass sie schon einem anderen Hotelgast Kopien davon gegeben hat. Könnte es sein, dass Ihr Undercoveragent dort Max Cremer heißt?«

»Tut er.«

»Dann sagen Sie ihm, dass er um Himmels willen vorsichtig sein soll! Wenn dieser Karpow wirklich nach den Aufnahmen sucht, könnte er sich auch an ihn halten.«

»Das hat er schon getan. Aber es ist nichts weiter passiert.« Harry berichtete knapp über den Zusammenstoß, den Max mit Karpow auf der Piste gehabt hatte, und auch über den Zwischenfall auf Oskars Sessellift.

»Das heißt nichts, es muss ja nicht bei einem einzigen Versuch bleiben. Der Mann ist gefährlich. Also halten Sie sich zurück, solange Karpow noch frei herumläuft! Das gilt für Sie beide.«

Damit beendete Herrmanns das Gespräch. Harry steckte kommentarlos sein Handy ein.

»Nichts passiert?«, fragte Max. »Das nennst du ›nichts passiert‹? Caro hätte sich den Hals brechen können!«

»Hat sie aber nicht, und du auch nicht.«

»Wir hatten Glück.«

»Ja, mag sein. Hillerbrocks Freundin leider nicht.« Harry atmete tief ein. »Das hätte nicht passieren dürfen!«

»Es ist meine Schuld, ich weiß.« Was sollte Max auch sonst dazu sagen?

»Nein, ich hätte genauso daran denken müssen. Es war doch klar, dass sie auch auf der Liste stand, ganz oben sogar. Immerhin war sie es doch, die dir Hillerbrocks Dateien übergeben hat. Karpow muss das gesehen haben, so ist er ja auf dich gekommen. Nur verstehe ich nicht, warum er sie *jetzt* noch überfällt, nach Eschborns Tod. Das ergibt keinen Sinn. Die Fotos haben doch keinerlei Bedeutung mehr.«

»Vielleicht ging es dabei gar nicht in erster Linie um die Fotos. Vielleicht ist van der Bock ja einfach nur nachtragend.«

»Das wäre eine Erklärung«, stimmte Harry zögernd zu. Es sah nicht danach aus, als würde sie ihm gefallen.

Max gefiel sie auch nicht. Er stieg aus, nickte Harry zu und ging ins Haus. Die Wohnungstür schloss er zweimal hinter sich ab. Viel half es nicht.

Bylandt fuhr weiter nach Ehrenfeld. In der Stammstraße fand er tatsächlich einen freien Parkplatz und sparte sich den Umweg in die Garage. Für so viel Schnee war Ehrenfeld schlecht ausgelegt. Auf dem Bürgersteig blieb nur ein enger Streifen begehbar, zum Bordstein hin türmte sich ein hoher, schmutzig weißer Wall und blockierte die Türen der geparkten Autos. Manche von ihnen waren dick eingeschneit, als wären sie seit Wochen nicht mehr bewegt worden. Nachbarn hatten aus Gefälligkeit den schmalen Abschnitt vor dem Haus gleich mit freigeschaufelt. Es waren zwar nur drei Meter, aber er durfte nicht vergessen, sich dafür zu bedanken. Bylandt schloss die rote Tür auf und betrat Igors Haus. Das war es für ihn immer noch, Igors Haus, und vermutlich würde es das auch bleiben.

Im Inneren hatte sich nicht viel verändert. Bylandt war noch nicht dazu gekommen. Das Haus war nach wie vor bis obenhin vollgestopft mit allem Möglichen, das Igor über Jahrzehnte angesammelt und dann ihm vermacht hatte. Es mussten Tonnen sein. Irgendwo hatte Bylandt kürzlich gelesen, dass der Mitteleuropäer im Durchschnitt elftausend Dinge besaß. Oder waren es vierzehntausend? Egal, für beide Zahlen hätte Igor nur ein müdes Lächeln übriggehabt.

Aber es lag nicht wirklich an der Arbeit, das war Bylandt natürlich klar. Er brachte es einfach nicht übers Herz, Igors Haus leer zu räumen. Jedenfalls noch nicht.

Das Gebäude war völlig ausgekühlt. Es gab keine Zentralheizung, ein Ofen auf jeder Etage hatte Igor genügt. Bylandt stieg die schmale Treppe hinauf in den zweiten Stock, in dem

Igor gewohnt hatte. Die beiden unteren Stockwerke hatte er nur als Lager benutzt. Als Erstes legte er ein paar große Holzscheite in den amerikanischen Kaminofen und zündete sie an. Anschließend bediente er sich bei Igors noch verbliebenen Alkoholvorräten, um auch für die nötige Wärme von innen zu sorgen. Mit einem doppelten Ricard ließ er sich auf das Sofa nieder, legte die Füße auf den Couchtisch und starrte versonnen in die Flammen. Allmählich wurde es tatsächlich wärmer. Bylandt stand auf, um sich nachzuschenken. Dann holte er seinen Laptop und steckte den USB-Stick mit Hillerbrocks Aufnahmen ein, den Max ihm gegeben hatte.

ZEHN

Das Klingeln hörte einfach nicht auf. Bylandt schreckte hoch und bewegte vorsichtig seine schmerzende Schulter. Er musste auf dem Sofa eingeschlafen sein. Es war stockfinster und empfindlich kalt. Das Feuer im Ofen war längst niedergebrannt. Ächzend tastete er nach seinem Handy und meldete sich.

Es war Miriam. »Setz schon mal Kaffee auf«, kommandierte sie, ohne sich für die Störung zu entschuldigen, »ich bin in einer halben Stunde bei dir. Und sag Max Bescheid, ihn betrifft es auch.« Dann unterbrach sie die Verbindung.

Bylandt sah auf die leuchtende Uhranzeige. Halb acht. Miriam hatte ihn mitten in der Nacht aus dem Schlaf geholt und nicht einmal nach Schadenfreude geklungen. Also hatte er richtiggelegen.

»Es ist wohl besser, wenn ich etwas weiter aushole«, begann Harry, nachdem alle mit Kaffee versorgt waren. »Unsere Theorie, was den Tod von Mario Ebers angeht, muss nämlich korrigiert werden, fürchte ich.«

»Du meinst, deine Theorie«, präzisierte Max. »Die Theorie, wegen der ich mich mit Russen und Singles herumschlagen durfte und beinahe erfroren wäre.« Er angelte ein Schokocroissant aus der großen Papiertüte auf dem Couchtisch und biss hinein. Hinter ihm lag eine unruhige Nacht. Viel geschlafen hatte er nicht, der Gedanke an Karpow irgendwo da draußen hatte das Einschlafen nicht gerade erleichtert, und er war auch sehr früh wieder aufgewacht, alles andere als erholt und ausgeruht. Nach Harrys Anruf vorhin hatte er sich beeilt, unterwegs noch brav den befohlenen Schlenker zum Bäcker absolviert und war vollbepackt mit Backwerk fast gleichzeitig mit Miriam eingetroffen. Sie war allein gekommen, ohne Kommissar Baumann.

»Wie auch immer«, schob Harry den Einwand lässig zur Seite, »sie stimmt nicht, diese Theorie. Das heißt, eigentlich stimmt sie schon.«

Max sah hinüber zu Miriam. Sie saß in der Ecke des Sofas, möglichst weit weg vom Ofen und der bulligen Hitze, die er ausstrahlte, und betrachtete amüsiert das Porträt von John Wayne als Sheriff auf ihrem Kaffeebecher. Das letzte noch übrig gebliebene Teil aus Igors alter »Rio Bravo«-Serie. Es hatte auch noch Becher mit Bildern von Dean Martin und Angie Dickinson gegeben, sogar von Walter Brennan, erinnerte sich Max, aber die waren schon vor Jahren zu Bruch gegangen. Nur John Wayne hatte überlebt. Bei Harrys etwas kryptischer Aussage seufzte Miriam leicht, als wäre sie nicht im Mindesten überrascht, und sah ihn wortlos an.

»Was denn nun?«, fragte Max, da Harry nicht weitersprach, sondern den Inhalt der Bäckereitüte einer ausgiebigen Musterung unterzog. »War Ebers ein Erpresser oder nicht? Und ist er deswegen umgebracht worden oder nicht?«

»Doch, doch. Ebers *war* ein Erpresser, und deshalb wurde er auch umgebracht. So weit stimmt die Theorie.« Nach sorgfältiger Prüfung entschied sich Harry für ein goldgelbes Weckchen und betrachtete es zufrieden. »Die Frage ist nur, wen er erpresst hat und womit.«

»Ich dachte, das wäre klar? Eschborn mit den Falkenaufnahmen.«

»Danach sah es aus, richtig. Musste es ja«, stimmte Harry generös zu. »Ich meine, Eschborn war durch die Fotos erpressbar, deshalb hat er ja schon Hillerbrock mit einem Buchauftrag gekauft. Wovon Ebers wusste, das steht fest. Genauso, dass er Hillerbrocks Fotodateien in seinen Besitz gebracht hat. Außerdem wissen wir, dass er ein Offshore-Konto eingerichtet hatte, auf das kürzlich anonym hundertfünfzigtausend transferiert worden sind. Das riecht geradezu nach Erpressung, und die Verbindung zu Eschborn drängt sich natürlich auf. Wenn man dann noch bedenkt, dass er nicht einfach unglücklich aus dem Lift gefallen ist, kommt man fast zwangsläufig auf einen bestimmten Verdacht: Ebers hat Eschborn mit den Falkenaufnahmen erpresst, ist dabei aufgeflogen und hat seine Gier mit dem Leben bezahlt.«

»Wo ist das Problem?«

»Nun, die zehntausend für Hillerbrock mögen angemessen gewesen sein, vielleicht auch noch die hundertfünfzigtausend für Ebers. Aber ein Mord? Oder sogar zwei, wenn man Hillerbrocks ›Unfall‹ mitrechnet? Sind die Fotos das wirklich wert, oder sind sie dafür als Motiv nicht doch ein wenig dünn? Das hat mich übrigens von Anfang an etwas gestört.«

»Was du bisher aber geschickt verborgen hast«, warf Max ein. Miriam verzog den Mund zu einem winzigen Lächeln, doch Harry knabberte unbeeindruckt an seinem Weckchen und nickte.

»Sicher, es gab ja immer die ominösen russischen Investoren im Hintergrund, die das mit dem Motiv möglicherweise nicht so eng sehen und vielleicht generell nicht gern erpresst werden und so etwas auch nicht einfach auf sich beruhen lassen.«

»Genau so würde ich Karpow einschätzen!«

»Und dann hat Caro auch noch von Eschborns finanziellen Problemen berichtet, dass er das Geld seiner Investoren, also *dieser* Investoren, unterschlagen hatte. Wenn das ›Schneeparadies Schwarzenbach‹ folglich so etwas wie die letzte Rettung für Eschborn war, erklärte das natürlich, warum er unbedingt Hillerbrocks Aufnahmen unter Verschluss halten musste, koste es, was es wolle! Auch ohne die persönliche Komponente, dass Ebers ihm zusätzlich noch die Geliebte ausgespannt hat, wäre das tatsächlich ein starkes Motiv gewesen, notfalls über Leichen zu gehen, um die Falkengeschichte zu unterdrücken. Wohlgemerkt: gewesen. Denn nicht zuletzt dank unserer Aktivitäten liegen die Karten nun offen auf dem Tisch, und das lässt sich nicht mehr rückgängig machen. Oskar hat deswegen schon die Landschaftsbehörde kontaktiert. Es ist eher unwahrscheinlich, dass jetzt noch so ohne Weiteres die

Genehmigung für die Anlage erteilt wird. Das scheinen andere auch erkannt zu haben, wie Eschborns Tod zeigt. Entweder hat er selbst nicht mehr an die Realisierbarkeit geglaubt oder die Russen, die dann ihren Verlust abgeschrieben haben.«

Miriam wollte etwas entgegnen, doch Harry hob abwehrend eine Hand. »Ob es sich dabei um Suizid oder Mord handelt, ist dafür letztlich nicht entscheidend, denn so oder so spielen die Falkenfotos jetzt keine Rolle mehr. Zumindest sollte man das denken. Aber gestern Abend hat es in Schwarzenbach einen Vorfall gegeben, der nur schlecht in dieses Szenario passt. Genau genommen gar nicht.«

Harry berichtete Miriam von Karpows Überfall auf Hillerbrocks Freundin Lena. Sie verstand sofort, worauf Harry hinauswollte.

»Steht denn zweifelsfrei fest, dass es dabei um die Fotodateien ging?«, fragte sie nachdenklich.

»Laut Herrmanns ja. Offenbar hat Karpow sogar ausdrücklich nach ihnen gefragt und von Hillerbrocks Freundin wissen wollen, wem außer Max sie sonst noch Kopien davon gegeben hätte. Sie sagt, niemandem.«

Max atmete tief ein. »Na toll, damit stehe ich dann wohl als Einziger auf der Liste.«

»Zumindest weit oben«, stimmte Harry zu, ohne das geringste Schuldgefühl zu zeigen. »Das Merkwürdige an dem Überfall ist der Zeitpunkt: Er hat erst einige Stunden nach dem Tod von Eschborn stattgefunden. Dass Karpow möglicherweise nicht auf dem neuesten Stand gewesen ist, können wir wohl ausschließen, eine reine Strafaktion auch. Was bedeutet, dass er und van der Bock immer noch hinter Hillerbrocks Aufnahmen her sind, und ich habe mich gefragt, warum. Der Grund dafür kann eigentlich nicht mehr das Falkenmotiv sein.«

»Das stimmt, trotzdem müsste er etwas mit den Aufnahmen zu tun haben«, sagte Max. »Vielleicht hat Hillerbrock noch etwas anderes fotografiert, was er nicht hätte fotografieren dürfen.«

»Zu diesem Schluss bin ich auch gekommen. Nur, was außer einem prächtigen Falco peregrinus zur falschen Zeit am falschen Ort könnte an den Fotos noch brisant sein? So brisant, dass deswegen Leute umgebracht werden? Das ist die Preisfrage.« Harry lehnte sich zurück. »Also habe ich gestern Abend die Dateien auf dem Stick gesichtet. Alle eintausendzweihundertsechsunddreißig.« Er ließ die Zahl nachwirken und schien eine angemessen beeindruckte Reaktion zu erwarten, die allerdings ausblieb.

»Und?«, fragte Max nur.

»Eins kann ich sagen, Hillerbrock verstand sein Handwerk, und er war ausgesprochen penibel. Mir war vorher gar nicht bewusst, aus wie vielen unterschiedlichen Perspektiven man einen Felsen oder einen Baum aufnehmen kann und auch muss, damit ein gutes Foto daraus wird. Obwohl es natürlich auch denkbar wäre, dass es verschiedene Bäume und Felsen waren, so genau lässt sich das nicht immer sagen. Allein die Belichtung ist schon eine Kunst für sich und –«

»Harry!«, unterbrach ihn Miriam.

»Schon gut, schon gut. Ich wollte damit nur zum Ausdruck bringen, wie extrem beschränkt Hillerbrocks Motivauswahl ist und in geradezu demonstrativer Weise Menschen nicht mit einschließt. Umso mehr fällt deshalb eine Reihe von seltsamen Aufnahmen aus dem Rahmen, auf die ich erst gegen Ende der Sichtung gestoßen bin. Seltsam nicht nur, weil darauf überhaupt Menschen zu sehen sind, sondern weil es sich dabei um unseren Herrn van der Bock handelt. Im Hintergrund kann man seinen Wagen und den Chauffeur erkennen, sie stehen dort auf einem Waldparkplatz, anscheinend sehr idyllisch gelegen. Wie alles andere hat Hillerbrock auch van der Bock im Freien fotografiert, gewissermaßen in der Natur, aber der Mann wirkt in seinem Dreiteiler auffallend fremd und unpassend in dieser Umgebung. Vielleicht hat Hillerbrock das ähnlich empfunden und nur deshalb fotografiert, wer weiß? Van der Bock war nicht allein da draußen, in der Wildnis hatte offenbar ein diskretes Treffen stattgefunden. Je länger ich mir die Aufnahmen davon angesehen habe, desto stärker wurde das Gefühl, dass sie womöglich viel wichtiger sein könnten als die Falkenbilder. Aber weshalb? Also habe ich heute Nacht eine davon an Miriam geschickt.«

Und jetzt, nur ein paar Stunden später, saßen sie alle hier, herbeizitiert von der Kommissarin. Offenbar hatte Harry ins Schwarze getroffen.

Miriam setzte ihre Tasse ab. »Der Mann, mit dem sich van der Bock da im Wald getroffen hat, ist ein Russe und heißt Juri Orlowski«, sagte sie ruhig.

»Das nenne ich eine schnelle Identifizierung!«, gratulierte Harry.

»Nicht mein Verdienst. Solange die Umstände von Eschborns Tod noch nicht eindeutig geklärt sind, ermitteln wir in alle Richtungen, was selbstverständlich auch seine Geschäftspartner einschließt. Zumal sich gewisse Personen bezüglich der russischen Investoren von Eschborn in wilde Spekulationen verstiegen haben. Ich glaube, in diesem Zusammenhang ist sogar das Wort ›Mafia‹ gefallen. Deshalb habe ich die Datei heute Morgen an einen zuständigen Kollegen im BKA weitergeleitet, nur um sicherzugehen. Von ihm stammt die Information. Er hat mich sofort zurückgerufen, nachdem das Foto bei ihm angekommen war.«

»Irgendwie beruhigend, dass unser Beamtenapparat auch schnell arbeiten kann.«

»Nicht unbedingt. Achim ist ein alter Freund von mir, wir kennen uns von gemeinsamen Lehrgängen her. Er hat bei mir angerufen, um mich zu warnen.«

Harry nickte langsam. »In Ordnung, das ›beruhigend‹ ziehe ich zurück.« Er stand auf und holte einen Stoß DIN-A4-Blätter, die auf dem kleinen Sekretär gelegen hatten. Offenbar handelte es sich um Ausdrucke von Hillerbrocks Fotodateien. Harry legte sie auf den Tisch und zeigte auf das oberste Blatt. »Schön. Mit wem haben wir es denn zu tun?«

Max beugte sich vor, um das Foto besser sehen zu können. Die Abbildung zeigte einen unauffälligen Mittvierziger mit kurz geschnittenem, schütterem Haar in einem normalen Geschäftsanzug. Er passte genauso wenig wie van der Bock in das Freiluftambiente, aber nichts deutete darauf hin, dass der Mann gefährlich sein könnte.

»Juri Orlowski arbeitet für einen russischen Oligarchen, dem ein weitverzweigtes Firmenimperium gehört, schwer reich«, erklärte Miriam. »Orlowski gilt als dessen rechte Hand und sitzt im Vorstand von mehreren dieser Unternehmen und Gesellschaften. Die Geschäftsfelder sind breit gestreut, vom Bergbau über Transportwesen, Bauwirtschaft bis hin zu Rüstungsunternehmen ist alles dabei, sogar eine eigene Bank. Wobei das nur der offizielle Teil ist, gewissermaßen die Spitze des Eisbergs. Daneben weiß das BKA noch von Dutzenden Unternehmungen, in die die Organisation involviert ist, ohne dass die in den Bilanzen auftauchen. Und mit Sicherheit gibt es noch weitaus mehr, von denen das BKA nichts weiß. Dass zum Beispiel eine bestimmte Moskauer Investmentfirma, die in der Eifel ein Immobilienprojekt finanziert, offenbar auch dazugehört, war bisher nicht bekannt.«

»Ich finde es eher bemerkenswert, dass das BKA überhaupt über solche Informationen verfügt«, wunderte sich Harry.

»Dafür gibt es einen Grund. Es besteht der Verdacht, dass die Organisation über Mittelsmänner und Zwischenhändler in großem Stil mit dem IS Geschäfte gemacht hat, als der noch irakische Ölfelder kontrolliert hat. Man konnte damals nichts nachweisen, dafür ist das Firmengeflecht anscheinend zu undurchsichtig, und es ging bei diesem Geschäft vermutlich auch nicht vorrangig darum, islamistischen Terror zu finanzieren, auch wenn das de facto geschehen ist, sondern nur um Geld. Aber seitdem interessieren sich die Dienste für alles, was mit der Organisation zu tun hat. Anscheinend werden von ihr erhebliche Summen in die EU geleitet, verstärkt auch nach Deutschland, was die Kollegen mit Sorge beobachten. Deshalb wollen sie natürlich wissen, ob und was Orlowski mit dem gewaltsamen Tod eines Immobilienentwicklers aus der Eifel zu tun haben könnte. Das BKA ist vor allem an der Verbindung zu van der Bock interessiert. Seine Kanzlei ist bisher offenbar noch nicht mit Orlowski in Zusammenhang gebracht worden. Sie wollen alle Aufnahmen von diesem Treffen sehen.«

Harry sah Miriam nachdenklich an. »Nur deshalb hat dich dein Kollege aber nicht angerufen, oder?«, fragte er.

»Nein. Er macht sich Sorgen, dass es mir ähnlich gehen könnte wie einigen osteuropäischen Kollegen, die gegen Orlowski ermittelt haben. Sie sind tot. Einer ist unglücklich aus dem Fenster gestürzt, zwei andere sind bei einem Bootsausflug ertrunken. Und eine Journalistin, die über Orlowski recherchiert hatte, ist erschossen worden. Es sollte nicht einmal nach Unfall aussehen. Davor hat mich Achim gewarnt, und diese Warnung gebe ich nun an euch weiter. Ab sofort haltet ihr beide euch raus!«

»Dazu dürfte es jetzt wohl etwas zu spät sein, meinst du nicht? Wir haben die Aufnahmen, und die wissen das. Wenn ich recht habe und es bei der Erpressung von Anfang an um diese Fotos ging, hängen wir schon mit drin. Ziemlich tief sogar, würde ich sagen.«

»War Eschborn eigentlich bei diesem Treffen dabei?«, fragte Max.

»Nein. Zumindest ist er nicht auf den Fotos zu sehen.«

»Dann kann Ebers ihn auch nicht damit erpresst haben.«

»Sage ich ja. Da haben wir eben falschgelegen. Ebers hatte es gar nicht auf Eschborn abgesehen. Jemand anderes war sein Opfer.«

»Da bliebe doch nur noch van der Bock, aber das passt auch nicht. Er trifft sich diskret mit einem zwielichtigen russischen Geschäftsmann, das ist alles. Wenn das bekannt würde, bekäme das Renommee seiner noblen Kanzlei vielleicht ein paar Kratzer, aber das Treffen ist kein Verbrechen. Nichts, weshalb man Leute umbringen müsste.«

»Sehe ich auch so«, stimmte Harry zu. »Ich denke, der dritte Mann ist das Problem.«

Miriam setzte sich auf. »Welcher dritte Mann?«, wollte sie wissen und klang ziemlich angefressen.

»Orlowski und van der Bock waren nicht allein bei dem Treffen«, erklärte Harry zügig, »es gab noch einen dritten Beteiligten.« Er schob die Blätter auseinander und suchte eine Aufnahme heraus, auf der drei Männer zu sehen waren, die auf dem Waldparkplatz beieinanderstanden und sich unterhielten, alle im Anzug.

»Und damit kommst du erst jetzt an?« Miriam schien sich nur mühsam beherrschen zu können. »Warum hast du mir von ihm kein Foto geschickt?«

»War nicht nötig, ich weiß ja, wer das ist.« Harry wies mit einer bühnenreifen Bewegung auf ein weiteres Foto, das mit stärkerem Zoom aufgenommen war und deutlich das Gesicht des Mannes erkennen ließ. »Darf ich vorstellen? Dr. Helmut Kröger-Eckstein.«

»Muss man den kennen?«, fragte Max, da Miriam stumm blieb und Harry nur finster ansah. Weder der Name noch das Gesicht des dritten Mannes sagten ihm etwas. Miriam schien es genauso zu gehen.

»Nein, muss man nicht, aber das hätte er vermutlich gern. Ich habe ihn auch nur erkannt, weil ich erst kürzlich über ein Foto von ihm gestolpert bin.« Harry stand auf und ging hinüber zum Sekretär, wo sein Cordsakko über der Stuhllehne hing. Aus der Innentasche zog er ein dünnes, einmal gefaltetes Heft heraus, legte es auf die Couchtischplatte und strich es glatt. Max erkannte die Werbebroschüre für das »Schneeparadies Schwarzenbach«, die auch in seinem Hotel ausgelegen hatte. Es war ihm vorher nicht weiter aufgefallen, dass auf der zweiten Seite ein professionell freundlich lächelnder Herr abgebildet war, bei dem es sich laut Bildunterschrift um Dr. Helmut Kröger-Eckstein handelte und der in seinem knappen Grußwort versprach, sich weiterhin mit aller Kraft für das

Projekt und die Region einzusetzen. Es bestand kein Zweifel, dass er der dritte Mann bei dem Treffen war. Harry hatte recht.

»Auch das noch!« Miriam stöhnte leise auf und ließ sich zurück in das Polster sinken. »Ein Staatssekretär.«

Harry schien damit keine Probleme zu haben, im Gegenteil. »Damit bekommt die Sache Hand und Fuß, nicht wahr?«, verkündete er sichtlich zufrieden. »Der gute Dr. Kröger-Eckstein! Ich habe im Netz etwas über ihn recherchiert. Der Mann ist auf dem Weg nach oben, die Position eines Staatssekretärs in einer Landesregierung ist nur eine Etappe. Er soll demnächst nach Brüssel wechseln. Angeblich ist er für einen Direktionsposten bei der Kommission gesetzt. Damit wird er zu einem mächtigen Mann werden, vor allem, wenn es um die Verteilung von Geld geht, und wir reden hier über sehr viel Geld. Genug, dass sich sogar ein russischer Oligarch für ihn interessiert.«

»Das macht es nicht besser.«

»Aber verständlicher. So wie ich das sehe, haben wir hier Aufnahmen, die einen russischen Mafiaboss – das kann man doch so sagen, oder?«, fragte er mit einem Seitenblick auf Miriam.

»Wir reden lieber von ›organisierter Kriminalität‹.«

»Verstehe. Also Aufnahmen, die einen russischen Mafiaboss und noch dazu mutmaßlichen Terrorfinanzier zusammen mit einem deutschen Staatssekretär bei einem offensichtlich konspirativen Treffen in der Eifel zeigen.« Harry schlug die Beine übereinander. »Das muss man sich auf der Zunge zergehen lassen!«

Genau das schien Miriam gerade zu tun, ohne großen Geschmack daran zu finden.

»Was immer dort besprochen worden ist«, fuhr Harry fort, »selbst wenn es tatsächlich nur um einen neuen Skilift gegangen wäre, was ich bezweifeln möchte – allein das Treffen dürfte für unseren Staatssekretär schon äußerst kompromittierend sein.«

»Was noch vorsichtig formuliert ist«, stimmte Miriam missmutig zu.

»Dann stellt sich die Frage, wie weit gewisse Leute gehen würden, um dieses Treffen zu vertuschen. Womit wir bei einem Motiv wären, das einen oder auch zwei Morde wesentlich überzeugender erklären könnte als Fotos von brütenden Wanderfalken. Zumindest, soweit es mich betrifft.«

Miriam widersprach nicht. Sie hatte die Augen zusammengekniffen und sah verdrossen auf die Fotos hinunter. Offenbar leuchtete auch ihr die Argumentation ein, und sie schien darüber alles andere als glücklich zu sein.

»Und wie wir inzwischen wissen«, erklärte Harry leichthin, während er sich ein weiteres Weckchen nahm, »hätten unser Russe und van der Bock auch die geeigneten Leute dafür.«

»Du meinst diesen Karpow«, sagte Miriam, ohne ihren Blick zu heben.

»Unter anderem. Es gäbe da auch noch van der Bocks Chauffeur. Wobei ›Chauffeur‹ vermutlich nur unvollständig dessen Stellenbeschreibung abdeckt.«

»Aber warum erst jetzt?«, fragte Max. »Die Aufnahmen sind doch schon im Frühjahr oder Frühsommer gemacht worden. Warum haben sie über ein halbes Jahr gewartet, bis sie darauf reagieren?«

»Das habe ich mich auch gefragt und bin nur auf eine einzige plausible Lösung gekommen.« Bevor Harry sich herabließ, diese seinem ehrfurchtsvoll lauschenden Publikum mitzuteilen, musste er erst noch den Rest seines Weckchens mit einem Schluck Kaffee hinunterspülen. »Sie haben nicht gewartet«, erklärte er dann schlicht. »Was bedeutet, dass noch bis vor Kurzem niemand von diesen Aufnahmen gewusst haben kann.«

»Abgesehen von Eschborn, meinst du wohl. Und natürlich von Hillerbrock selbst«, wandte Max ein, doch darauf hatte Harry eine passende Antwort parat.

»Nein, Hillerbrock hat die Fotos zwar gemacht, sich aber nicht weiter darum gekümmert und sie offenbar auch niemandem gezeigt, jedenfalls niemandem, der etwas damit anfangen konnte. Dass sie nicht schon längst gelöscht worden sind, ist vielleicht nur ein unglücklicher Zufall, mehr nicht. Ich glaube, er hat nie erfahren, was er da eigentlich fotografiert hatte. Mit Sicherheit ist er damit nicht zu Eschborn gegangen, denn dann wäre alles Folgende schon viel früher passiert. Weshalb auch Eschborn ausfällt, er wusste nichts von diesen Bildern hier. Bei seinem Deal mit Hillerbrock ging es ihm nur um die leidigen Falkenaufnahmen. Dass es da noch andere Fotos geben könnte, die wesentlich bedrohlicher sind, scheint ihm gar nicht in den Sinn gekommen zu sein. Wozu auch? Er war bei dem Treffen nicht dabei. Wahrscheinlich wusste er nicht einmal, dass es überhaupt stattgefunden hat, sondern hat erst im Nachhinein davon erfahren, als nämlich plötzlich Fotos davon auftauchten und jemand hundertfünfzigtausend Euro dafür haben wollte.«

»Mario Ebers.«

»Ganz genau. Anders als Hillerbrock konnte der mit den Fotos etwas anfangen.«

»Und zwar als Erster«, stimmte Max nachdenklich zu. »Das käme hin.«

»Ich nehme an, die beiden haben sich im Hotel näher kennengelernt, sie waren ja quasi Stammgäste dort. Außerdem kamen beide aus Köln und waren ungefähr im gleichen Alter, das reicht schon. Natürlich hat Hillerbrock ihm voller Stolz von dem geplanten Fotoband erzählt und ihm seine Arbeiten gezeigt. Das machen begeisterte Fotografen für gewöhnlich. Durch seine Verbindung zu Caro wusste Ebers allerdings, worum es bei dem Auftrag in Wahrheit ging, nämlich nur um die Falkenfotos. Und wenn Eschborn dafür so viel Geld bezahlt hatte, würde er vielleicht auch noch mehr zahlen, dürfte Ebers sich gedacht haben und wollte ebenfalls Kasse machen, er brauchte ja dringend Geld. Deshalb hat er den USB-Stick von Hillerbrocks Freundin geklaut, um Eschborn mit den Falkenfotos zu erpressen. Das war der Plan. Aber bei der Durchsicht der Dateien ist er dann auf den Schatz gestoßen. Wahrscheinlich hat er den Staatssekretär erkannt und sich den Rest zusammengereimt. Von Caro hat er bestimmt einiges über die russischen Investoren gehört, genug, um zu erkennen, dass dieses Treffen nicht koscher war.« Harry strich ein paar Krümel von seiner Hose. »Er soll ja irgendwie clever gewesen sein, heißt es. Aber Paul konnte ihn natürlich auch nicht ausstehen.«

»Also lässt Ebers seinen ursprünglichen Plan mit Eschborn fallen und hält sich an den Staatssekretär«, setzte Max den Gedanken fort.

Harry nickte. »Weil dort mehr zu holen ist. Öffentliche Person und so weiter. Unser Dr. Kröger-Eckstein hat auch brav bezahlt, wie es aussieht. Vielleicht nicht aus eigener Tasche, denn selbstverständlich hat er van der Bock über die Situation informiert. Ich nehme an, dass Eschborn erst bei dieser Gelegenheit von dem Treffen und den Fotos davon erfährt und nun seinerseits von Hillerbrock und den Falken berichtet, was wiederum für van der Bock neu gewesen sein dürfte. Sonst wären die hundertfünfzigtausend erst gar nicht geflossen, die Verbindung zu Hillerbrock ist ja nicht zu übersehen. Die Fotos tragen eindeutig seine Handschrift, Ort und Zeit passen auch – dass sie von Hillerbrock stammen und er das Treffen fotografiert hat, steht außer Zweifel. Selbstverständlich muss van der Bock nun annehmen, dass damit auch schon der Erpresser identifiziert ist, und lässt ihn kurzerhand umfahren. Zur Sicherheit holen seine Leute anschließend noch sämtliche Dateien aus Hillerbrocks Wohnung, die sie finden können.«

»Nur hat er den Falschen erwischt.«

»Was sie auch schnell gemerkt haben. Wahrscheinlich gab es eine neue Geldforderung, nach und trotz Hillerbrocks Tod. Wie sie auf Ebers gekommen sind, weiß ich noch nicht, aber irgendwie haben sie es geschafft. Vielleicht konnten sie das maltesische Konto identifizieren. Ich könnte mir vorstellen, dass jemand wie Orlowski da über andere Möglichkeiten verfügt als ein Polizeihauptmeister Paul Herrmanns aus Schwarzenbach.«

»Oder Karpow hat im Hotel das auffallende Interesse von Ebers für Hillerbrocks Arbeiten bemerkt und etwas unternommen. So, wie er es auch bei mir versucht hat.«

Miriam seufzte. »Zu viel Konjunktiv und ›vielleicht‹ für meinen Geschmack. Aber die Kollegen sollten diese Aufnahmen hier so schnell wie möglich bekommen.« Sie stand auf und zückte ihr Smartphone. »Dein Rechner ist hoffentlich ansprechbar?«

»Für dich jederzeit!«, beteuerte Harry mit einem charmanten Lächeln. Er war an den Sekretär getreten und klappte seinen Laptop auf.

Miriam schickte alle Fotodateien, auf denen Orlowski zusammen mit dem Staatssekretär zu sehen war, an ihren Bekannten vom BKA und auch an ihren eigenen Dienstrechner. Anschließend tippte sie eine Rufnummer ein und drehte sich halb zur Seite. »Hi, Miriam hier. Ich habe dir gerade noch mehr Fotos geschickt. Es gab noch eine weitere Person bei dem Treffen ... genau ... ja, ich weiß, wer das ist ... gefällt mir auch nicht ... ja ... ja! ... Keine Sorge, ich bin schon ein großes Mädchen!« Sie verzog unwillig ihr Gesicht, während sie das Smartphone wieder einsteckte.

»Wie geht es jetzt weiter?«, wollte Harry wissen.

»Für euch gar nicht, und ich bin erst einmal nur für Eschborns Tod zuständig. Achim hat die Fotos, die Sache liegt jetzt beim BKA, die werden sich um unseren Staatssekretär kümmern. Soweit es da etwas zu kümmern gibt. Zugegeben, dieses Treffen sieht nicht gut für ihn aus, aber dass zwei Menschen umgebracht worden sein sollen, nur um es zu vertuschen, ist reine Spekulation. Genau wie die Erpressungsgeschichte. Es steht ja nicht einmal fest, dass dieser Ebers überhaupt jemanden erpresst hat, geschweige denn, wen oder womit.«

»Es ist die beste Erklärung«, protestierte Harry, »alles passt zusammen.«

»Wenn es dich tröstet, für mich klingt deine Theorie auch überzeugend«, beruhigte ihn Miriam. »Mehr oder weniger«, schränkte sie dann mit einem winzigen Lächeln ein. »Deshalb werde ich van der Bocks Kanzlei in Bonn einen Besuch abstatten. Und ich habe einen Termin mit dem Kollegen Herrmanns in Schwarzenbach, um elf.«

»Könnte knapp werden.«

»Nicht, wenn du mich fährst.«

Eschborns Tod brachte alles durcheinander. Herrmanns sah missmutig auf seine Notizen hinab. Kieling hatte einen ausführlichen schriftlichen Bericht verlangt, und auch die Hauptkommissarin aus Köln würde ihm jede Menge Fragen stellen, auf die er besser vorbereitet sein sollte, wenn sie hier eintraf, was jeden Augenblick passieren konnte. Aber er kam einfach nicht voran, und das lag nicht allein an Eschborn. Viel hatte er sowieso nicht vorzuweisen, war ihm bei der Durchsicht klar geworden. Einen zweifelhaften Todesfall, mit Hillerbrock und jetzt auch noch Eschborn vielleicht sogar drei, und als einzige Erklärung nur ein paar Aufnahmen von Wanderfalken und Bylandts Erpressungstheorie, an die offenbar selbst ihr Erfinder mittlerweile nicht mehr so recht glaubte. Eschborns Tod zumindest passte da nicht hinein. Einiges andere auch nicht.

Herrmanns legte den Kuli aus der Hand und verschränkte die Hände hinter seinem Kopf. Wenn er ehrlich war, hatte er Eschborn nicht besonders gemocht. Und im Grunde auch kaum gekannt, nur so, wie eben jeder im Dorf ihn gekannt hatte. Als erfolgreichen Unternehmer und Macher, der es draußen in der Welt zu Reichtum und Ansehen gebracht hatte und dabei doch immer seiner Heimat eng verbunden geblieben war. Dieses Image hatte Eschborn über die Jahre hinweg ordentlich poliert, und es war ja auch nicht gelogen, nur etwas übertrieben und für Herrmanns' Geschmack auch zu großspurig. Dabei hatte Eschborn viel für Schwarzenbach getan, wie er gern zugab. Das neue Jugendheim etwa wäre ohne seine großzügige Spende nicht gebaut worden, und selbst viele Kritiker des Projekts leugneten nicht, dass mit einem »Schneeparadies Schwarzenbach« die Region wirtschaftlich durchaus gewinnen könnte. Jetzt, ohne Eschborn als treibende Kraft, würde daraus wohl nichts mehr werden, vermutete Herrmanns. Falls Bylandt doch recht hatte und sich alles um dieses Projekt drehte, wären drei Menschen völlig sinnlos gestorben.

Es fiel ihm schwer zu glauben, dass Eschborn Suizid begangen haben sollte. Wobei das noch die harmlosere Variante war. Bylandt hatte gestern bei ihrem Telefonat eine andere Möglichkeit ins Spiel gebracht, die ihm noch viel weniger gefiel. Wenn Eschborn tatsächlich seinen Erpresser und Rivalen Ebers umgebracht hatte, warum sollte er sich anschließend selbst töten? Doch nicht, weil Bylandts oder Herrmanns' eigene Ermittlungen dessen Schuld bewiesen und ihn so in die Enge gedrängt hätten, denn das hatten sie ganz und gar nicht. Bisher gab es nur einige wenige Anhaltspunkte und sehr viel Spekulation. Nichts, weswegen sich Eschborn ernsthaft hätte Sorgen machen müssen. So weit konnte er Bylandt folgen. Aber wenn Eschborn ermordet worden war, dann bestimmt nicht wegen der Falkenfotos, die gewissermaßen den archimedischen Punkt von Bylandts Theorie bildeten. Ganz abgesehen von der Frage nach dem Täter stellte sich also auch die Frage nach dem Motiv neu. Möglicherweise auch für Ebers' Tod. Aber welches?

Herrmanns seufzte. So oder so, sie standen wieder am Anfang. Sein Blick fiel auf den USB-Stick, den sie bei Ebers gefunden hatten, und er griff danach. Nachdenklich drehte er ihn hin und her. Wenn es gar nicht um die Falkenfotos ging, warum hatte dann Karpow Lena überfallen, um an Hillerbrocks Aufnahmen zu gelangen?

»Das ist die Frage«, murmelte er, steckte den Stick in seinen Rechner und gab das Passwort ein.

Der Wagen rumpelte, als er die tiefen Spurrillen im Schnee querte. Harry war von der vergleichsweise gut geräumten Bundesstraße in eine wesentlich schmalere und offensichtlich auch weniger frequentierte Landstraße abgebogen.

»Hältst du das wirklich für eine gute Idee?«, fragte Max.

»Ist eine Abkürzung, wir sind spät dran. Außerdem will

ich etwas überprüfen«, antwortete Harry und behielt dabei den Rückspiegel im Auge. Nach ein paar Sekunden nickte er grimmig. »Wie ich's mir gedacht habe!«

Max drehte sich um und sah aus dem Rückfenster. Hinter ihnen war ein großer SUV ebenfalls abgebogen und holte nun auf. Ein ungutes Gefühl beschlich ihn. »Werden wir etwa verfolgt?«, fragte er ungläubig.

»Sieht ganz so aus. Der ist schon eine Weile hinter uns, ich glaube, seitdem wir von der Autobahn abgefahren sind.«

»Er kommt näher!«

»Hat wohl auf die richtige Gelegenheit gewartet.«

»Kannst du das Kennzeichen erkennen?« Auch Miriam hatte sich umgewandt und sah über den Beifahrersitz nach hinten, die Augen zusammengekniffen. Sie klang ernst. Vielleicht dachte sie an die Warnungen ihres Kollegen.

»Nein«, antwortete Max, das hatte er schon versucht. Das Nummernschild war mit einer vereisten und schmutzigen Schneeschicht bedeckt. Zumindest wirkte es so.

Harry gab Gas.

»Das ist ja interessant!« Herrmanns sah nachdenklich auf den Bildschirm. Dann schob er die Papiere auseinander, die sich auf der Tischplatte stapelten. Irgendwo musste er sein, der Prospekt. Nach kurzem Suchen fand er ihn und schlug die zweite Seite mit der bewussten Abbildung auf. Zufrieden nickte er. Dr. Kröger-Eckstein. Staatssekretär. »Wirklich interessant!«, wiederholte Herrmanns und griff nach dem Telefon.

Erst nach dem siebten oder achten Klingelzeichen meldete sich Bylandt, offenbar von unterwegs. Im Hintergrund waren Fahrgeräusche und fremde Stimmen zu hören. Bylandt ließ ihn erst gar nicht zu Wort kommen. »Gut, dass Sie anrufen, Paul! Es gibt hier nämlich ein kleines Problem.« Der lockere Ton klang reichlich aufgesetzt.

»Was ist los?«, fragte Herrmanns alarmiert.

»Ich glaube, jemand will uns gerade von der Straße abdrängen.« Wie zur Illustration gab es jetzt einen dumpfen Knall, gefolgt von einer halblauten, aber sehr präzisen Verwünschung. »Nein, ich bin mir sogar sicher«, korrigierte sich Bylandt anschließend, »er hat uns eben gerammt.«

»Der Beifahrer ist Karpow!«, sagte eine fremde Stimme. »Achtung!«

Wieder hörte Herrmanns das Geräusch eines Aufpralls, offenbar hatte der andere Wagen noch einmal versucht, Bylandt zu rammen. Jemand schien es ernst zu meinen.

»Haben Sie das mitbekommen, Paul? Karpow ist in dem Wagen, und am Steuer sitzt van der Bocks Chauffeur, ich habe ihn eindeutig erkannt. Nur fürs Protokoll.«

»Wo sind Sie jetzt?«

»Wir sind gerade von der B 51 runter Richtung Gondenbrett, auf einer Landstraße, und – oh nein, mein Lieber, so nicht! Das wollen wir doch mal sehen!«

Die letzten Worte galten offensichtlich nicht Herrmanns, sondern dem Fahrer des anderen Wagens. Herrmanns presste das Handy an sein Ohr. Die Geräusche hörten sich nach einem weiteren Zusammenstoß an, dem diesmal ein durchdringendes Kreischen folgte, als würden Metallteile gegeneinanderschrammen. Dann gab es einen erneuten Aufprall, noch heftiger und lauter als vorher, mehrere Stimmen riefen aufgeregt durcheinander, bis plötzlich Stille eintrat, als die Verbindung unterbrochen wurde.

Herrmanns war aufgesprungen. »Harry? Sind Sie noch da? Hören Sie mich? Harry?« Doch die Leitung blieb tot.

»Scheiße!«, fluchte er leise und gab hastig eine neue Nummer ein. »Herrmanns hier, ich brauche einen Rettungswagen. Möglicherweise schwerer Unfall auf der L 23, kurz hinter Olzheim. Mehr weiß ich noch nicht. Bin selbst auf dem Weg dorthin.« Er griff nach seinem Parka und zog ihn im Laufen über.

Der letzte Stoß schleuderte Max gegen den Vordersitz. Eine mächtige Fichte hatte den Wagen endgültig zum Stehen gebracht. Er nahm die Arme herunter, mit denen er instinktiv seinen Kopf geschützt hatte, und setzte sich vorsichtig auf. Anscheinend hatte er die Karambolage einigermaßen heil überstanden, wunderte er sich. Miriam stöhnte leise. Sie und Harry hatte es auf den vorderen Sitzen am schlimmsten erwischt. Natürlich war der alte Benz nicht mit Airbags ausgerüstet.

»Alles in Ordnung?«, fragte er.

»Geht schon«, antwortete Miriam gepresst. Sie löste ihren Sicherheitsgurt und massierte behutsam ihre Schulter. »Harry?«, fragte sie.

»Bin okay«, nuschelte Harry, aber das war offenkundig eine Lüge. Der Aufprall hatte ihn gegen das Lenkrad geworfen, und dabei musste er heftig mit dem Kopf aufgeschlagen sein. Ächzend lehnte er sich zurück in den Sitz. Aus einer großen Platzwunde an der Stirn lief ihm Blut über das Gesicht, das er nicht wegwischte. Er schien genug damit zu tun zu haben, seine Augen offen zu halten. Es sah übel aus, hätte aber auch noch viel schlimmer kommen können. Sie alle hatten großes Glück gehabt. Nur seinen Oldtimer konnte Harry wohl abschreiben.

Zum Schluss war alles sehr schnell gegangen. Der schwere BMW-SUV hatte immer mehr aufgeholt und versucht, sie von der Straße zu drängen. Zunächst ohne Erfolg, der Benz war ziemlich stabil und Harry wie der Teufel gefahren. Trotzdem war es nur eine Frage der Zeit gewesen, der andere Wagen hatte einfach mehr Masse und den stärkeren Motor. Immer wieder hatte er Überholmanöver gestartet, und beim zweiten oder dritten Mal war es ihm dann gelungen, sich neben den Benz zu setzen. Beide Wagen waren im höllischen Tempo nebeneinanderher gerast. Jeder Gegenverkehr wäre jetzt tödlich gewesen. Mit dem rechten Kotflügel waren sie den vereisten Schneewall am Straßenrand entlanggeschrammt, was ein lautes und sehr beunruhigendes Knirschen hervorgerufen hatte. Und das war noch die Schokoladenseite gewesen. Auf der linken waren die beiden Wagen immer wieder seitlich gegeneinandergekracht, weil der BMW weiter versucht hatte, sie von der Straße zu fegen. Doch der Benz hatte sich tapfer gehalten. Harry schien jedes Mal die Rammversuche geahnt zu haben und hatte rechtzeitig gegengelenkt.

Am Ende hatte eine Einfahrt oder Parkbucht auf der Gegenspur den Ausschlag gegeben. Der BMW hatte mit einem Schlenker gewissermaßen ausgeholt, um so einen finalen Rammstoß zu landen, dem Harry nicht mehr genügend entgegensetzen konnte. Sie hatten den Schneewall durchbrochen, waren über einen Graben gerumpelt, anschließend durch Buschwerk gepeitscht und erst dreißig oder vierzig Meter weiter mit eingedrücktem Kühler vor einem Baum zum Stehen gekommen. Wenigstens hatte die Rutschpartie durch das dichte Unterholz ihren Schwung gebremst und den Aufprall gedämpft.

Auch der BMW war liegen geblieben. Die Wucht seines Stoßes war zu groß gewesen und hatte auch ihn selbst halb über die Böschung getragen, bevor der Fahrer ausreichend gegenlenken konnte. So war der BMW frontal gegen einen großen Stapel Baumstämme gefahren, die neben der Straße gelagert waren. Der Aufprall musste wesentlich heftiger als ihr eigener gewesen sein, was Max nicht im Mindesten bedauerte.

Denn die Geschichte war noch nicht vorbei. Ein Schuss fiel, und die bis dahin seltsamerweise noch heil gebliebene Heckscheibe zersplitterte plötzlich in tausend Stücke. Max war unwillkürlich in Deckung gegangen, zu spät natürlich, doch die Kugel richtete keinen großen Schaden an. Sie durchschlug auch die Frontscheibe und blieb im Baumstamm stecken. Max richtete sich wieder etwas auf und blickte vorsichtig über die Lehne zurück zur Straße, wo der Schuss hergekommen war. Die Beifahrertür des BMW stand offen. Karpow war ausgestiegen und kam langsam, mit unsicher wirkenden Schritten auf sie zu. Trotz des Airbags hatte der Unfall offensichtlich seine Spuren hinterlassen. Er hinkte leicht und blutete aus einer Platzwunde im Gesicht. Seine Nase war bandagiert, registrierte Max grimmig. Offenbar hatte Lenas Nachbar sie ihm tatsächlich gebrochen. Das war erfreulich, reichte aber leider nicht, um ihn aufzuhalten. Sie mussten raus aus dem Wagen.

Max trat die verklemmte Seitentür auf, rutschte heraus und half Miriam, Harry über den Beifahrersitz aus dem Wagen zu zerren. Gebeugt und leicht taumelnd ging Harry hinter dem Baumstamm in Deckung. Wieder schlug eine Kugel ein. Miriam war neben Max in die Hocke gegangen und hatte ihre eigene Pistole gezogen. Über den Kühler hinweg feuerte sie nun zurück. Damit hatte Karpow anscheinend nicht gerechnet. Er duckte sich ab und suchte unbeholfen Schutz hinter einem Gebüsch. Max hörte ihn etwas rufen, und dann sah er den zweiten Mann. Der Fahrer des BMW war um den Wagen herumgetreten, er schien ebenfalls nicht ganz sicher auf den Beinen zu stehen, hielt aber eine Waffe in der Hand. Karpows Ruf hatte ihm gegolten, und es war klar, was er zu bedeuten hatte. Der Mann bewegte sich sofort seitlich, in den Wald hinein, weg von Karpow.

»Die wollen uns in die Zange nehmen«, kommentierte Miriam nüchtern. Man musste die Situation ja nicht gleich aufbauschen.

Es gab nur eine Möglichkeit, den Plan zu vereiteln. Max ignorierte Miriams ärgerlichen Befehl, gefälligst in Deckung zu bleiben, lief um den Benz herum und kroch auf die Rückbank. Auf dem Boden hinter dem Fahrersitz lag sein Rucksack. Als er danach greifen wollte, fielen fast gleichzeitig zwei Schüsse. Er hörte einen dumpfen Einschlag, und in der Rücklehne klaffte auf einmal ein Loch. Ziemlich nahe an seiner Schulter. Er packte den Rucksack, atmete tief durch, sprang aus dem Wagen und rannte gebückt und im Zickzack acht bis zehn Meter auf den nächsten Baum zu. Miriam feuerte schnell hintereinander mehrere Schüsse ab, und mit einem Hechtsprung erreichte Max den schützenden Stamm unverletzt. Er setzte sich auf und lehnte sich mit dem Rücken gegen den Baum.

»Bist du verrückt? Was soll denn das?«, rief Miriam aufgebracht.

Max holte Karpows Glock aus dem Rucksack und führte

das Magazin ein. Nur noch sieben Patronen, die mussten reichen. Er hob die Waffe kurz hoch, damit Miriam sie sehen konnte und verstand, was er vorhatte. Sie sagte nichts dazu, aber er würde später wohl einiges zu erklären haben. Falls es dann noch etwas zu erklären gab.

Vorsichtig riskierte er einen Blick an dem Baumstamm vorbei und zog sich sofort wieder zurück. Nur einen Moment später splitterte die Rinde genau an der Stelle, wo sich gerade noch sein Kopf befunden hatte. Sein Ausflug war also nicht unbemerkt geblieben. Max hatte genug gesehen, um zu erkennen, dass seine Befürchtung zutraf. Karpow hatte seine Stellung nicht verändert, doch der Fahrer war weiter seitlich in den Wald vorgedrungen und näherte sich nun in einem Bogen. Er war es auch, der auf ihn geschossen hatte.

Max legte sich flach auf den Rücken, die Glock mit beiden Händen haltend. Dann rollte er sich schnell zur Seite aus der Deckung heraus und schoss noch während der Bewegung blindlings in die Richtung, in der er den Fahrer vermutete. Er traf ihn zwar nicht, aber die Richtung stimmte, und der Mann kam so nicht selbst zum Schuss, sondern warf sich hektisch hinter einem dichten Gebüsch auf den Boden. Max feuerte noch zweimal auf ihn und gab auch einen Schuss auf Karpow ab, bevor er sich wieder zurückrollte. Keinen Augenblick zu früh. Zwei Kugeln schlugen in den Baumstamm.

Er hatte wieder nicht getroffen, trotzdem war seine Aktion nicht umsonst gewesen, hoffte er. Jetzt wussten die anderen, dass auch er bewaffnet war. Vielleicht brachte sie das zum Nachdenken. Bestimmt hatten sie sich den Job ganz anders vorgestellt, ein hübscher kleiner Unfall à la Hillerbrock, etwas in der Art, aber so einfach würde es jetzt nicht mehr werden. Außerdem blieb ihnen nicht mehr viel Zeit, sicher hatte Harry längst Hilfe alarmiert. Über kurz oder lang würde es hier von Polizisten nur so wimmeln. Das musste auch Karpow klar sein. Vielleicht gab er ja auf und zog sich zurück, solange er überhaupt noch die Gelegenheit dazu hatte.

Leider entschied sich Karpow für die andere Option. Er rief dem Fahrer etwas zu, und beide begannen fast gleichzeitig zu schießen. Offensichtlich wollten sie die Sache jetzt beenden. Max rollte sich zur anderen Seite und schoss auf den Fahrer, der wieder auf den Beinen war. Sie hatten die Arbeit aufgeteilt. Während sich der Fahrer auf ihn einschoss, kümmerte sich Karpow um Miriam. Eine Kugel schlug dicht neben ihm ein. Max feuerte zurück, zweimal, und mit seiner letzten Kugel traf er. Der Fahrer schrie auf und ließ seine Waffe fallen. Er stolperte hinkend noch ein paar Schritte weiter, bevor er zu Boden ging und stöhnend sein linkes Bein umklammerte.

Karpow musste den Ausfall seines Kollegen bemerkt haben, änderte aber nicht seine Taktik. Er hatte seine Deckung verlassen und brüllte laut, während er stolpernd auf Miriam zulief und dabei sein Magazin leerte. Einmal taumelte er kurz und knickte leicht ein, offenbar selbst von einer Kugel getroffen oder auch nur gestreift, denn sie hielt ihn nicht auf, und er schoss weiter. Miriam wurde zurück gegen den Baum geworfen, die Pistole fiel ihr aus der Hand. Karpow blieb stehen und hielt sich schwer atmend die Seite. Miriam schien ihn doch ernsthafter getroffen zu haben, als es zuerst den Anschein hatte. Nur machte das jetzt keinen Unterschied mehr. Karpow stand noch, er würde schießen, und Max konnte nichts dagegen tun. Dann sah er Harry. Der Kühler des Benz schirmte ihn ab. Unbemerkt von Karpow kroch er auf allen vieren an Miriam vorbei und griff nach ihrer Pistole. Karpow hob ohne Eile seine Waffe und zielte auf Miriam. Harry war zu langsam.

Max sprang auf, schrie: »Karpow!«, und legte auf ihn an. Der Russe drehte sich nach ihm um und schoss zweimal, aber zu hastig. Er traf nur den Stamm neben ihm. Max duckte sich, als ihm winzige Stücke der Baumrinde ins Auge flogen. Er hörte einen weiteren Schuss und dann nichts mehr. Als er sich wieder aufrichtete, sah er Karpow. Der Russe war auf beide Knie gesackt, noch aufrecht, die Arme hingen kraftlos herunter, dann kippte er langsam zur Seite und blieb reglos liegen.

Max wusste sofort, dass er tot war. Harry hatte die Arme auf den Kühler aufgestützt und hielt Miriams Pistole in beiden Händen. Sein Kopf sank nach vorn.

Max lief hinüber zum Fahrer, der immer noch sein Bein umklammert hielt und vor sich hin stöhnte. Als er Max herankommen sah, rutschte er mühsam zurück zu seiner Waffe, die ein, zwei Meter hinter ihm im Schnee lag. Er hatte sie gerade gepackt und wollte auf ihn anlegen, als Max auch schon bei ihm war und hart gegen seine Hand trat. Etwas knackte laut, und die Pistole flog zur Seite.

Der Fahrer schrie vor Schmerz auf und biss dann auf seine Zähne. »Arschloch«, beschimpfte er Max mit schmerzverzerrtem Gesicht, »du verdammtes Arschloch!«, wurde aber still, als Max sich nach dessen Waffe bückte und vor ihm stehen blieb. Er musste etwas in Max' Gesichtsausdruck gesehen haben, das ihn verstummen ließ. Er schluckte vernehmlich und rutschte ein paar Zentimeter zurück, als wollte er Abstand zu Max schaffen. Der Augenblick ging vorüber. Max steckte die Glock ein und sah hoch zum BMW, der gegen den Holzstapel eindeutig verloren hatte.

Sie waren zu dritt gewesen. Durch die unversehrt gebliebene getönte Heckscheibe konnte er jetzt undeutlich eine Gestalt im Fond erkennen. Mit der Waffe im Anschlag näherte sich Max dem Wagen und zog vorsichtig die hintere Tür auf. Auf der Rückbank saß reglos ein Mann im makellosen Dreireiher, der ihn aus geweiteten Augen entsetzt anstarrte, ohne dabei den Kopf in seine Richtung zu drehen. Die panische Angst des Mannes galt nicht ihm und der Pistole in seiner Hand, das war Max sofort klar. »Helfen Sie mir!«, flüsterte der Fremde heiser. »Ich kann mich nicht bewegen!«

Es gab kein Blut, auf den ersten Blick schien der Mann unverletzt zu sein. Er saß einfach nur da, doch Max glaubte ihm. Die verzweifelte Furcht des Fremden war nicht gespielt. Von ihm ging keine Gefahr mehr aus, und Max konnte ihm nicht helfen. Niemand konnte das.

Behutsam schloss er die Tür wieder, stapfte durch den Schnee hinüber zu Karpow und ging in die Hocke. Der Russe lag auf der Seite und war genauso tot, wie er aussah. Die geöffneten Augen starrten blind ins Nirgendwo. Max verharrte einen Moment in der Hocke, dann nickte er und stand auf. Er ging zurück zu Harry und Miriam, und auf einmal fiel ihm jeder einzelne Schritt schwer. Nach den ersten Metern setzten die unflätigen Beschimpfungen des Fahrers wieder an. Max achtete nicht darauf.

Harry kniete neben Miriam auf dem Boden. Er hatte den Erste-Hilfe-Kasten aus dem Benz geholt und dafür anscheinend seine letzten Reserven mobilisieren müssen. Miriam saß aufrecht, mit dem Rücken gegen den Baumstamm gelehnt. Ihre Augen waren geschlossen, das bleiche Gesicht wirkte angestrengt. Sie hielt ihren blutenden Arm eng an den Körper. Die Kugel hatte sie an der Schulter getroffen.

»Wie schlimm ist es?«, fragte Max besorgt.

»Es könnte schlimmer sein«, antwortete Miriam, ohne die Augen zu öffnen. Max sah fragend zu Harry, der seine Stirn rieb.

»Es gibt keine Austrittswunde«, sagte Harry müde, »die Kugel steckt noch. Wohl ein Querschläger. Soweit ich sehen kann, ist keine Arterie verletzt, auch kein Knochen. Also ja, es könnte schlimmer sein. Aber es ist auch so schlimm genug, und es tut bestimmt höllisch weh.«

»Natürlich tut es weh!« Miriam öffnete ihre Augen und sah Max an. »Wie zum Teufel kommst du überhaupt an eine Pistole?« So klang keine Todgeweihte. Vielleicht war ihre Verletzung tatsächlich nicht so ernst.

»Habe ich gefunden. Sie gehörte Karpow, er hat sie auf der Piste verloren. Das hätte ich vielleicht erwähnen sollen. Jetzt braucht er sie wohl nicht mehr.«

»Er ist tot, oder?«

»Ja, es ist vorbei.«

»Was ist mit dem anderen?«

»Kampfunfähig, aber nur verletzt, das Knie. Ich habe seine Waffe.«

»Das war der Chauffeur«, sagte Harry und mühte sich damit ab, den Verbandskasten zu öffnen. »Van der Bocks Chauffeur. Der steckt dahinter. Van der Bock. Es sind seine Leute. Dafür kriegen wir ihn dran!«

»Das haben wir schon, glaube ich. Van der Bock sitzt oben im Wagen. Er kann sich nicht bewegen, sagt er, und das scheint auch zu stimmen. Wahrscheinlich hat er sich beim Aufprall die Wirbelsäule verletzt, es sieht übel aus. Wir müssen einen Krankenwagen rufen.«

»Ist schon erledigt, muss gleich da sein. Sie waren bereits auf dem Weg, Paul hat sie losgeschickt.« Harry holte ein steriles Verbandspäckchen aus dem Kasten und reichte es Max. »Hier, nimm das!«

Max konnte nur hoffen, dass Harry mehr von Schussverletzungen verstand als er selbst. Er riss das Päckchen auf und presste es so sanft wie möglich auf Miriams Wunde. »Festhalten!«

Miriam biss die Zähne zusammen und kam dem Befehl nach, dann atmete sie ächzend aus. »Danke, Max.«

»Ist nur provisorisch. Keine Angst, die werden dich gleich richtig verarzten.«

»Das meine ich nicht. Wenn Karpow vorhin noch mal zum Schuss gekommen wäre, hätte er wohl besser getroffen.«

»Zum Glück war Harry schneller.«

»Ja, weil du den Mann lange genug abgelenkt hast.«

»Warum hast du eigentlich nicht selbst sofort geschossen?«, fragte Harry.

»Das Magazin war leer.«

Harry sagte nichts, und auch Miriam sah ihn nur stumm an. Oben auf der Straße hielt eine Ambulanz mit rotierendem Blaulicht. Aus der Ferne war jetzt auch eine Sirene zu hören.

Max stand auf. »Ich sag den Leuten mal Bescheid.«

ELF

Nach der nächsten Biegung sah er schon von Weitem das Blaulicht am Straßenrand. Herrmanns setzte seinen Toyota hinter die beiden Rettungswagen und ließ sein eigenes Warnlicht auf dem Dach ebenfalls an. Nur die Sirene stellte er ab. Während der Fahrt hatte er mit dem Schlimmsten gerechnet, und der Anblick, der sich ihm bot, schien seine Befürchtungen zu bestätigen. Ein schwerer BMW-SUV klebte mit eingedrücktem Kühler an einem Prellbock aus gestapelten Baumstämmen. Der andere Wagen sah auch nicht besser aus. Bylandts Benz hatte eine tiefe Spur etwa fünfzig Meter weit durch den Schnee und das Unterholz gezogen, bevor er durch eine große Fichte gestoppt worden war. Die Sanitäter hatten sich aufgeteilt. Zwei von ihnen versorgten einen am Boden liegenden Verletzten, der laut stöhnte. Die anderen standen weiter hinten neben Bylandts Wagen, offensichtlich gab es dort noch mehr Verletzte. Um eine auf halbem Weg reglos im Schnee liegende Gestalt kümmerte sich niemand. Herrmanns konnte nicht erkennen, um wen es sich handelte, nur, dass es ein Toter war. Er versuchte, das Ziehen in seinem Magen zu ignorieren, und setzte sich in Bewegung.

»Kommissar Herrmanns?«

Er hielt an und drehte sich zur Seite. Aus einem der Rettungswagen war ein Mann ausgestiegen. Er trug zwei Decken über dem Arm, war aber offensichtlich kein Sanitäter. »Ja, ich bin Herrmanns. Hauptmeister. Und Sie sind?«

»Max Cremer. Ein Freund von Harry Bylandt.«

»Der Undercover-Agent.«

»Könnte man sagen.«

Der Mann musste mit Bylandt zusammen im Wagen gesessen haben, schien den Unfall aber einigermaßen heil und unverletzt überstanden zu haben. Wenigstens einer. »Was ist hier passiert?«, fragte Herrmanns.

Cremer gab einen knappen Bericht, der selbst in seiner betont nüchternen Darstellung noch sensationell genug klang. Es hatte demnach nicht nur einen absichtlich herbeigeführten schweren Verkehrsunfall gegeben, sondern anschließend auch noch einen Schusswechsel. Einen sehr heftigen Schusswechsel, mit einem Toten und mehreren Verletzten, darunter die Kölner Kollegin, mit der er verabredet gewesen war. Herrmanns wollte gar nicht erst wissen, was Kieling dazu sagen würde. Prüm war nichts dagegen.

Nachdenklich musterte er Cremer, der seinen Blick ruhig erwiderte. Er war ungefähr in Bylandts Alter, etwas kleiner und kräftiger gebaut. Nicht auf die Art, wie Herrmanns selbst kräftiger gebaut war. Cremer war schlank und wirkte durchtrainiert.

»Sie waren also auch bewaffnet?«, fragte er.

»Zufällig.«

Herrmanns nickte bedächtig, das würde er später klären. Wortlos hielt er seine Hand auf. Cremer zog eine Glock 17 aus seiner Jackentasche und gab sie ihm. Dann holte er aus einer anderen Tasche noch eine zweite Pistole heraus. »Die gehört dem Fahrer.«

Herrmanns nahm auch sie in Empfang und sah einen Augenblick auf die beiden Glocks in seinen Händen herab, bevor er sie kommentarlos einsteckte. Vielleicht sollte er sich auch eine zulegen, war offenbar das Must-have der Saison.

Cremer hob seinen Arm mit den Decken leicht an. »Die werden unten gebraucht«, sagte er und ging los.

Das Terrain neben der Straße war leicht abschüssig. Sie folgten der Spur, die der Benz im Schnee hinterlassen hatte. Als sie den Wagen erreichten, luden zwei Sanitäter gerade eine zierliche Frau mit dick bandagierter Schulter auf eine Tragbahre. Es musste die Hauptkommissarin aus Köln sein, die Bylandt hergefahren hatte. Der Notarzt kannte Herrmanns und nickte ihm grüßend zu. Vorsichtig legte er eine von Cremers Decken über die Frau und ließ nur ihr bleiches, angespanntes Gesicht frei. Ihre Augen waren geschlossen. Auf Herrmanns wirkte sie sehr verletzlich. Plötzlich schlug sie die Augen auf, und ihr Blick fiel auf seinen Dienstparka. »Sie müssen der Kollege Herrmanns sein«, sagte sie. »Tut mir leid, aus unserem Termin wird wohl nichts.« Dann verzog sie schmerzhaft das Gesicht und schloss wieder ihre Augen.

Der Arzt gab seinen Kollegen ein Zeichen. Die Sanitäter hoben die Bahre an und trugen sie den Weg zurück zu den Rettungswagen. Besorgt sah Herrmanns ihnen nach, doch der Arzt gab Entwarnung.

»Nur ein Steckschuss ohne große innere Verletzungen«, erklärte er, »keine Angst, das wird wieder. Ihre Kollegin hat noch Glück gehabt. Der andere auch.« Damit war Bylandt gemeint. »Keine Schussverletzungen, nur ein paar Prellungen und Platzwunden durch den Aufprall, der hart gewesen sein muss. Verdacht auf schwere Gehirnerschütterung. Wir nehmen ihn auch mit.«

So benommen und schlapp, wie Bylandt aussah, war es wohl mehr als nur ein Verdacht. Er schien kaum seine Augen offen halten zu können. Sein Kopf war mit einem Verband umwickelt, der sich über der Stirn rot färbte. Cremers zweite Decke nahm er an, lehnte aber den Transport per Bahre ab. Er wickelte die Decke um seine Schultern und stapfte schwerfällig hinter den Sanitätern her. Aber es stimmte, auch für ihn war es einigermaßen glimpflich ausgegangen.

Der Arzt bückte sich nach seiner Tasche. »Echte Sorgen macht mir nur der Mann oben im BMW. Wahrscheinlich ist der Halswirbel gebrochen. Sieht übel für ihn aus.«

Herrmanns' Mitleid hielt sich in Grenzen. Er ging hinüber zu der Leiche im Schnee und hockte sich neben sie. Er erkannte Karpow. »Was ist mit ihm?«, fragte er.

»Mehrere Prellungen und Abschürfungen, vermutlich vom Aufprall, und zwei Schusswunden«, antwortete der Arzt. »Ein Streifschuss an der Seite, harmlos, und ein Treffer ins Herz, der ihn auf der Stelle getötet hat. Seine Nase war schon vorher gebrochen.«

»Ich weiß.« Die eingeschlagene Nase verdankte Karpow wohl Luttke. Neben dem Toten lag eine Pistole. Ausnahmsweise keine Glock, das Fabrikat war Herrmanns unbekannt. Er sammelte sie ein, richtete sich wieder auf und sah zurück zum Benz, die Entfernung abschätzend. Wenn man die Umstände bedachte, war es ein bemerkenswerter Schuss von Bylandt gewesen. Oder nur ein Sonntagstreffer, aber daran glaubte Herrmanns nicht wirklich.

Inzwischen war van der Bocks angeschossener Fahrer in einen der Rettungswagen verfrachtet worden. Herrmanns hatte seinen Namen in Erfahrung gebracht, Martin Kemmelmeier, und auch sein Vorstrafenregister eingesehen. Unwahrscheinlich, dass jemand wie er für van der Bock nur den Chauffeur gespielt hatte. Er beeilte sich, um noch mit ihm reden zu können, bevor er abtransportiert wurde, erreichte auch den Wagen, kam jedoch zu spät.

»Tut mir leid«, erklärte der Sanitäter mit einem Achselzucken, »der Mann ist nicht mehr ansprechbar. Das Kniegelenk ist völlig zertrümmert, wir mussten ihn erst einmal ruhigstellen und haben ihm etwas gegen die Schmerzen gegeben.«

Offenbar eine ordentliche Dosis, Kemmelmeier schien vollständig weggetreten zu sein. »Was ist mit seiner rechten Hand?«

»Gebrochen«, antwortete der Sanitäter, klemmte sich einen Kasten mit medizinischem Gerät unter den Arm und gesellte sich zu seinen Kollegen, die um den BMW herumstanden und über die sicherste Methode diskutierten, van der Bock aus dem Wagen zu bergen. Die Angelegenheit schien heikel zu sein.

Herrmanns nahm seine Handschellen vom Gürtel und fesselte damit den linken, unverletzten Arm von Kemmelmeier an die Bahre. Angesichts dessen Zustands vielleicht etwas übertrieben, aber es war schon zu viel passiert, um ein unnötiges Risiko einzugehen.

Die Hecktür des anderen Rettungswagens stand offen. Herrmanns ging hinüber und nickte der Kölner Kommissarin auf ihrer Liege aufmunternd zu. »Der Arzt meint, dass alles wieder in Ordnung kommt. Wir reden später miteinander. Erst muss die Kugel raus.«

»Warten Sie!« Das Sprechen schien ihr Mühe zu bereiten. »Ein Freund von mir beim BKA ist informiert, der wird sich mit Ihnen in Verbindung setzen.«

»Gut. Ein Staatssekretär ist nämlich nicht ganz meine Liga.«

Sie runzelte überrascht die Stirn.

»Ich habe mir inzwischen auch die restlichen Aufnahmen von Hillerbrock angeschaut«, erklärte er. »Und ich glaube nicht, dass es hier nur um Wanderfalken geht.«

Die Kommissarin verzog ihren Mund zu einem schwachen Lächeln. »Ja, Harry hat schon so etwas über Sie gesagt.«

»Ach ja?«

»Dass Sie ein guter Mann sind.«

Zwei der Sanitäter kamen zurück. »Wir können!«, rief der Fahrer und stieg ein. Sein Kollege bat Herrmanns zur Seite und schloss die hintere Tür.

Herrmanns klopfte leicht gegen das Heck und sah der abfahrenden Ambulanz nach. Dann holte er seine Minox und das Flatterband aus dem Wagen und begann, den Tatort weiträumig abzusperren.

Diesmal würde die Spurensicherung kommen.

Herrmanns schenkte sich ein Pils ein und sah durch das Backofenfenster zu, wie der Käsebelag auf seiner Pizza allmählich einen goldbraunen Ton annahm. Auf ein richtiges Abendessen im »Hirschen«, es gab heute Sauerbraten, hatte er vorsichtshalber verzichtet. Er wäre dort sowieso nicht in Ruhe zum Essen gekommen, weil die Schießerei natürlich längst die Runde gemacht hatte und ihn alle mit Fragen danach gelöchert hätten.

Hinter ihm lag ein aufreibender Tag. Er hatte die eingetroffene Verstärkung eingewiesen, hauptsächlich, um die schnell anwachsende Menge der Schaulustigen auf Distanz zu halten. Außerdem musste der Abtransport der beiden Unfallwagen organisiert werden, nachdem die Spurensicherung ihr Okay gegeben hatte. Sie würden sie in der Werkstatt gründlich auseinandernehmen.

Anschließend war er im Krankenhaus vorbeigefahren. Kemmelmeier, van der Bocks Chauffeur, war immer noch nicht vernehmungsfähig, seine OP wurde gerade vorbereitet. Die Kommissarin aus Köln schlief noch unter der Narkose. Die Ärzte hatten die Kugel bereits entfernt und schienen mit dem Ergebnis sehr zufrieden zu sein, die Operation war unkompliziert verlaufen.

Bei van der Bock sah die Sache anders aus. Die Einschätzung des Notarztes hatte sich bestätigt. Der Halswirbel war gebrochen, van der Bock würde unter Umständen für immer halsabwärts gelähmt bleiben. Er lag auf der Intensivstation und schien ansprechbar zu sein, denn zwei hohe Tiere vom BKA hatten an seinem Bett gesessen und ihn befragt. Herrmanns hatte kurz überlegt, ob er versuchen sollte, an der Befragung teilzunehmen, sich aber dagegen entschieden. Sollte doch Kieling sich darum kümmern. Stattdessen hatte er sich an der Rezeption nach Bylandt erkundigt und zu seiner Überraschung erfahren, dass der sich gegen jeden ärztlichen Rat schon selbst entlassen hatte und von seinem Vetter abgeholt worden war.

Gerade als Herrmanns das Krankenhaus wieder verlassen wollte, war er von einem Mann um die fünfzig, der einen dunklen Anzug ohne Krawatte trug, aufgehalten worden.

»Kollege Herrmanns? Langner, BKA«, hatte er sich vorgestellt und dabei kurz einen Dienstausweis gezückt. »Hauptkommissarin Keller meinte, ich sollte mit Ihnen reden. Haben Sie eine Minute?«

Herrmanns hatte die Cafeteria vorgeschlagen, doch Langner war zu seinem Dienstwagen gegangen, einem Audi A6. Andere Dienststelle eben. Das Gespräch müsse vertraulich bleiben, hatte der BKA-Mann betont, und als Herrmanns von Juri Orlowski hörte, verstand er auch, warum.

Zurück auf dem Revier, hatte er seinen Chef angerufen, um

ihm einen ersten Überblick zu geben. Kieling war *not amused* gewesen.

»Also *das* verstehen Sie unter ›den Ball flach halten‹, Paul!« Kielings Stimme hatte förmlich getropft vor Sarkasmus. »Ein hollywoodreifer Überfall auf offener Straße. Killer der russischen Mafia liefern sich einen Schusswechsel mit einer Kölner Hauptkommissarin und einem bewaffneten Zivilisten. Tote und Verletzte, darunter ein bekannter Bonner Rechtsanwalt. Politische Verwicklungen, angeblich bis hinauf zur Kabinettsebene. Das BKA hat sich eingeschaltet. Ganz zu schweigen von der Presse, die in Mannschaftsstärke einfallen und Schwarzenbach berühmt machen wird. Und als was? Als Chicago der Schnee-Eifel, nur ohne Al Capone. Aber halt, wer weiß? Vielleicht zaubern Sie den ja auch noch aus dem Hut. Und als ob das alles noch nicht genug wäre, wird ein prominenter lokaler Bauunternehmer, der rein zufällig ein enger Freund des Polizeidirektors ist, auch noch tot aufgefunden, und Sie schließen eine Beziehung zu den anderen Vorfällen nicht aus. – Wirklich, Paul, alle Achtung! Das macht Ihnen so schnell niemand nach!« So war es noch eine Weile weitergegangen, bis Kieling erschöpft, aber keineswegs besänftigt die Verbindung beendet hatte. Bestimmt hatte er dabei zutiefst bedauert, dass man nicht mehr wie in der guten alten Zeit einfach den Hörer auf die Gabel knallen konnte. Natürlich war alles die Schuld von Polizeihauptmeister Paul Herrmanns. Von wem sonst?

Irgendwie konnte er Kieling ja verstehen. Dass sein Chef ausgerechnet jetzt noch für einige Tage ans Bett gefesselt bleiben würde, musste sehr, sehr frustrierend sein.

Herrmanns war nach Hause gefahren und hatte seine Notizen mitgenommen. Nach dem Abendessen wollte er sich wieder an den Bericht setzen, der leider nach den jüngsten Vorfällen wesentlich umfangreicher ausfallen würde.

Während er seine Pizza aß, dachte er über das Gespräch im Audi nach. Dieser Langner hatte sich eigentlich ganz anständig verhalten, betont kollegial, nicht die Spur von oben herab. Er schien mit der Kölnerin persönlich befreundet zu sein, seine Bestürzung über ihre Verwundung hatte jedenfalls echt gewirkt. Deshalb wohl auch das Gespräch. Es war bestimmt unüblich, dass ein Kriminalrat vom BKA mit einem einfachen Polizeihauptmeister aus der Provinz vertraulich den Stand von Ermittlungen erörterte. Würde Kieling vermutlich auch nicht gefallen. Andererseits, im Großen und Ganzen war der Fall Mario Ebers damit so gut wie gelöst, und alles andere fiel nicht mehr in seine Zuständigkeit.

Denn Langner hatte von der Kommissarin bereits von Bylandts Erpressungstheorie erfahren und hielt sie für überzeugend, auch wenn van der Bock offenbar alles abgestritten hatte. Er wollte weder von irgendwelchen Erpressungsversuchen gewusst noch mit dem Tod von Hillerbrock und Ebers etwas zu tun gehabt haben. Angeblich konnte er sich nicht einmal an den Unfall und die Schießerei erinnern und bestritt kategorisch jede Beteiligung daran oder gar, selbst den Befehl dazu gegeben zu haben. Karpow sollte auf eigene Faust gehandelt haben, er habe keineswegs direkt für van der Bock gearbeitet, sondern sei Orlowskis Mann gewesen. Die Strategie war durchsichtig. Van der Bock wollte alles auf Karpow und die russischen Investoren abwälzen, die sich anscheinend in kriminelle Aktivitäten verstrickt hätten, ohne sein Wissen und selbstverständlich auch ohne jegliche Mitwirkung seinerseits. Allerdings war Langner zuversichtlich, ihm das Gegenteil beweisen zu können. Der Anwalt hatte nun mal in dem BMW gesessen, und sein Chauffeur würde sicher nicht den Sündenbock für ihn spielen.

Speziell was seinen eigentlichen Fall betraf, den Toten im Schnee, Mario Ebers, hielt Langner Herrmanns' und Bylandts Theorie für stichhaltig. Falls Ebers die Fotos als Erpressungsmaterial benutzt hatte, war das ein starkes Motiv, ihn umzubringen. Dass van der Bock keine Hemmungen hatte, notfalls über Leichen zu gehen, war durch den Überfall ja noch einmal bestätigt worden. Es hatte schon sehr nach offizieller Version geklungen.

Als Herrmanns dann den Staatssekretär als denjenigen mit dem seiner Meinung nach besten Motiv erwähnt hatte, war Langner auf einmal merklich abgekühlt. Selbstverständlich würde auch diese mögliche Verbindung untersucht werden, hatte er versichert. Aber die Angelegenheit sei heikel, selbst für das BKA. Sollte ein solcher Verdacht vorzeitig durchsickern, seien Langners Ermittlungen gefährdet. Also sollte Herrmanns um Himmels willen diskret sein, absolut diskret. Nicht nur der Presse gegenüber. Der Kriminalrat hatte es als Bitte formuliert. Die höfliche Form einer Anweisung, versehen mit einer winzigen, aber unmissverständlichen Drohung. Vermutlich war sie sogar der Hauptgrund für diese vertrauliche Unterredung gewesen. Dabei überflüssig, Herrmanns hatte ganz bestimmt nicht vor, sich mit einem Staatssekretär anzulegen. So unvorsichtig wäre niemand.

Langsam ließ er seine Gabel sinken. Wirklich niemand? Herrmanns griff nach seinem Handy, überlegte es sich dann aber anders. Er stand auf und steckte den Autoschlüssel ein. Wenn Bylandt sich schon selbst aus dem Krankenhaus entlassen konnte, musste er gefälligst auch in der Lage sein, Besuch zu empfangen.

Bylandt war schlecht gelaunt. Er thronte auf Oskars riesigem Sofa, hatte die Beine hochgelegt und hielt mit beiden Händen ein großes, dampfendes Glas Punsch fest. Sein Kopf war mit einem frischen Verband umwickelt, was ihm ein leicht exotisches Aussehen verlieh. Der angeschlagene Held nach dem Kampf, den immer noch ein Hauch von Pulverdampf und Abenteuer umwehte. Durchaus dekorativ, auch wenn Herrmanns den Verdacht hegte, dass Bylandt womöglich aus rein ästhetischen Gründen eine Augenklappe vorgezogen hätte.

Im Kamin brannte ein kräftiges Feuer, und der dampfende Punschtopf verbreitete mit seinem intensiven Duft nach Rum und Gewürzen noch einen Rest weihnachtlicher Atmosphäre. Herrmanns fühlte sich auf Anhieb wohl.

»Wie geht es Ihnen?«, begrüßte er Bylandt. »Sie haben sich selbst entlassen, wie ich höre. Was macht der Kopf?«

»Kleine Gehirnerschütterung, nichts Ernstes«, winkte Bylandt ab.

Herrmanns wies auf das volle Glas in Bylandts Hand. »Halten Sie das für vernünftig?«

»Nein.« Offensichtlich hatte er nicht vor, dieses Thema zu diskutieren.

»Ich war heute Nachmittag im Krankenhaus. Ihre Freundin hat die OP gut überstanden.«

»Ja, ihr geht es einigermaßen gut. Wir haben schon miteinander telefoniert.« Bylandt kniff die Augen zusammen. »Vielen Dank und alles, aber ich soll mich bedeckt halten. Das BKA hätte jetzt übernommen.«

Daher wehte also der Wind. »Ich weiß, ich hatte selbst eine vertrauliche Unterhaltung mit einem Kriminalrat Langner, der mir ungefähr das Gleiche gesagt hat.« Herrmanns setzte sich in einen der Sessel und nahm dankend von Oskar ein volles Glas entgegen. Vorsichtig nippte er daran und hätte sich beinahe verschluckt. Der heiße Rumpunsch war vielleicht etwas stark, aber genau das, was er jetzt gebrauchen konnte. Außerdem schmeckte das Zeug verdammt gut. »Es geht natürlich um diesen Staatssekretär«, sagte er.

»Ihnen sind die Fotos von dem Treffen also auch aufgefallen.«

»Das Treffen kam mir merkwürdig vor, ja, und ich habe den Staatssekretär erkannt, hatte aber keine Ahnung, dass einer von den Leuten ein russischer Mafiaboss war.«

»Das erklärt so einiges von dem, was passiert ist, nicht wahr? Der Kontakt eines deutschen Staatssekretärs zur russischen Mafia ist schon etwas anderes als ein brütender Falco peregrinus.«

»Allerdings, und van der Bock scheint wirklich alles darangesetzt zu haben, um dieses Treffen zu verschleiern. Bis hin zu Mord. Sie haben heute großes Glück gehabt, Sie und Ihre beiden Begleiter.«

»Ja, sein Vorgehen war ziemlich brachial«, stimmte Bylandt zu, »aber nicht ganz so abwegig, wie es den Anschein hat. Es ging vorrangig darum, Mitwisser oder Zeugen des Treffens zu beseitigen. Dass Hillerbrocks Naturfotografien jetzt öffentlich auftauchten, war nicht das eigentliche Problem. Nicht, solange niemand über Orlowski und den Staatssekretär stolperte. Was vor Ebers auch niemand getan hat und nach ihm auch nicht, bis gestern. Hätte van der Bock gewusst, dass Max und ich gar nicht vorhatten, Ebers' Rolle zu übernehmen, sondern unser Wissen und das Fotomaterial schon längst an die Polizei weitergegeben hatten, wäre das heute Morgen ganz sicher nicht passiert. Der Überfall wäre völlig sinnlos gewesen. Aber das konnte er eben nicht wissen, und er wollte kein Risiko eingehen. Insofern war es nur konsequent, uns umzubringen. Oder es zumindest zu versuchen.«

»Viel gefehlt hat nicht.«

»Es sollte wohl wie ein Unfall aussehen, so wie bei Hillerbrock. Dass sein Depp von Chauffeur dabei den eigenen Wagen zu Schrott fährt, war bestimmt nicht vorgesehen. Und dass mit Miriam eine Polizistin an Bord war, die zurückschießen konnte, auch nicht.«

»Soviel ich weiß, war sie nicht die Einzige, die zurückgeschossen hat.«

»Nein.«

»Dass Ihr Freund mit einer Glock durch die Gegend läuft, haben Sie wohl vergessen, mir mitzuteilen.«

»Tut er nicht, war reiner Zufall. Die Glock gehörte Karpow.«

»Cremer hat sie ihm abgenommen?«, fragte Herrmanns ungläubig.

»Karpow hat sie verloren, als er gestern Morgen Max auf der Piste abfangen wollte.«

Herrmanns dachte an seinen Bericht und seufzte. Er konnte sich lebhaft vorstellen, was Kieling zu solchen Details sagen würde. »Ihnen ist doch hoffentlich klar, Harry, dass Sie beide noch eine ausführliche Aussage machen müssen.«

»Kein Problem.«

»Das sagen Sie so leicht.« Herrmanns nahm einen Schluck Punsch und ließ seinen Kopf zurück gegen die hohe Lehne des Ohrensessels sinken. »Laut Auskunft von Langner weist van der Bock jede Verantwortung weit von sich und schiebt alles auf Karpow. Der hätte eigenmächtig und ohne sein Wissen gehandelt.«

»Sehr bequem für ihn, dass Karpow tot ist. Genau wie Eschborn.«

»Diese Linie wird er natürlich nicht durchhalten können. Außerdem hat der Herr Staatssekretär vielleicht mehr dazu zu sagen.«

»Da wäre ich nicht so optimistisch. Van der Bock hat entweder von sich aus gehandelt oder, was wahrscheinlicher ist, auf Anweisung der Russen. Ich bezweifle, dass unser Dr. Kröger-Eckstein viel davon wusste oder sogar selbst direkt in irgendwelche Aktivitäten involviert war. Nein, er dürfte einfach die Forderung des Erpressers an van der Bock weitergeleitet und sich anschließend Augen und Ohren fest zugehalten haben.« Bylandt zuckte abschätzig mit den Schultern. »Soll sich ruhig das BKA um ihn kümmern. Selbst wenn ihm keine unmittelbare Beteiligung an Verbrechen nachgewiesen werden könnte, politisch ist der Mann erledigt, dafür reicht allein schon das Treffen mit Orlowski. Ich tippe auf einen zeitnahen Rücktritt in aller Stille. Sollte jemals der wahre Grund dafür öffentlich bekannt werden, wäre ich sehr erstaunt.«

»Sie klingen irgendwie unzufrieden.«

»Bin ich auch.«

»Hören Sie, wenn es wegen Ihrer Freundin ist, dann machen Sie sich keine Sorgen, die Kollegin ist bald wieder auf den Beinen. Sehen Sie es doch so: Sie haben heute einen Mordanschlag nicht nur überstanden, sondern erfolgreich abgewehrt. Karpow ist tot, der Chauffeur angeschossen, und van der Bock bleibt möglicherweise für den Rest seines Lebens gelähmt, ganz abgesehen von dem Prozess, der ihn erwartet. Ich würde sagen, die anderen haben verloren, auf ganzer Linie. Denn egal was mit dem Staatssekretär geschieht, für die Russen ist er wertlos geworden. Die Geschichte ist vorbei.«

Bylandt brummte etwas Unverständliches, ohne direkt zu widersprechen.

»Dank Ihnen ist der Fall gelöst«, fuhr Herrmanns aufmunternd fort. »Sie haben von Anfang an richtiggelegen mit Ebers. Es ging um Hillerbrocks Aufnahmen und um Erpressung. Alles, was passiert ist, war eine direkte Folge davon. Das scheint auch das BKA so zu sehen.«

»Ebers war ein Erpresser, zweifellos.«

»Und deswegen ist er auch umgebracht worden. Seine Opfer, wenn man sie denn so nennen kann, hatten das beste Motiv der Welt.«

»Oja«, Bylandt zog eine Braue hoch, »man könnte es glatt rahmen und aufhängen, so gut ist es.«

»Was stört Sie denn daran?«, fragte Herrmanns irritiert.

»Nun, Hillerbrocks Fotos und Ebers' Erpressung damit erklären den Überfall von heute Morgen. Sie erklären auch Karpows sonstige Aktivitäten. Sie erklären sogar, warum Hillerbrock überfahren wurde. Aber den Tod von Mario Ebers erklären sie nicht. Das stört mich.«

»Ich fürchte, ich kann Ihnen nicht ganz folgen.« Herrmanns sah zu Oskar hinüber, der ebenfalls überrascht schien.

»Um ein Mordmotiv zu haben, müssten sie gewusst haben, dass Ebers ihr Erpresser war«, erklärte Bylandt. »Was Eschborn aber geleugnet hat und van der Bock offenbar auch tut.«

»Natürlich leugnen sie. Warum sollten sie freiwillig ein Mordmotiv einräumen?«

»Das ist ein Argument, zugegeben. Aber was, wenn sie die Wahrheit sagen?«

»Ist das Ihr Ernst?«

»Es gibt einiges, was dafür spricht.«

»Zum Beispiel?«

»Die hundertfünfzigtausend auf Ebers' Malteser Konto. Ich meine, die haben *bezahlt*! Das hätten sie wohl kaum getan, wenn sie gewusst hätten, an wen. Was nahelegt, dass sie keinen Schimmer hatten, wer hinter der Erpressung steckte.«

»Sie sind vielleicht erst später auf ihn gekommen.«

»Das müssen sie wohl, aber die Frage ist, wie?«

»Vielleicht ist Karpow im Hotel Ebers' Interesse für Hillerbrock und die Aufnahmen aufgefallen, und er hat die richtigen Schlüsse gezogen. So wie Sie.«

»Sicher, das wäre möglich. Nur frage ich mich, warum er sich dann nicht schon viel früher an Hillerbrocks Freundin gehalten hat, um ihr die Fotodateien wegzunehmen. Und da ist noch etwas. Eschborns Überraschung darüber, dass es sich bei dem Toten unter Oskars Lift um Mario Ebers handelte, wirkte echt. Er schien auch nichts von Hillerbrocks Unfall gewusst zu haben.«

»Oder aber er war ein viel besserer Schauspieler, als Sie glauben. Haben Sie daran schon mal gedacht?«

»Er war übrigens gestern hier«, warf Oskar ruhig ein, bevor Bylandt etwas erwidern konnte, »so gegen Mittag.«

»Wer? Eschborn?«, fragte Herrmanns überrascht.

»Hat mich auch gewundert. Er wollte mit mir reden.«

»Über das Skiprojekt?«

»Eigentlich nicht. Eher über alte Zeiten. Es war ein merkwürdiges Gespräch, völlig anders, als ich erwartet hätte. Eschborn war kaum wiederzuerkennen, er trat nicht die Spur aggressiv auf, so wie sonst immer, sondern friedlich und leise, fast schon sentimental. Er bedauerte, dass alles so gekommen ist, wir wären doch früher mal enge Freunde gewesen und so weiter. Natürlich ging es um seine erste Frau. Er hätte Sabine genauso geliebt wie ich damals. Über ihren Verlust wäre er nie wirklich hinweggekommen und hätte sich immer selbst eine Mitschuld an ihrem Tod gegeben. Das müsste ich ihm einfach glauben. Er hat mir sogar noch eine alte Aufnahme von Sabine mit uns beiden gegeben. Sabine hätte gewollt, dass ich sie bekomme, hat er gemeint. Und wegen des Skiprojekts sollte ich mir keine Sorgen mehr machen, daraus würde wohl nichts mehr. Das war alles, dann ist er wieder gegangen.«

Eschborn hatte einen verwunderten und etwas ratlosen Oskar zurückgelassen. »Es war nicht direkt eine Versöhnung, aber ich hatte den Eindruck, dass Heribert etwas in Ordnung bringen wollte, etwas endgültig abschließen. Im Nachhinein ist mir dann klar geworden, warum. Er musste da schon den Entschluss gefasst haben, sich umzubringen.«

»Offenbar hat er geahnt, was auf ihn zukommen würde, und keinen anderen Ausweg gesehen«, stimmte Bylandt zu. »Über die Reaktion seiner Geschäftspartner auf das Aus für sein ›Schneeparadies‹ dürfte er sich keine großen Illusionen gemacht haben.« Bylandt fuhr sich müde mit einer Hand über das Gesicht. »Ich fürchte, Eschborns Rolle habe ich anfangs falsch eingeschätzt. Hillerbrocks Falkenaufnahmen und Ebers' offensichtliche Erpressung haben mich auf eine zwar naheliegende, aber eben doch falsche Fährte gesetzt, zumindest was Eschborn angeht. Ebers hat nicht ihn erpresst, in dem Punkt habe ich mich geirrt. Mittlerweile bin ich mir nicht einmal mehr sicher, ob er überhaupt etwas mit den Morden zu tun hatte. Es könnte sein, dass van der Bock in eigener Regie gehandelt hat, um Orlowskis Kontakt mit unserem Staatssekretär zu schützen, und Eschborn erst hinterher davon erfahren hat.«

»Die Ermittlungen werden das sicher noch klären.«

»Hoffentlich«, sagte Bylandt nur.

Herrmanns überlegte, ob er Bylandt auf den Überfall ansprechen sollte. Er kannte ja bisher nur Cremers Bericht, und es gab noch jede Menge offene Fragen. Doch er beschloss, damit zu warten. Morgen war auch noch ein Tag. Er schenkte sich nach, sank in das Polster und streckte seine Beine aus. Eine Zeit lang war nur das Knistern der Flammen zu hören. Jeder schien seinen eigenen Gedanken nachzuhängen.

Drei Gläser später fragte Herrmanns sich, ob Bylandts

Punsch eigentlich außer Rum, einer Spur Orangensaft und den Gewürzen noch etwas anderes enthielt. Viel konnte es jedenfalls nicht sein, das stand fest. Allerdings kam seine Sorge zu spät, nicht nur für ihn. Auch Oskar war auffallend still geworden. Er hing tiefenentspannt in seinem Sessel und starrte gedankenverloren vor sich hin. Es war schwer zu sagen, ob er nicht einfach nur mit offenen Augen schlief. Bylandt war da ein anderes Kaliber. Außer dass er noch sorgfältiger als sonst artikulierte, merkte man ihm den Alkohol nicht an. Für einen Städter hielt er sich ganz anständig, musste Herrmanns zugeben.

»Halten Sie Eschborn wirklich für unschuldig?«, fragte er.

»Abgesehen von seiner Frisur, meinen Sie? Schon möglich.«

»Wissen Sie, was ich mich frage? Mit seinem ›Schneeparadies‹ hat sich Eschborn viel Ärger eingehandelt. Warum hat er sich das überhaupt angetan?«

»Ruhm und Ehre, nehme ich an. Der Mann hat vermutlich sein Leben lang davon geträumt, dass endlich mal ein öffentliches Gebäude in Schwarzenbach nach ihm benannt wird.« Bylandt beschrieb mit dem Glas in der Hand eine weit ausholende Gebärde. »Auf dass sein Name für alle Zeiten in Erinnerung bleibt.«

»Ein Denkmal.«

»Genau. Ein Denkmal. Die ›Heribert-Eschborn-Mehrzweckhalle‹. Etwas in der Art.«

»Ruhm und Ehre. Ja, da könnten Sie recht haben.« Herrmanns nickte gewichtig und trank sein Glas leer. Dann fiel ihm etwas ein. »Nur haben wir hier gar keine Mehrzweckhalle.«

Bylandt runzelte die Stirn. »War ja nur ein Beispiel«, sagte er und murmelte noch etwas über »Korinthenkackerei«.

Herrmanns blies nachdenklich seine Backen auf und entließ die Luft mit einem Plopp. »Na ja, da gäbe es den Gemeindesaal. Mit einer Kegelbahn im Keller. Die ist neu.«

»Und?«, fragte Bylandt ungnädig. »Hat die schon einen Namen?«

Oskar blieb in der Tür stehen und band seinen schon leicht abgewetzten orientalischen Hausmantel zu. »Guten Morgen!«

»Dafür ist es etwas zu spät, wir haben gleich zwei.« Harry saß am Küchentisch vor einer ausgebreiteten Wanderkarte und grinste ihn ohne jedes Mitleid an. Abgesehen von seinem Verband sah er wie das blühende Leben aus. Wenigstens hatte er Kaffee aufgesetzt.

Oskar schenkte sich eine Tasse voll, nahm andächtig einen Schluck und lehnte sich mit dem Rücken gegen die Theke. »Was war eigentlich alles in deinem Punsch?«

»Das Übliche.«

»Aha.« Oskar war sich nicht sicher, ob das nun gut oder schlecht war. »Wo ist Paul?«

»Keine Ahnung. Gestern Abend war er noch da.«

Oskar setzte seine Tasse ab. »Du hast ihn doch nicht etwa noch fahren lassen? Paul war sturzbetrunken!«

»Dann wird er wohl kaum noch in der Lage gewesen sein, eine Verkehrskontrolle durchzuführen, oder?« Er bemerkte Oskars vorwurfsvollen Blick und seufzte. »Keine Sorge, es sind doch höchstens drei Kilometer bis zu ihm nach Hause, und so betrunken war er nun auch wieder nicht.«

»Der Mann ist Polizist!«

»Na und? Du warst auch mal Beamter.« Harry reichte ihm ein Foto. »Hier!«

»Wer ist das?«

»Dein Toter. Mario Ebers. Ich habe einen Auftrag für dich.«

Oskar hörte sich an, was Harry von ihm wollte. »Bist du sicher?«, fragte er überrascht.

»Ziemlich.«

»Na schön. Und was hast du vor?«

»Miriam einen Besuch im Krankenhaus abstatten. Gibt es im Ort ein Taxi?«

ZWÖLF

Herrmanns konnte sich beim besten Willen nicht erinnern, wann er das letzte Mal mit einem derartigen Kater aufgewacht war. Nicht nur, dass sein Kopf immer noch wie verrückt dröhnte, trotz mehrerer Aspirintabletten – er schien auch einen Filmriss zu haben. Jedenfalls wusste er nicht mehr, wann und vor allem wie er gestern Abend nach Hause gekommen war. Das beunruhigte ihn etwas. Sein Toyota hatte vor seinem Haus gestanden, halb in der Garageneinfahrt, folglich musste ihn auch jemand dorthin gefahren und so salopp abgestellt haben. Es stand sehr zu befürchten, dass er selbst dieser Jemand gewesen war. Zum Glück gab es am Wagen keine erkennbaren Beulen oder Schrammen, die Fahrt schien also unfallfrei verlaufen zu sein. Wenigstens etwas. Trotzdem hoffte er, dass ihn niemand dabei beobachtet hatte.

Er warf einen kurzen Blick auf seinen Beifahrer, der die Arme verschränkt hatte und nachdenklich aus dem Fenster in die verschneite Landschaft hinaussah. Bylandt trug immer noch seinen Kopfverband, schien aber den gestrigen Abend wesentlich besser verkraftet zu haben als er selbst, was Herrmanns irgendwo tief in seinem Innern wurmte. Während der Fahrt war Bylandt ungewöhnlich wortkarg geblieben. Er hatte nicht einmal verraten wollen, warum er so dringend mit der Witwe Eschborn reden musste und Herrmanns unbedingt dabei sein sollte. Das würde er schon merken, hatte Bylandt versichert. Vielleicht wollte er auch nur chauffiert werden, jetzt, wo er ohne seinen Benz dastand. Um den alten Wagen, im Grunde schon ein Oldtimer, war es schade, fand Herrmanns, und er fragte sich flüchtig, wer eigentlich für den Verlust aufkommen würde. Eine Bodenwelle, die er zu spät gesehen hatte, brachte seinen Kater schlagartig wieder in Erinnerung.

»Merken Sie eigentlich gar nichts davon?«, fragte er stöhnend.

»Wovon?«

»Von Ihrem verdammten Punsch! Wovon sonst? Haben Sie denn überhaupt keine Kopfschmerzen?«

Bylandt sah ihn verwundert an. »Doch, natürlich. Aber dazu brauche ich keinen Kater. Mir reicht eine Gehirnerschütterung.«

Da konnte Herrmanns schlecht mithalten. Er bog in den gewundenen Zufahrtsweg zu Eschborns Anwesen ein und bremste nach der zweiten Kurve ab. Sie waren nicht die ersten Besucher. Ein großer Mercedes-SUV kam ihnen entgegen, viel zu schnell für die enge und nur schlecht vom letzten Schnee freigeräumte Straße. Anstatt nun ebenfalls das Tempo zu verringern, drückte der Fahrer einfach auf die Hupe und hielt weiter auf sie zu. Es war leider zu spät, um noch das Blaulicht aufs Dach zu setzen. Fluchend wich Herrmanns so weit wie möglich zur Seite aus und pflügte mit dem Kotflügel durch den Schnee am Fahrbahnrand. Der Mercedes bretterte dicht an ihnen vorbei. Es war knapp, sehr viel mehr als eine Zeitung hätte nicht zwischen sie gepasst. Schlitternd schwenkte der Toyota wieder zurück in die Fahrspur. Herrmanns kurbelte die Seitenscheibe herunter und beugte sich mit dem Kopf hinaus.

»Vollidiot!«, schrie er dem Mercedes hinterher. Die Heckscheibe war abgetönt, aber den grinsenden Fahrer hatte er deutlich sehen können. Obwohl er ihm nicht ähnlich sah, hatte der Mann ihn fatal an van der Bocks Chauffeur erinnert. An solchen Leuten war offenbar kein Mangel.

Mit einem unguten Gefühl im Bauch kurbelte er die Scheibe wieder hoch und diktierte Bylandt das Kennzeichen des Mercedes. Das würde ein Nachspiel haben.

Herrmanns parkte den Toyota vor dem Haus und stieg aus. Immer noch auf hundertachtzig, hatte er keinen Blick übrig für das imposante Eschborn-Anwesen, sondern stapfte auf die Haustür zu und klingelte. Bylandt war ein paar Schritte hinter ihm stehen geblieben und bewunderte die spektakuläre Aussicht über den steil abfallenden Hang auf das Tal und die gegenüberliegenden Berge.

Andrea Eschborn öffnete. Sie schien nicht sonderlich erfreut, sie zu sehen, nicht einmal Bylandt, bat sie aber ins Haus. Ihre Beileidsbekundungen nahm sie gefasst mit einem knappen Danke entgegen. Herrmanns war etwas überrascht. Offenkundig waren die Scheidungsverhandlungen der Eschborns nicht gerade einvernehmlich verlaufen, und er hatte deshalb auch keine tief trauernde Witwe erwartet. Doch die Frau vor ihm wirkte aufgebracht, regelrecht wütend. Und alkoholisiert, das halb volle Whiskyglas in ihrer Hand schien nicht ihr erstes gewesen zu sein. Ihm kam der Verdacht, dass ihre gereizte Stimmung etwas mit dem vorangegangenen Besuch zu tun haben könnte, und er erkundigte sich nach den Insassen des Mercedes.

»Zwei Arschlöcher!«, antwortete sie voller Inbrunst und leerte ihr Glas mit einem einzigen Schluck. Er hatte also richtig vermutet. »Entschuldigung, ist mir so rausgerutscht«, schob sie nach. »Aber es stimmt, das können Sie mir ruhig glauben!«

»Nun, es würde jedenfalls ihren Fahrstil erklären.«

»Anwälte!«, fuhr sie angewidert fort, und es klang wie eine Wiederholung. »Sie vertreten die Interessen von ›Moscow Invest‹, haben sie gesagt. Anscheinend hat Heribert Geschäfte mit denen gemacht.«

»Investoren aus Russland?«, fragte Herrmanns und sah kurz zu Bylandt hinüber, der die Hände in seine ausgebeulten Manteltaschen gesteckt hatte und die Witwe nachdenklich betrachtete. Dafür, dass sie nur auf sein Betreiben hin hierhergefahren waren, wirkte er seltsam unbeteiligt.

Andrea Eschborn wedelte unwirsch mit der Hand. »Ja, irgendeine russische Anlagegesellschaft, was weiß ich? Investoren eben.«

Sie drehte sich um und ging quer durch die Eingangshalle auf eine halb aufgezogene Schiebetür aus Glas zu. Herrmanns und Bylandt folgten ihr in die Küche. Der Raum war nur unwesentlich kleiner als die Halle und versuchte mit Erfolg, einen professionellen Eindruck zu vermitteln. Vermutlich hätte die Ausstattung für ein mittelgroßes Restaurant ausgereicht. Die Stirnseite war größtenteils verglast, mit einem Ausgang zur vorgelagerten Terrasse. Der Ausblick auf die verschneite Landschaft passte zu dem ausgesprochen kühlen Ambiente und auch zu den wenigen Schwarz-Weiß-Aufnahmen, mit denen die Wand neben der Tür dekoriert war. Sie präsentierten Andrea Eschborn und ihre sportlichen Erfolge als Skiläuferin. Einzig das Gewehr fiel aus dem Rahmen. Es hing neben einem aufgezogenen und vergrößerten Zeitungsfoto, das sie als überglückliche Siegerin eines Biathlonwettbewerbs zeigte. Schießen konnte sie offenbar auch.

Auf dem Thekenblock in der Mitte stand eine angebrochene Whiskyflasche. Die Dame des Hauses steuerte darauf zu und schenkte sich noch einmal ein, nachdem Herrmanns und Bylandt dankend abgelehnt hatten. Sie nahm das Glas und lehnte sich mit verschränkten Armen rücklings gegen die Theke.

»Angeblich haben die Russen viel Geld in das Skiprojekt gesteckt«, erklärte sie. »Und jetzt wollen sie es zurück. Alles. Auch von mir. Das Problem ist nämlich, dass Heribert offenbar völlig ruiniert war.« Sie hob grüßend das Glas. »Wer hätte das gedacht?«

»Ihr Mann hat Sie über die finanziellen Probleme in Unkenntnis gelassen?«

»Der Mistkerl hat noch etwas ganz anderes getan! Er hat unseren gesamten Besitz als Sicherheit verpfändet. Die Villa hier, das Apartment in Köln, die Mietshäuser, das Chalet in St. Moritz und die Yacht auf Mallorca, einfach alles. Sogar die Wagen. Hinter meinem Rücken, ohne mir auch nur ein einziges Wort davon zu sagen.«

»Hätten Sie denn nicht zustimmen müssen, wenn es sich

um gemeinschaftlichen Besitz handelt?«, wunderte sich Herrmanns.

»Oja, hätte ich, und angeblich habe ich das auch getan. Die beiden haben mir vorhin die Verträge gezeigt. Alle waren von mir mit unterschrieben, wie es sich gehört. Was soll ich sagen? Die Unterschriften sahen wirklich echt aus.«

»Wenn die Unterschriften gefälscht sind, sind auch die Verträge unwirksam.«

»Ach, ich soll mir einen Anwalt nehmen, meinen Sie? Wie süß! Wissen Sie, was die gesagt haben? Heribert hätte sie um ihr Geld betrogen, und ich sollte immer daran denken, was mit ihm passiert ist.«

»Die haben Ihnen gedroht?«

»Natürlich war das eine Drohung, was denken Sie denn? Die meinten das vollkommen ernst. Bis dahin habe ich geglaubt, Heribert hätte sich einfach feige davongemacht, aber jetzt …« Sie brach ab und sah Herrmanns fragend an.

»Die Untersuchungen zum Tod Ihres Mannes sind noch nicht abgeschlossen«, antwortete er zurückhaltend.

»Also sollte ich wohl besser auf den dringenden Rat dieser Ganoven hören, nämlich auf den Rechtsweg zu verzichten und einfach zu zahlen. Wenn ich die Überschreibung nicht anfechte und auch noch den Rest zu Geld mache, könnte ich mit etwas Glück den größten Teil der Schulden zusammenbekommen. Vielleicht verzichten die Russen dann auf den Rest. Vielleicht. So oder so, mir wird nichts bleiben. Es ist alles weg.«

»Das tut mir leid für dich«, sagte Bylandt nun, »aber du hast vollkommen recht, diese Leute meinen es wirklich ernst. Das kann ich aus eigener Erfahrung bestätigen.«

Zum ersten Mal schien sie seinen Kopfverband bewusst wahrzunehmen. »Ja, davon habe ich schon gehört«, sagte sie, und ihre Stimme klang sehr viel weicher. »Wie geht es dir?«

»Besser als dem Benz. Halb so wild.«

»Stimmt es, dass van der Bock etwas damit zu tun hat?«

Bylandt nickte. »Du kennst ihn?«

»Er war Heriberts Anwalt. Also ja, flüchtig. Ein Widerling, konnte nie seine Hände bei sich behalten. Hat er tatsächlich versucht, dich umzubringen?«

»Das hat er.«

»Warum?«

»Weil ich ihm in die Quere gekommen bin, ihm und seinen Investoren. Hast du eigentlich gewusst, dass dein Gatte der russischen Mafia geholfen hat, hier in der Eifel Fuß zu fassen?«

»Heribert? Natürlich nicht! Und bis vor einer Stunde hätte ich davon auch kein Wort geglaubt. Aber inzwischen halte ich alles für möglich. Ich verstehe nur nicht, was du damit zu tun hast?«

»Das ist etwas kompliziert. Angefangen hat es mit dem Toten unter Oskars Lift, mit Mario Ebers.« Bylandt machte eine kleine Geste, die Herrmanns mit einbezog. »Wir haben nämlich herausgefunden, was er herausgefunden hatte: dass im ›Schneeparadies Schwarzenbach‹ die russische Mafia mitmischt. Damit hat er van der Bock und deinen Mann erpresst, was nicht sehr klug war.«

Herrmanns atmete erleichtert auf, einen Moment hatte er schon befürchtet, dass Bylandt auch noch den Staatssekretär ins Spiel brachte, und für dieses Leck wollte er später nicht den Kopf hinhalten müssen.

Andrea Eschborn schien überrascht zu sein. »Erpresst?«, fragte sie ungläubig.

»Anfangs habe ich fälschlich angenommen, dass es dabei nur um streng geschützte Wanderfalken geht und Ebers es hauptsächlich auf deinen Mann abgesehen hatte. Eine Zeit lang habe ich sogar überlegt, ob ihr beide vielleicht gemeinsame Sache gemacht habt, du und Ebers.«

»Wovon redest du denn da?«

»Nun, ganz offensichtlich hattest du nicht viel für deinen Mann übrig.«

»Ich kannte diesen Mario Ebers doch so gut wie gar nicht!«

»Wirklich?« Bylandt trat zu den an der Wand aufgehängten Fotografien, nahm die gerahmte Zeitungsmeldung herunter und legte sie auf die Theke. Anschließend holte er einen Fotoausdruck aus seiner Manteltasche. Herrmanns erkannte darauf das leblose Gesicht von Ebers und fragte sich, wie Bylandt an die Aufnahme der Leiche gekommen war. Dann fielen ihm die ins Internet gestellten Fotos ein. Jede Menge Porträts des Toten, manche recht brauchbar.

Bylandt tippte auf einen lachenden jungen Mann mit Skimütze, der auf dem Zeitungsfoto die strahlende Siegerin Andrea Eschborn um die Taille gefasst hielt. »Das *ist* doch Mario Ebers, oder nicht?«

Herrmanns beugte sich vor und verglich die Aufnahmen. Bylandt hatte recht, die beiden wirkten vertraut miteinander. Er drehte sich zur Witwe um. »Frau Eschborn?«

Sie antwortete nicht, sondern trank von ihrem Whisky, ohne Bylandt aus den Augen zu lassen.

»Es könnte natürlich reiner Zufall sein«, fuhr Bylandt im Plauderton fort. »Doch dafür wart ihr beide auch nach deinem Sieg noch bemerkenswert oft zusammen aus. Oskar hat einige der nobleren Restaurants in der weiteren Umgebung abgeklappert und ist fündig geworden, was mich nicht im Mindesten wundert. Hast du ernsthaft geglaubt, die Kellner würden sich an jemanden wie dich nicht erinnern?«

»Danke für die Blumen!«

»Offenbar habt ihr euch um Diskretion bemüht. Ich nehme an, es gibt einen störenden Passus im Ehevertrag, der eine außereheliche Beziehung deinerseits im Fall einer Scheidung finanziell sanktioniert.«

Andrea Eschborn richtete sich auf. »Ja, wir hatten eine Affäre. Na und?«, sagte sie rau, trank aus und setzte das Glas hart ab. »Das ist nicht verboten, oder? Und spielt jetzt sowieso keine Rolle mehr. Es gibt keine Scheidung, und Mario ist auch tot.«

»Die Frage ist, wie es dazu gekommen ist, denn einen einfachen Unfall können wir ausschließen.«

Sie zuckte mit den Achseln. »Hast du nicht gerade gesagt, Mario hätte van der Bock und die Russen erpresst?«

»Das hat er getan, richtig.«

»Dann hätten sie doch ein Motiv gehabt.«

»Ja, das hätten sie. Wenn sie gewusst hätten, dass sie von Ebers erpresst worden waren. Das haben sie aber nicht, behauptet van der Bock, und ich glaube ihm. Deshalb sind wir hier.«

Argwöhnisch sah Herrmanns Bylandt von der Seite an, ihm gefiel die Richtung nicht, die das Gespräch eingeschlagen hatte.

»Die Todesursache war ein Sturz aus großer Höhe«, erläuterte Bylandt ungerührt, »nur nicht dort, wo die Leiche gefunden worden ist. Es hätte überall passiert sein können, das war unser Problem. Doch inzwischen wissen wir, wo.«

Herrmanns versteifte sich, davon hörte er zum ersten Mal. Kalte Luft zog in die Küche, als Bylandt nun die Tür zur Terrasse öffnete. Herrmanns folgte ihm nach draußen. Andrea Eschborn blieb mit verschränkten Armen in der Tür stehen. Ihren Gesichtsausdruck konnte er nicht so recht deuten.

Bylandt stützte sich auf das Geländer und sah den Abhang hinunter. »Die Fallhöhe kommt hin, es sind ungefähr acht Meter. Der Untergrund unter dem Schnee ist felsig. Wer hier runterfällt, kann sich leicht das Genick brechen. Und das hat Mario Ebers auch getan, denke ich. Er ist hier gestorben.«

Andrea Eschborn hatte sich nicht bewegt. »Woher willst du das so genau wissen?«, fragte sie.

»Das würde mich auch interessieren«, raunte Herrmanns. »Sie haben hoffentlich auch einen Beweis dafür.«

»Keine Sorge, die Spurensicherung wird schon etwas finden, jetzt, wo sie weiß, wo sie suchen muss«, antwortete Bylandt wenig beruhigend. »Aber vielleicht brauchen wir gar nicht so lange zu warten.« Er zog sein Smartphone aus der Manteltasche und wandte sich an die Witwe. »Es gab nämlich noch ein zweites Problem mit unserem Toten«, erklärte er, »das Handy. Bei der Leiche wurde keins gefunden, was sehr seltsam ist. Jemand in diesem Alter würde doch eher ohne Hose ausgehen als ohne sein Smartphone. Also hat es ihm entweder jemand weggenommen, oder Ebers muss es verloren haben. Bei einem Sturz kopfüber aus größerer Höhe kann das schon mal passieren. Nun, wir haben zwar nicht sein Handy, aber seine Nummer.«

Bylandt tippte einige Zahlen ein und drückte auf Anruf. Kurz darauf war ein leicht gedämpfter Klingelton zu hören. Das Geräusch kam von einer Stelle unterhalb der Terrasse. Herrmanns beugte sich über das Geländer und blickte suchend hinunter. Er konnte nichts erkennen, doch irgendwo in der Schneeschicht, die den Boden des Abhangs bedeckte, musste das Handy des Toten stecken. Bylandt hatte recht, Ebers war hier abgestürzt.

Als Herrmanns sich wieder aufrichtete und umdrehte, hielt Andrea Eschborn ein Gewehr in den Händen und zielte auf sie beide.

Bylandt räusperte sich. »Ich würde sagen, da haben Sie Ihren Beweis, Paul.«

»Sehe ich auch so. Trotzdem verstehe ich nicht, warum sie das getan hat.«

»Ich fürchte, wir haben von Anfang an mit dem Motiv falschgelegen. Beim Tod von Mario Ebers ging es nicht um Erpressung, nicht einmal um Geld. Jedenfalls nicht in erster Linie. Vor allem nicht bei Andrea. Es ging um enttäuschte Liebe, um gekränkte Eitelkeit, letztendlich um Wut und Hass. Wir haben es hier mit einem *crime passionelle* zu tun, einem Verbrechen aus Leidenschaft. Mario hat dir hier draußen gesagt, dass er dich verlassen will, nicht wahr?«

»Oh nein, nicht einfach nur verlassen, das wäre nicht so schlimm gewesen«, widersprach sie und klang verbittert. »Er musste mich auch noch verletzen und demütigen. Er hätte es jetzt nicht mehr nötig, weiter mit einer Oma zu schlafen, er würde auch so an Heriberts Geld kommen. Und nicht nur an sein Geld, sondern auch an die Geliebte. Dann hat er auch noch mit ihr angegeben, wie toll sie wäre, wie schön, wie jung und überhaupt: Caro hier, Caro da. Da habe ich zugeschlagen, mit aller Kraft und blind vor Wut. Nur einmal, aber er ist über das Geländer gestürzt und war tot. Es war nur ein einziger Schlag, mehr nicht.«

»Damit, nehme ich an.« Bylandt deutete auf einen schweren Aschenbecher aus Granit, der auf der Fensterbank stand.

»Wir haben geraucht, und ich hatte ihn gerade in der Hand gehalten, zufällig. Es ist einfach passiert. Ich wollte ihn bestimmt nicht umbringen.«

»Ich weiß. Es war ein Unglück.«

Sie nickte langsam. »Ein Unglück, ja, das war es. Ein verdammtes, beschissenes Unglück! Aber wer sollte das glauben?«

»Und selbst wenn, dann wäre eure Affäre herausgekommen, und damit hättest du schlechte Karten bei deiner Scheidung gehabt. Also hast du einfach die Leiche weggeschafft. Auf Skiern und mit einem Schlitten, vermute ich.«

»Das war nicht besonders schwer, und ich dachte, unter dem Lift sieht es vielleicht nach einem Unfall aus.«

»So wie später auch bei Max und Marios neuer Geliebter?«

»Sie meinen, das war gar nicht Karpow?«, fragte Herrmanns überrascht.

»Nein, die sollte nur ein bisschen frieren«, beantwortete Andrea Bylandts Frage mit einem kleinen, freudlosen Lächeln. »Natürlich hätte ich noch rechtzeitig für Rettung gesorgt. Aber das war ja nicht mehr nötig. Das mit deinem Freund tut mir leid.«

Herrmanns machte einen kleinen Schritt nach vorn. »Was soll das Gewehr, Frau Eschborn?«

»Was wohl? Und bevor Sie auf falsche Gedanken kommen, ich kann damit umgehen.«

Bylandt hob beschwichtigend eine Hand. »Das bezweifelt ja auch niemand. Aber hast du wirklich ein geladenes Gewehr an der Wand hängen?«

»Willst du es darauf ankommen lassen?«

Das wollte Bylandt lieber nicht. »Man hat gestern schon auf mich geschossen, das reicht mir für diese Woche, vielen Dank. Dir ist doch hoffentlich klar, dass du damit alles nur noch schlimmer machst.«

»Harry hat recht, Frau Eschborn!«

»Ach ja? Mal sehen: Bis eben habe ich nur vor der sicheren Armut und vor dem Alter gestanden, jetzt auch noch vor dem Gefängnis. Und Mario ist tot, durch meine Schuld. Was könnte denn noch schlimmer kommen?«

»Ihr Schlag war eine Affekthandlung und der tödliche Sturz eine Verkettung unglücklicher Umstände. Das wird sich alles mildernd auswirken. Aber wenn Sie jetzt weitermachen, sieht das anders aus.«

»Und wenn schon, niemand wird mich ins Gefängnis bringen!«

Sie kassierte ihre Handys und Herrmanns' Dienstwaffe ein und dirigierte sie mit vorgehaltenem Gewehr hinunter in den Heizungskeller. Dort schloss sie die solide Feuerschutztür hinter ihnen. Herrmanns hörte noch ihre sich entfernenden Schritte, dann war es still. Andrea Eschborn hatte sie eingesperrt und kaltgestellt.

»Das haben Sie ja fein hinbekommen!«, beschwerte er sich verärgert bei Bylandt. »Gratuliere!«

Tatsächlich wirkte sein Zellengenosse etwas verlegen. »Ich gebe zu, mit dieser Reaktion habe ich nicht gerechnet«, gestand Bylandt kleinlaut, aber das würde nicht lange anhalten.

»Was Sie nicht sagen! Wenn Sie mich vorher eingeweiht hätten, säßen wir jetzt nicht hier in der Patsche.«

»Es war nur eine Theorie, sie hätte ja auch falsch sein können.«

»Blödsinn, Sie wollten Ihre Show abziehen, sonst nichts! Und das haben wir jetzt davon.«

Der Heizungskeller wurde durch eine Neonröhre an der Decke beleuchtet. Herrmanns sah sich in ihrem Gefängnis um. Hinter einer halbhohen Schutzmauer stand ein großer, eiserner Öltank, der gut zwei Drittel des Raumes einnahm. Eine Leitung führte zu dem Brennkessel, der gerade angesprungen war. Erfrieren würden sie hier wohl nicht. Neben dem Kessel stand ein geräumiges Kellerregal, in dem Polsterauflagen für Gartenmöbel ordentlich aufgestapelt lagen. Zwei zusammengeklappte Campingliegen lehnten dagegen. In der Außenwand gab es knapp unterhalb der Decke ein vergittertes Fenster, zu klein für einen Menschen. Mit Sicherheit zu klein für ihn. Der einzige Weg nach draußen führte durch die Tür.

Herrmanns inspizierte die stabile Metallzarge, dann trat er zwei Schritte zurück, nahm Maß und warf sich mit voller Wucht gegen die Tür. Es passierte nicht viel, außer dass er seine Schulter spürte und ihm der Kopf dröhnte. Die Tür hielt. Er versuchte es noch einmal, doch wieder vergeblich. Irritiert rieb er seine Schulter. An der Zarge konnte es nicht liegen, sie hatte sich durch den Aufprall teilweise aus dem Mauerwerk gelöst. Nur das Türblatt ließ sich nicht bewegen, Eschborns Witwe musste es sehr wirkungsvoll von außen verkeilt haben.

»Die Tür scheint blockiert zu sein«, kommentierte Bylandt seine erfolglosen Versuche. »Wahrscheinlich hat Andrea einen Balken dagegengeklemmt.«

»Das weiß ich auch«, knurrte Herrmanns. »Jetzt.«

»Dann hat es wenig Sinn, weiter dagegenzulaufen, meinen Sie nicht? Außerdem ist es laut.«

Bevor Herrmanns sich aufregen konnte, holte Bylandt einen silbernen, mit Leder bezogenen Flachmann aus der Innentasche seines Dufflecoats und schraubte den Deckel ab. »Hier, trinken Sie lieber einen Schluck! Das hilft.«

Wortlos griff Herrmanns danach und bediente sich ausgiebig. Was immer die Flasche enthielt, es war hochprozentig und roch nach Anis. Und es half. »Ouzo?«, fragte er.

»Ricard.«

»Auch gut.« Herrmanns nahm noch einen Schluck und gab die Flasche zurück. »Scheint, dass wir hier festsitzen. Was machen wir jetzt?«

»Auf Oskar warten.«

»Weiß er denn, dass wir hier sind?«

»Sicher«, beteuerte Bylandt. »Er müsste es wissen.«

»Müsste?«

»Genau. Das heißt«, ruderte Bylandt zurück, »er könnte. Wenn er zwei und zwei zusammenzählt.«

»Na, dann kann ja nichts mehr schiefgehen«, seufzte Herrmanns und schnappte sich den Flachmann.

»Keine Sorge, Oskar wird schon kommen und uns hier rausholen.« Bylandt klappte eine der Liegen auf und ließ sich darauf nieder. Nonchalant schlug er die Beine übereinander. »Wir brauchen nur etwas Geduld.«

»Etwas anderes wird uns wohl auch nicht übrig bleiben.« Herrmanns stellte die zweite Liege auf und setzte sich vorsichtig. »Wie sind Sie eigentlich auf die Witwe gekommen?«

»Erinnern Sie sich noch an unser Gespräch von gestern Abend?«

»Teilweise.«

»Nun, die entscheidende Frage hat mir keine Ruhe mehr gelassen. Die Frage, wie van der Bock und seine Leute Ebers als den Erpresser identifizieren konnten. Also habe ich nachgedacht, und irgendwann ist mir aufgegangen, dass die Frage falsch gestellt war. Der Rest war dann keine große Sache mehr.«

»Wieso falsch gestellt? Was wäre denn die richtige Frage gewesen?«

»Nicht *wie*, sondern *ob*. Und die richtige Antwort lautet: Nein, haben sie nicht. Also den Erpresser identifiziert. Die Ironie dabei ist, dass Eschborn und van der Bock höchstwahrscheinlich erst nach seinem Tod von Ebers erfahren haben, und zwar ausgerechnet durch meine Wenigkeit.«

»Woher wollen Sie das so genau wissen?«

»Ich denke, dass sie anfangs geglaubt haben, Hillerbrock hätte einen Nachschlag verlangt, als er auf seinen Fotos den Staatssekretär bei diesem merkwürdigen Treffen erkannt hatte. Daraufhin haben sie nicht lange gefackelt und ihn umfahren lassen. Auch der anschließende Einbruch bei ihm geht auf ihr Konto. Das hätte uns eigentlich schon viel früher stutzig machen müssen.«

»Der Einbruch bei Hillerbrock?«

»Nein, der Einbruch bei Ebers.«

»Welcher Einbruch? Dafür gab es keinerlei Anzeichen.«

»Eben. Es hätte sie aber geben müssen.«

Herrmanns nickte langsam. »Sie haben recht. Der USB-Stick in seiner Wohnung.«

»Ganz genau. Er hätte nicht dort sein dürfen. Nicht, wenn sie Ebers als Erpresser identifiziert und deshalb umgebracht hätten. Denn dann wäre auch dessen Wohnung durchsucht worden, um alle Dateien sicherzustellen. Genau wie bei Hillerbrock. Wir hätten dort nichts mehr gefunden, weder den Stick noch seinen Rechner.«

»Es sei denn, wir wären vor ihnen da gewesen.«

»Zwei Tage nach seinem Tod?«

»Stimmt, das ist nicht sehr wahrscheinlich«, gab Herrmanns zu.

»Unser Fehler war, dass wir uns von Anfang an zu sehr auf die Erpressungsgeschichte fixiert haben. Natürlich gab sie ein hervorragendes Motiv ab, und Ebers *war* ein Erpresser. Das beweist der Stick ja gerade. Aber dass wir ihn in Ebers' Wohnung gefunden haben, beweist andererseits auch, dass niemand davon wusste und er folglich auch nicht deswegen getötet worden sein kann. Ebers' Tod hatte gar nichts mit seiner Erpressung zu tun. Das ist mir gestern Abend klar geworden.«

»Also musste es einen ganz anderen Grund geben.«

»Nicht nur das, auch unsere schönen Verdächtigen waren mit einem Schlag alle außen vor. Sie hatten kein Motiv mehr.«

»Schön, anderes Motiv, anderer Täter. So weit kann ich Ihnen folgen, aber wie sind Sie gerade auf Andrea Eschborn gekommen?«

»Nicht sofort, eins hat zum anderen geführt. Ich wusste zwar, dass Ebers und Andrea sich kannten, hatte dem bisher aber keine große Bedeutung zugemessen und erst jetzt angefangen, darüber nachzudenken, was das für unser Problem bedeuten könnte. Ein notorischer Aufreißer und eine äußerst attraktive Frau ohne streng zölibatäre Ansichten. Es wäre sehr unwahrscheinlich gewesen, wenn Ebers es bei ihr nicht zumindest versucht hätte. Und für Andrea hätte ich meine Hand auch nicht ins Feuer gelegt.«

»Tatsächlich?«

»Wenn die beiden eine intime Beziehung miteinander hatten, würde das vieles erklären, unter anderem auch, warum Ebers so häufig hier im ›Sporthotel Schwarzenbach‹ abgestiegen ist. Etwas, worüber ich mich von Anfang an gewundert habe. Als der Gedanke an eine mögliche Affäre zwischen den beiden in meinem Hinterkopf herumspukte, habe ich mich an das Foto erinnert, das bei Andrea in der Küche hängt. Sie wissen schon, der Zeitungsartikel mit dem Bild von der Siegerehrung. In dem jungen Mann, der darauf an ihrer Seite steht, hatte ich Ebers zuerst gar nicht erkannt, erst gestern Abend, als ich im Internet danach recherchiert habe und wieder darauf gestoßen bin. Für die endgültige Bestätigung hat dann später Oskar gesorgt. So fügte sich alles zusammen.«

»Nur weil die beiden eine Affäre hatten, die sie uns gegenüber verschwiegen hat?«

»Nein, keine Affäre, sondern eine beendete Affäre. Das war entscheidend. Hier kam Mario Ebers' Charakter ins Spiel. Er hatte sich in Caro frisch verliebt, sogar heimlich mit ihr verlobt, war plötzlich zu Geld gekommen und ganz allgemein kein netter Mensch, um es vorsichtig zu formulieren.«

»Da würde ich Ihnen nicht widersprechen.«

»Zu ihm passte es, ausgerechnet an Heiligabend Schluss zu machen. Aus heiterem Himmel zu erfahren, dass ihr Lover längst eine andere gefunden hatte und sie eiskalt abservieren wollte, musste Andrea zutiefst gekränkt haben. So war es ja auch, wie wir jetzt wissen. Der Streit ist hässlich geworden und sehr unglücklich ausgegangen, mit einer Tat im Affekt.«

»Eine Beziehung so brutal zu beenden, war Ebers durchaus zuzutrauen, da gebe ich Ihnen recht. Aber dass es tatsächlich zu dieser Szene gekommen ist, konnten Sie doch gar nicht wissen. Das war eine ziemlich gewagte Vermutung.«

»So gewagt nun auch wieder nicht. Sie vergessen den Anschlag auf Max und Caro im Lift. Wenn Karpow dafür nicht mehr in Frage kam, wer dann? Und warum?«

»Karpow hatte doch ein Motiv, er wollte den Stick von Cremer!«

»Indem er Max in der Gondel erfrieren lässt? So wäre er wohl kaum an den Stick gekommen. Aber Max saß ja nicht allein in dem Lift. Was, wenn der Anschlag eigentlich Caro gegolten hatte? Ausgeübt von jemand anderem als Karpow und auch aus einem anderen Grund, der nichts mit dem Stick zu tun hatte?«

»Wie zum Beispiel Eifersucht auf die erfolgreiche Rivalin?«

»Ich nehme an, es war reiner Zufall. Andrea muss Max und Caro in Skimontur am Lift gesehen haben und hat dann improvisiert. Bei dem schlechten Wetter war sicher niemand mehr in der Nähe der Talstation, so konnte sie unbemerkt den Lift stoppen und Caro eine Weile im Schnee hängen lassen. Jedenfalls: Wenn Andrea dahintersteckte, ergab alles einen Sinn. Sogar der Fundort der Leiche.«

»Bisher war mir gar nicht bewusst, dass daran irgendetwas problematisch gewesen sein soll.«

»Warum wurde sie gerade dort abgelegt? Um einen Unfall vorzutäuschen, sicher, aber der Ablageort ist umständlich, nur mit dem Schlitten zu erreichen. Ich habe auf der Karte nachgesehen. Es gibt mindestens zwei Steinbrüche in der Gegend, die ebenfalls für einen fingierten Unfall in Frage gekommen wären und dabei einfacher zu erreichen sind, sogar mit dem Auto. Ein anstrengender Transport mit dem Schlitten wäre nicht nötig gewesen. Dennoch hatte der Täter diese Stelle gewählt. Also war zu vermuten, dass es dafür einen besonderen Grund gab.«

Herrmanns ahnte, worauf Bylandt hinauswollte. »Ich kenne

die beiden Steinbrüche«, sagte er nachdenklich, »sie liegen wesentlich weiter von der Eschborn-Villa entfernt. Und sie sind sehr hoch.«

»Laut Karte gut viermal so hoch wie Oskars Lift. Das ist der Grund. Dazu hätten Ebers' Verletzungen nicht gepasst.«

»Zu Eschborns Terrasse aber schon. Sie hat ungefähr die gleiche Höhe wie der Lift. Und die Leiche mit einem Schlitten zu transportieren, wäre für eine trainierte Skiläuferin kein Problem gewesen. Ich verstehe, was Sie meinen. Alles lief auf Andrea Eschborn hinaus.«

»So ist es.« Bylandt verschränkte die Hände hinter seinem Kopf und sah äußerst zufrieden in die Welt hinaus. Der kurze Anflug von Verlegenheit hatte sich wie erwartet längst verflüchtigt. »Trotzdem hatten Sie natürlich vollkommen recht, Paul«, gestand er großzügig zu. »Vieles beruhte auf Annahmen und Vermutungen, einiges auch nur auf Spekulation. Ich war mir zwar ziemlich sicher, damit richtigzuliegen, aber einen echten Beweis hatte ich noch nicht. Deshalb wusste ich auch nicht so recht, wie ich vorgehen sollte, bis mir das fehlende Handy des Toten wieder eingefallen ist. Es musste ja irgendwo verloren gegangen sein. Wahrscheinlich war es Ebers bei seinem tödlichen Sturz aus der Tasche gefallen. Wenn dem so war, konnte es jetzt immer noch dort liegen, irgendwo unter dem Schnee.«

»Und dann hat es tatsächlich geklingelt, gratuliere! Nur gut, dass Ebers' Handy den Sturz und auch Schnee und Frost unbeschadet überstanden hat. Damit war ja nicht unbedingt zu rechnen.«

»Das hat mich auch etwas beunruhigt, muss ich zugeben. Oskar hätte mir die Hölle heißgemacht.«

Herrmanns setzte sich auf. »Moment, was hat Oskar damit zu tun?«

Bylandt erwiderte seinen argwöhnischen Blick betont harmlos. »Na ja«, setzte er zu einer Antwort an, doch Herrmanns hob abwehrend eine Hand.

»Nein, sagen Sie es nicht! Ich habe mich eh schon gefragt, wie Sie an die Nummer gekommen sind. Aber das sind Sie gar nicht, es war auch nicht das Handy von Ebers, richtig?«

»Richtig. Es gehört Oskar. Ich habe es vorhin, als wir ankamen, in den Schnee unterhalb der Terrasse fallen lassen.«

»Das Ganze war also nur ein Trick!«

»Ich wollte sehen, wie Andrea reagiert«, rechtfertigte sich Bylandt.

»Sie haben ihr eine Falle gestellt, wollen Sie wohl sagen. Und sie ist darauf hereingefallen.«

Bylandt erwiderte nichts, wirkte aber nicht mehr ganz so selbstzufrieden.

Herrmanns gönnte ihm den kleinen Dämpfer. Er brauchte sich nur vorzustellen, was Kieling zu alldem sagen würde. Doch etwas anderes bereitete ihm noch mehr Sorgen. »Was denken Sie, was sie jetzt vorhat?«, fragte er. »Eine Flucht ist doch völlig sinnlos. Weit kommt sie nicht.«

Bylandt antwortete nicht sofort. »Vielleicht will sie ja gar nicht fliehen«, sagte er nach einer Weile bedächtig, »sondern nur einen Vorsprung.« Er schien die gleichen Befürchtungen zu hegen wie Herrmanns selbst.

Während sie weiter auf Oskar warteten, blieb Bylandt ungewöhnlich wortkarg. So verbrachten sie eine schweigsame und ungemütliche Stunde, in der jeder seinen eigenen, wenig erfreulichen Gedanken nachhing. Bis sie endlich Oskar hörten, der laut nach ihnen rief. Sie antworteten, und kurz darauf wurde die Tür aufgezogen.

»Na, das hat ja ewig gedauert!«, beschwerte sich Bylandt als Erstes.

»Wieso? Nach dem Anruf bin ich sofort losgefahren!«

»Welcher Anruf?«

»Von Andrea! Er war etwas merkwürdig. Ihr würdet in ihrem Heizungskeller festsitzen und ich sollte euch da herausholen. Die Haustür wäre offen.« Oskar sah sich um und streifte mit einem verwunderten Blick die beiden Campingliegen. »Was ist eigentlich los? Was macht ihr hier, und wo ist Andrea?«

»Das lässt du dir besser von deinem Vetter erzählen«, erklärte Herrmanns und schob Oskar aus dem Weg. Auf dem Gang bemerkte er die beiden Kanthölzer, mit denen die Tür von außen blockiert gewesen war, und wunderte sich nicht mehr, warum sie gehalten hatte. Er lief die Treppe hinauf. Schnell und ohne große Erwartungen durchkämmte er das gesamte Haus. Andrea Eschborn war fort. Ihr Wagen, ein dunkelblauer Z3, stand noch in der Garage. Nur die Ski, die vorhin neben der Kellertür an der Wand gelehnt hatten, waren verschwunden.

In der Küche fand er auf der Theke sein Holster mit der immer noch darin steckenden Pistole. Erleichtert legte er es wieder an. Was immer Andrea Eschborn vorhatte, sie würde es wenigstens nicht mit seiner Dienstwaffe tun. Auch nicht mit dem Gewehr, das sie wieder an die Wand gehängt hatte. Herrmanns nahm es herunter und untersuchte es. Es war nicht geladen, außerdem klemmte der Verschluss. Sie hatte geblufft. Genau wie Bylandt.

Ihre Handys lagen ebenfalls auf der Theke, neben einem Briefumschlag und einem weiteren Smartphone. Herrmanns öffnete den Umschlag. Er enthielt nur ein einziges, mit der Hand beschriebenes Blatt, unterschrieben von Andrea Eschborn.

»Ist es das, wofür ich es halte?«, fragte Bylandt müde.

»Es ist ein Geständnis. Sie gibt zu, Mario Ebers im Affekt getötet zu haben.«

»Eigentlich meinte ich das dritte Handy.«

»Ich fürchte, ja. Sie schreibt, dass Ihr Trick gar nicht nötig gewesen wäre. Sie hatte sich schon vorher entschieden, und es wäre nicht Ihre Schuld.«

»Was soll das bedeuten?«, fragte Oskar.

Bylandt holte tief Luft. »Dass ich noch mal Glück gehabt habe. Verdammtes Glück.«

»Das können Sie laut sagen.« Herrmanns steckte das Geständnis und Ebers' Handy ein.

Es hatte seit einiger Zeit wieder angefangen zu schneien, heftig genug, um alle Skispuren zu verbergen. Aber es war sowieso schon viel zu dunkel für eine Suchaktion. Andrea Eschborn hatte ihren Anruf lange genug hinausgezögert. Sie würden mit der Suche nach ihr bis zum Morgen warten müssen, auch wenn es dann zu spät sein würde.

Die Nacht sollte kalt werden.

Ein Suchtrupp entdeckte am nächsten Morgen im Wald die Leiche. Als Herrmanns kurz darauf am Fundort eintraf, fand er Andrea Eschborn sitzend gegen einen Baum gelehnt vor. Der Reißverschluss ihrer Skijacke war halb geöffnet. In der steif gefrorenen Hand hielt sie immer noch die leere Whiskyflasche. Herrmanns ging in die Hocke. Sie war friedlich gestorben. Fast kam es ihm so vor, als läge ein winziges, zufriedenes Lächeln auf ihren Lippen. Und sie sah keinen Tag älter als achtunddreißig aus.

Als Herrmanns nachmittags an seinem Bericht saß, erreichte ihn ein Anruf von Langner, der ihn auf den neuesten Stand bringen wollte. Der Staatssekretär war inzwischen zurückgetreten, hatte aber jegliches persönliches Fehlverhalten bestritten. Van der Bock habe ihn bei dem Treffen mit der Anwesenheit des ihm vorher völlig unbekannten Orlowski »überrumpelt«. Von irgendwelchen Verbindungen zur russischen Mafia wollte er nichts gewusst haben, selbstverständlich nicht, und zeigte sich äußerst schockiert über die Vorfälle. Ihm selbst sei es immer nur um das Wohl der Region gegangen, weshalb er sich für Landes- und EU-Hilfen für das Projekt starkgemacht habe. Andere, persönliche Interessen hätten nie eine Rolle gespielt, geschweige denn etwaige finanzielle Vorteile. Et cetera, et cetera. Was und wie viel ihm im Einzelnen nachzuweisen sein würde, musste sich erst noch zeigen. Doch selbst wenn er strafrechtlich womöglich wenig zu befürchten hatte, politisch war Dr. Kröger-Eckstein erledigt, und Langner wollte weiter am Ball bleiben.

Auch van der Bock wies offenbar weiterhin alle Schuld von sich, aber sein Chauffeur war eingeknickt, nachdem in seiner Wohnung eine teure Kamera gefunden worden war, die Hillerbrock gehört hatte. Der Einbruch konnte ihm also sicher zugeschrieben werden und möglicherweise auch, dass er den Fotografen überfahren hatte. Hillerbrocks Großeltern hatten nämlich dessen beschädigtes Fahrrad aufbewahrt, und der KTU war es gelungen, Spuren davon an van der Bocks SUV nachzuweisen.

Alles deutete darauf hin, dass Bylandts Theorie zutraf. Der Staatssekretär war mit den Fotos erpresst worden und hatte sich hilfesuchend an van der Bock gewandt. Wegen der Falkenfotos hatte der Anwalt irrtümlich Hillerbrock für den Erpresser gehalten und so den Falschen umbringen lassen.

Zum Glück fiel das alles nicht mehr in Herrmanns' Zuständigkeit. Sein eigener Fall, der Tod von Mario Ebers, war so gut wie abgeschlossen, und das ganz ohne Einmischung aus Trier, was seinen Chef ausgesprochen milde gestimmt hatte. Ein handfestes Eifersuchtsdrama ohne jede politische oder sonst wie brisante Komponente und von seiner eigenen Dienststelle aufgeklärt, das hatte Kieling gefallen. Mit der russischen Mafia oder einem korrupten Staatssekretär sollte sich ruhig das BKA herumschlagen. Doch – im Großen und Ganzen hatte Paul die Sache ordentlich hinbekommen.

Das Silvesterfeuerwerk in Schwarzenbach konnte sich sehen lassen. Max stand auf der Terrasse von »Haus Bellevue« und sah zu, wie die Raketen zischend in den Himmel stiegen, um das neue Jahr zu begrüßen. Eigentlich hätte es ja ein beschaulicher Abend *en famille* mit Oskar und Harry werden sollen, aber das hatte sich schnell erledigt. Spätestens, als Lissy und die restlichen Singles mit großem Hallo aufgetaucht waren, und nicht nur sie. Es kam Max so vor, als hätte sich inzwischen das halbe Dorf hier eingefunden. Offenbar hatte sich Harrys Punsch herumgesprochen.

Allerdings gab es abgesehen vom Jahreswechsel auch noch einen anderen, unerwarteten Anlass zum Feiern, wusste er von Oskar. Durch Eschborns Tod und den Ausfall der russischen Großinvestoren waren die Dinge in Bewegung geraten. Oskar war über seinen Schatten gesprungen und hatte sich mit dem Wirt des »Sporthotels« und Bauer Luttke zusammengesetzt, den Wortführern der Gegenpartei. Herausgekommen war eine einvernehmliche Lösung, mit der alle leben konnten. Das »Schneeparadies Schwarzenbach« sollte auch ohne Eschborn realisiert werden, wenn auch in einer abgespeckten Version und ohne protziges neues Wellnesshotel.

Das musste natürlich begossen werden. Deshalb war auch Luttke unter den Gästen, ein untersetzter, vierschrötiger Kerl, der Max an Lino Ventura erinnerte. Er bewegte sich noch etwas steif, was bei zwei gebrochenen Rippen nicht weiter verwunderte. Gegen Karpow war er damit noch gut weggekommen, er hatte sich wacker geschlagen. Als Lissy davon erfuhr, hatte sie Luttke sofort auf die Seite gezogen und alle Einzelheiten wissen wollen. Seitdem tauschten die beiden Kriegsgeschichten aus.

Max ging wieder ins Haus, um sich mit Nachschub zu versorgen. In der Tür wäre er beinahe mit Herrmanns zusammengestoßen, der vorsichtig zwei randvolle Punschgläser balancierte und sich mit einem Lächeln entschuldigte. Von der anfänglichen Reserviertheit ihm gegenüber war nicht mehr viel zu spüren. Max fragte sich, was Miriam ihm wohl erzählt hatte.

Er trat zu Harry, der mit einer Kelle den Punsch umrührte und amüsiert dem Polizisten hinterherblickte. Herrmanns bahnte sich einen Weg zum Rand der Terrasse, wo die Managerin des »Sporthotels« auf ihn wartete, und reichte ihr eins der Gläser. Sie bedankte sich lächelnd und zog seine Jacke, die lose über ihre Schultern hing, etwas enger zusammen.

»Bahnt sich da vielleicht etwas an?«, fragte Max.

»So würde ich das nicht nennen. Ich glaube, Paul ist schon seit der Schulzeit in seine Jutta verknallt.«

Harry schenkte ihnen beiden nach und betrachtete den dampfenden Punsch in seinem Glas. »Hast du eigentlich etwas von Maria gehört?«, fragte er beiläufig.

»Habe ich, sie hat mir eine Weihnachtskarte geschickt. Aus Samoa.«

Harry sah auf. »Und?«

»Und was?«

»Sie wird nicht ewig auf dich warten.«

»Ich weiß. Mein Flug geht in zwei Tagen.«

»Wurde auch langsam Zeit!«

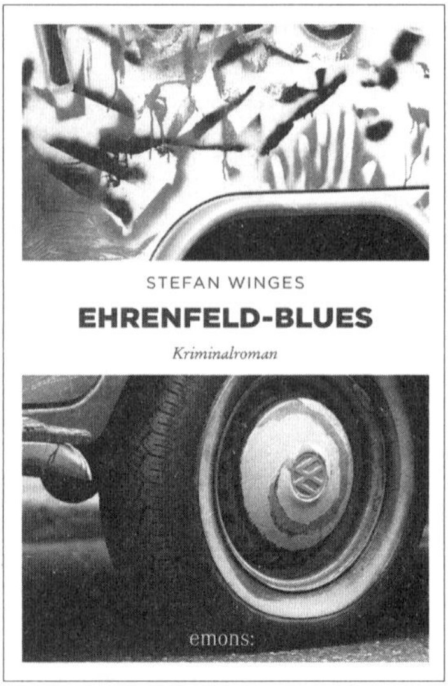

Stefan Winges
EHRENFELD-BLUES
Broschur, 336 Seiten
ISBN 978-3-7408-0008-6

Der Kölner Kneipier Max Cremer führt ein ruhiges Leben, bis ein Super-8-Film aus der Vergangenheit auftaucht. Max muss erkennen, dass sich einige seiner alten Freunde in den Siebzigern offenbar nicht damit begnügt haben, von der Revolution nur zu träumen. Als nun einer nach dem anderen von ihnen umkommt, bricht Max noch einmal zu einem Trip nach Amsterdam auf – ohne zu ahnen, worauf er sich einlässt.